中公文庫

剣神　神を斬る

神夢想流林崎甚助 1

岩室　忍

中央公論新社

目次

出羽国、楯岡城下に二柱の神をお祀りする神社があった。
一柱は武神スサノオ、一柱は剣神民治丸である。
この書を全ての剣士に捧げます。

剣神　神を斬る

神夢想流林崎甚助1

序の一　闇討ち

その夜は雨が降っていた。

遅い秋雨がしとしとと城下外れの熊野明神の参道を濡らしている。

「近々、仇《かたき》を討たせていただきますから……」

「はい、お手柔らかに願います」

楯岡《たておか》城の近習浅野数馬《あさのかずま》と熊野明神の祠官藤原義貫《ふじわらよしおき》が玄関に出てきた。

暗い玄関にうずくまっていた小兵衛《こへえ》がムクッと立ち上がる。

玄関に置いてある蓑が動いたかと思われた。

「旦那さま、雨になってしまいました」

「おう、そうか、碁に夢中で気付かなかった」

数馬が敷台に座ると小兵衛がうずくまって、数馬の足に草鞋《わらじ》を履かせる。

「雨も勢いがなくなりましたな」

祠官の藤原義貫が玄関から、夜空を覗き込んでつぶやくと、数馬も秋雨の夜空を覗き見た。

「間もなく冬ですから雨もぼちぼちかと……」

「そうですな。そろそろ山に雪がきましょう」

「そんな寒さになりました」

祠官の持つ燭台の灯が薄暗く土間を照らしていた。

「お気をつけられて……」

「では、近々、またお手合わせ願います」

「お待ちしております」

碁敵《ごがたき》が再戦を約束して別れた。

数馬が腰に太刀を差し、小兵衛が用意してきた蓑を着て笠を被る。玄関を出ると祠官の息子義祐《よしすけ》が松明を持って立っていた。

「これをお持ちください」

「おう、かたじけない」

数馬が松明を受け取り小兵衛に渡す。その松明を持って雨の中を、足元を照らしながら参道に出て行った。

杉の巨木の参道には風もなく雨が降っている。

二人がその参道を鉤型に左に曲がろうとした時、杉の巨木の根方から黒い影が飛び出すと、後ろからいきなり数馬の背中に斬りつけた。

「おのれッ！」

数馬は転びそうになったが斬られても太刀を抜いた。その瞬間、小兵衛が松明を黒い影に投げつけた。

一瞬、パッと火の粉が散って驚いた黒い影が二、三歩後ろに下がった。

その時、黒い影の顔が浮かび上がった。

「おのれッ、坂上《さかがみ》ッ！」

数馬が叫ぶと太刀を中段に構えた。だが、黒い影の初太刀の一撃が深手だった。よろっと体が傾くと、そこに黒い影が踏み込んできて数馬の胴を貫いた。

それでも数馬は倒れない。

京の御所で下北面《げほくめん》の武士だった数馬は京八流の剣の使い手だ。だが、初太刀が致命傷になった。

容赦なく三太刀目を踏み込んできた黒い影に、袈裟に斬られながらも応戦して影の太股を数馬が斬り裂いた。

「くそッ！」

黒い影が体ごとぶつかってきて数馬の腹を深々と突き刺す。

「おのれッ、主膳《しゅぜん》ッ！」

数馬が鬼の形相で坂上主膳の着物の襟を摑んだ。

「死ねッ！」

刺した太刀を主膳がねじり上げた。

「泥棒だッ、辻斬りだッ、闇討ちだッ、火事だーッ！」

突然、我に返った小兵衛が大声で騒いだ。

「火事だッ、誰か来てくれッ！」

叫びながらまだ燃えている松明を拾い上げると、黒い影の背中に投げつけた。その時、数馬がガクッと膝から崩れた。

太刀を杖に立ち上がろうとしたがもうその力は残っていない。

雨の水たまりに倒れ込んだ。それを見た黒い影が足を引きずりながら、杉の巨木の道に姿を消した。

「旦那さまッ、旦那さまッ！」

「小兵衛ッ、敵は坂上主膳だ。民治丸《みんじまる》に……」

数馬はそのまま水たまりに突っ伏してこと切れた。

「旦那さまッ！」

小兵衛の叫び声を聞いた祠官が、太刀を握って裸足で雨の中に飛び出した。その後を子の義祐が追ってきた。

「浅野殿ッ、どうしたことだッ、誰にやられたッ！」

「坂上主膳……」

「おのれッ！」

小兵衛が抱いている数馬はもう息をしていない。

「義祐ッ、お城に知らせろッ、小兵衛は高森《たかもり》家に走れッ！」

「はいッ！」

「急げッ！」

二人が大慌てで雨の闇の中に駆けていった。

「数馬殿、どういうことなのだ？」

藤原祠官は数馬の息を確かめると、太刀を抜いて坂上主膳がいるかもしれない周りの暗闇に目を凝らした。まだ松明が心細く燃えている。

雨で消えそうだ。

坂上主膳が逃げた巨木の根方の道に近付いて気配を探った。だが、もうどこにも人の気配はない。

「おそらくこの道に逃げたな。最上《もがみ》川に逃げたか？」

刀身の雨粒を袖《そで》で拭うと刀を鞘《さや》に納めて数馬の傍《そば》に戻ってきた。松明は消えて漆黒の闇に細い雨だけが降っている。

四半刻もしないで数馬の妻志我井《しがのい》の兄、高森伝左衛門《でんざえもん》が十人ばかりの家人、小者、足軽を連れ、煌々《こうこう》と松明を焚いて熊野明神の参道に駆け込んできた。

「藤原殿！」

「高森さま、数馬殿が！」

「数馬ッ……」

伝左衛門が数馬の傍にうずくまって合掌した。

「待っていろよ、主膳を追って仕留めてくるからな。生かしてはおかぬ。急いで戸板を持ってこい！」

伝左衛門が小者に命じた。

「小兵衛、主膳はどっちに逃げた？」

「こっちです。旦那さまが足に斬りつけました！」

「主膳の足を斬ったのか？」

「はい、確かに斬りました。足を引きずってあっちに……」

小兵衛が杉の根方の小道を指さした。

「数馬に足を斬られていれば、そう遠くまでは逃げられまい。四人は戸板で数馬を運べ。残りは主膳を追うぞ！」

「はいッ！」

小兵衛と四人が残って数馬の遺骸を浅野家に運び、伝左衛門は松明を連ね坂上主膳を追って最上川に向かった。

誰もが傷付いた主膳はすぐ捕まると思っていた。

その頃、藤原祠官の息子義祐は楯岡城に走って、浅野数馬が囲碁の帰りに熊野明神の参道で、坂上主膳に闇討ちされ落命したことを告げていた。

城主の楯岡因幡守《いなばのかみ》満英《みつひで》が起きてきてたちまち城内が大騒ぎになる。

序の二　北面の武士

応仁の大乱以来、朝廷は困窮の極みにあった。

大永六年（一五二六）四月二十九日に後柏原《ごかしわばら》天皇が崩御すると、後奈良《ごなら》天皇が諒闇践祚《りょうあんせんそ》したが、天文五年（一五三六）二月二十六日まで十年間も即位の礼が行われなかった。

後奈良天皇は宸筆《しんぴつ》を扇面にしたため、それを売りに出して禁裏の費《つい》えの足しにした。それほどの困窮だった。

その後奈良天皇が即位の礼を行って二年、天文七年の春、禁裏の下北面に美男子がいると噂になった。最初に騒いだのが宮中の雑役を行う雑色女たちだった。

「北面のお方をご覧になりまして？」

「ええ、あのようなお方が御所におられましたとは、今業平《いまなりひら》というそうにございます」

「今業平……」

「北面のお方が弓を持ち、太刀を佩《は》いた美しいお姿はどちらの公達《きんだち》かと、驚いて腰が抜けてしまいましたの……」

「まあ、腰などと下品な」

「本当なのですもの……」

「お名前はご存じ？」

「確か、浅野数馬さまだったかと？」

「お歳は？」

「十七歳とかお聞きしました」

「よくご存じですこと」

若い雑色女がうらやましそうに言う。

「北面に知り合いがおりますの」

などと好色そうな雑色女が自慢そうにニッと微笑んだ。

「数馬さまのお声を聴きたい」

「ああ、愛しい数馬さまはいつかしら、宿直《とのい》は？」

「何《な》んと、はしたないことを言うものか、抜け駆けで宿直を狙おうとは！」

「今業平の数馬さまと二人で東山の月を眺めたいだけでございますもの」

「ああ、麗しき光の君に抱きしめて欲しい」

噂の北面の武士を在原業平《ありわらのなりひら》や光源氏《ひかるげんじ》にたとえて露骨に告白する女もいる。雑色女が三、四人集まるとひそひそと宮中の男の品定めをする。それが楽しみの一つなのだ。

ことに美男の北面の武士は雑色女だけでなく、あっという間に宮中の女官たちの噂になり騒ぎになる。すると、そういうことに抜け目なく聞き耳を立て、噂に興味を持つのが寵童《ちょうどう》好きや衆道《しゅどう》好みの公家たちだ。

高貴な公家や高僧たちの間ではごく当たり前に衆道が行われている。

高位の者の嗜《たしな》みのように考えられていた。

戦場で血を見る武家は興奮した血を鎮めるため、身分の高い武将ほど小姓として寵童を連れて歩く者が多い。

名のある武将が迂闊に戦場の売女《ばいじょ》を買ったりすると、その女が敵の間者だったりして寝首をかかれることがある。乱世はどこもかしこも油断できない。

油断をした者が敗北する。

そんな切迫した武将たちとは違い、公家は優雅な遊びの一つで気に入ると「屋敷に遊びに来ぬか？」とか、「酒を飲みに来ぬか？」などと声をかけて誘う。

暇な公家たちの戯れである。

雑色女や女官、その道の公家などが秘かに下北面へ浅野数馬を見に来る。

宮中にそんな噂が広まって今業平の浅野数馬が注目された。

桜が咲いて宮中が華やいだ日、衆道好みの万里小路惟房《までのこうじこれふさ》が数馬の肩を叩いてつぶやいた。

「浅野殿、屋敷に桜を見においでなされ……」

「これは万里小路さま、お招きをいただき有り難く存じます。この時期、皆さまにお誘いいただいておりますので、都合をつけましてお伺いいたします」

「そうか、あちこちから誘われているか？」

惟房は不快そうに言って通り過ぎた。

数馬はどこからも誘われていないが、二十六歳の若い惟房に嘘を言った。惟房は自分の美男を鼻にかけている男だ。

そんな噂を聞いていた数馬は惟房の誘いからうまく逃げた。

その翌日、夜が明けたばかりの早朝、次の内大臣と噂されている宮中の実力者、中納言勧修寺《かじゅうじ》尹豊《ただとよ》が参内《さんだい》してきた。

後奈良天皇の信任が厚く特別に牛車宣旨を受けていたが、まだ四十歳前で牛車の参内など僭上《せんじょう》の沙汰であると、供も連れずいつも一人で飄々と歩いてくる。困窮した朝廷を支えている珍しく武骨な公家だ。

数馬と同じ京八流の使い手という噂がある。

宿直だった数馬は帰宅しないで宜秋門《ぎしゅうもん》の外に立って、中納言が宮中から下がって来るのを待った。

早朝に参内した公家は昼前には下がってくる。勧修寺家は御所の西門で、公家の出入りする公家門といわれる宜秋門から、一町足らずしか離れていない。

御所から出てくる公家たちが、美男の数馬が誰を待っているのかと、怪訝《けげん》な顔で振り返り、中にはニヤッと下品に笑う者もいる。

居心地の悪さを感じたがいつものことで数馬は知らぬ顔で我慢した。

中納言が現れると門の外で深々と頭を下げる。

「おう数馬、例の話か？」

「はッ、何か良いお考えがあればとお待ちいたしておりました」

「そうか、そうか、ちょうどよい。昼過ぎに屋敷にまいれ、そなたに会わせたい武家が訪ねてくる」

「はッ、畏まりましてございます」

まだ辰《たつ》の刻を過ぎたばかりで、昼には一刻半ほどの猶予《ゆうよ》がある。数馬は中納言を勧修寺家の門前まで送ってから、御所の南門で最も格式の高い建礼門の前を通って、富小路の辻を南に曲がって下京に下って行った。

数馬は五条の自宅に戻ったが深閑として誰もいない。北面の宿直当番で寝てしまいそうなほど疲れていた。横になって仮眠すればそのまま熟睡してしまいそうだ。

数馬は衣服を着替えると家を出て、半町ほど東に歩き賀茂川の土手に腰を下ろした。

「今日の処刑は終わったようだな」

数馬が六条河原の方を見てつぶやいた。数日前、北山に春の雨が降って賀茂川は水が濁り少し増水している。

賀茂川の三条河原や六条河原には刑場があって時々処刑が行われた。罪の軽い者は京の四堺《しかい》の外に追放されるが、人を殺した悪人や謀反人など罪の重い者は、河原の刑場に引き出されて処刑される。

四堺とは京に悪霊や疫病などの穢《けが》れが入ってこないように、老ノ坂《おいのさか》、山崎《やまざき》、逢坂《おうさか》、和邇《わに》という京の四つの入口に設けられた結界のようなものだ。

四堺祭などが行われ、古くから天子のおられる京は穢れから守られてきた。

数馬は半刻ほど土手から東山の桜を見ていたが、ゆっくり立ち上がると尻をはたいて、中納言と約束した刻限に遅れないよう勧修寺家に向かった。

上京の御所の周辺には宮家や公家屋敷が多く、あちこちの垣根から桜が枝を伸ばして咲いていた。

今が盛りでわずかに花びらが風に舞ってくる。

勧修寺屋敷の庭には太い桜の木があって満開の見ごろだ。

数馬が案内されたのはその桜を見る大広間の縁側だった。そこには花見の席が設けられ中納言と品の良い武士がいた。

武士の家臣二人が広間に控えている。

「おう、数馬、ここにまいれ！」

もう、花見酒の入った中納言が機嫌よく手招きして傍に呼んだ。数馬は広間と縁の境まで進んで縁側の二人に平伏する。

「先ほど話をした浅野数馬という北面の武士じゃ」

中納言が武士に数馬を紹介する。

「初めて御意を得ます。浅野数馬　源《みなもとの》重治《しげはる》と申しまする」

「出羽国、楯岡城の楯岡因幡守じゃ、浅野とは美濃の土岐《とき》かな？」

「はい、祖父が美濃から京に出て、禁裏の北面にお仕えしましてございます」

「美濃の土岐は清和《せいわ》源氏《げんじ》頼光《よりみつ》流土岐だな？」

「はい、そのように聞いております」

「余の楯岡も清和源氏斯波《しば》流最上《もがみ》家の一族だ」

因幡守がそう言ってニッと笑った。

出羽国、楯岡家は清和源氏頼信《よりのぶ》流足利《あしかが》一門の、管領斯波流で足利幕府の一族と言える。楯岡満英は四万石を超える大名で、数日前に上洛して将軍足利義晴《よしはる》に拝謁し因幡守の官位に叙任《じょにん》されたばかりだ。

中納言勧修寺尹豊とは十年ほど前に上洛した時、和歌を通じて知己になった間柄だ。以来、楯岡因幡守は勧修寺中納言を師に、和歌や書の筆耕を願い出羽と京の遠い交流を絶やさないできた。

筆耕硯田《けんでん》の公家は多かったが、因幡守は勧修寺中納言の豪放磊落《らいらく》な気性が好きで長い付き合いをしている。

「数馬は歌の弟子なのだが、二ヶ月ほど前に祖父を亡くして天涯孤独になったのじゃ、それでどう生きるか生き方を考え始めたようなのだが、朝廷は貧乏で満足な俸禄も出せない有り様だからのう」

朝廷の困窮だけはさすがの中納言にも手の打ちようがない。天皇領も武家に奪われているが、公家領も事情は同じで、勧修寺家などは京の醍醐小栗栖《だいごおぐるす》村などわずかな領地しか持っていない。

「なるほど……」

因幡守は中納言の言いたいことを理解した。

中納言の歌の弟子であれば、因幡守は数馬の兄弟子ということになる。同じ源氏の末裔で、花見の席で出会ったのも縁があると思った。

それに広間に入ってきた数馬を見て、因幡守は若くして亡くなった同母弟が現れたかとびっくりしたのだ。

「中納言さま、承知いたしました」

勧修寺尹豊の要望が何なのか納得して、因幡守がグッと盃を干しその朱盃を数馬に差し出した。

「取れ、この盃、二百石だ」

「に、二百石？」

広間の二人の家臣が顔を見合わせて驚いている。楯岡城の城中であれば問題になりそうな因幡守の発言だ。

いくら北面の武士とはいえ二百石というのは破格すぎる。だが、因幡守が口に出してしまった以上二人の家臣には止められない。主人に恥をかかせることになる。

楯岡城に戻れば重臣たちに「黙って見ていたのかッ！」と叱られそうだ。二人の家臣は困った顔だ。

「不足か？」

「いいえ、身に余る仰せにございます。有り難く存じまする」

「うむ！」

この瞬間、浅野数馬が出羽国、楯岡城主楯岡因幡守満英に仕官すると決まった。

「盃を取れ！」

「数馬、有り難く頂戴しろ……」

数馬の仕官に満足の中納言が、命令するように言って酒の瓶子《へいじ》を持った。二百石という破格の待遇で因幡守は数馬を家臣に迎えると言う。

二人の家臣と同じように中納言も驚いた。

名門藤原北家の末裔で家格は名家の勧修寺家でさえ三百石もないのだ。百石以下の公家が多いのが実情である。

そのような微禄の公家は娘を地方の裕福な大名に嫁がせ、嫁ぎ先に生活を支えてもらい、娘のいない公家は家業の書や歌、蹴鞠、笛などを地方の大名に伝授、束脩《そくしゅう》を貰って田舎渡らい《いなかわたらい》から京に戻り生活の費えに充《あ》てている。

「有り難く頂戴いたしまする！」

数馬が因幡守の盃を受け取りそこに中納言が酒を注いだ。その盃に桜の花びらが一枚こぼれ落ちてきた。

「ほう、桜の門出だな」

中納言と因幡守が桜の盃を見て笑った。

一章　暗殺

雨の夜

民治丸は夢の中で母の泣き声を聞いて飛び起きた。

部屋を見回したが真っ暗で人の気配はない。隣の部屋から灯りが漏れて大勢の人たちの切迫した声が聞こえてくる。

「母上……」

その中に祖父の声と母の泣き声が混ざっていた。

これは夢ではないと、民治丸は咄嗟《とっさ》に異変を感じて、起き上がるといきなり板戸を開けた。瞬間、眼が眩《くら》むような灯りが飛び込んできた。

いつもは薄暗い部屋なのに灯火が集められて灯っている。急に戸が開いたので驚いた視線が民治丸に集まった。

「民治丸ッ！」

母の志我井が民治丸の手首を摑んで傍に引き寄せる。

「お父上が……」

泣き崩れた母の前に父が寝ている。真っ白な顔で息をしている気配がない。枕元に医師の石庵《せきあん》がうなだれて座っていた。

「爺……」

民治丸が祖父の市左衛門《いちざえもん》にどうしたのかと聞くように見た。

「こっちへ来い……」

祖父に呼ばれて民治丸が祖父と祖母の間に行って座った。何が起きたのか分からないが体がプルプル震える。

「よく聞け、そなたの父、数馬殿が斬られたのだ」

「父上が？」

眼の前の父が死んでいると思った途端にポロポロ涙がこぼれた。それを袖で拭いて民治丸が祖父をにらんだ。

「爺、誰が斬った？」

「お前の知らない人だ」

「小兵衛！」

雨の庭で笠をかぶり、蓑を着て立っている小者を民治丸がにらんだ。

「若さま……」

「見たのか？」

怒った顔の民治丸が厳しく聞いた。

「へい！」

「誰が斬った！」

「坂上主膳……」

民治丸の聞いたことのない名前だ。すぐに追えばまだ近くにいるかもしれないと思った。

「小兵衛、来い！」

父の遺骸の胸の上に置かれた脇差を握って部屋を飛び出す。

「民治丸ッ！」

志我井が止めようと立ち上がったが、民治丸は素早く庭に飛び降りて、脱兎のごとく雨の中に消えていた。

「小兵衛ッ、民治丸を追え！」

「はいッ！」

松明を持って庭にいた小兵衛が、市左衛門の命令で民治丸を追って屋敷を飛び出した。その民治丸はどこへ行けばいいのか分からず雨に濡れて道端に立っている。

「小兵衛ッ、父上はどこで斬られたッ！」

「熊野明神です！」

「よしッ！」

民治丸が雨の闇の中を駆け出した。

その後を、消えそうな松明を持って小兵衛が追いかける。たちまち民治丸はずぶ濡れになった。

羽州街道に飛び出し、夢中で北に五、六町ほど走って左に折れ、熊野明神の参道に飛び込んだ民治丸が立ち止まった。

杉の大木に欅《けやき》や松の大木が混ざった参道は、真っ暗で吸い込まれそうな闇が一町ほど伸びている。

その闇の中に微かな灯りがあり、仇の坂上主膳がいるような気がして、民治丸は左の手に握った脇差の鞘口を切って右手で一気に刀を抜き放った。

「若さま！」

薄気味悪い雨の闇の奥に灯る小さな灯りをにらんでいると小兵衛が追いついた。

「若さま、まだ誰かいます」

「仇か？」

「分かりません。神社の宮司さまでは？」

「仇なら叩き斬る！」

民治丸は雨と涙の顔を袖で拭った。

小兵衛が笠を脱いで民治丸にかぶせようとしたが、「いらん！」と言って灯りに向かって歩き出した。

脇差の切っ先からポタポタと滴がしたたる。

雨が小降りになっていた。

参道を右に曲がる手前で立ち止まった。角を曲がるとそこに人がいるはずだ。うっすらと明るく道を照らしているのは松明の灯りだと分かる。

民治丸は鞘を小兵衛に渡すと参道の角から飛び出した。

「誰だッ！」

突然の叫び声に驚いた松明が上にあがってそこにいた二人の顔を照らした。

民治丸のよく知っている熊野明神祠官の藤原義貫と息子の義祐だ。その後ろに騒ぎを聞きつけた近所の男たちが数人立っている。

「民治丸か？」

義貫が手招きして民治丸を傍に呼んだ。

「仇は逃げた。数馬さまはここで斬られた」

一刻ほど前まで義貫は数馬と碁を打っていたのだ。

その義貫が指さした足元の水たまりに血が少し残っている。民治丸はその血の痕をにらんでいたが、小兵衛から鞘を受け取って脇差を戻した。その手がブルブル震えている。

「主膳はどっちに逃げた！」

民治丸に聞かれ小兵衛が傍の杉の大木の小道を指さした。その小道は羽州街道とは反対の方角だ。大旦川《おおだん》に出て最上川に行く細い道だ。

「槍と太刀の使い手だが、主膳は質《たち》の良くない男だ！」

祠官の藤原義貫は主膳をよく知っていて吐き捨てるように言う。

坂上主膳は大酒飲みで酒乱気味の悪い酒だった。義貫はそんな主膳を叱ってきたのだが最悪の結果になった。

雨がほとんど上がると熊野明神の氏子総代、楯岡城下一の豪農で、甑岳《こしきだけ》が崩れても菊池《きくち》の財産は崩れぬと言われる菊池半左衛門《はんざえもん》が、十人ばかりの家人を引き連れて参道を駆けてきた。

数本の松明が赤々と燃えて参道が明るくなった。

「神職ッ、境内で人が斬られたというのは本当か？」

半左衛門は神前で斬り合いをするとは不届きだと怒っている。

「総代、浅野数馬さまが坂上主膳に闇討ちされたのだ」

「何んだと、闇討ちとは卑怯な、それで襲われた浅野さまは？」

「深手のようだ。ここに血の跡がある」

雨に流れたがまだ血の跡が水たまりに残っている。藤原祠官も民治丸も小兵衛も数馬が死んだとは言わない。

「民治丸、そなた顔色がよくないが大丈夫か？」

半左衛門が子どもの民治丸がずぶ濡れで立っているのを心配した。

熊野明神で事件が起きてから一刻ほどになる。そこに楯岡城から因幡守の馬廻り西《にし》村隼人正《むらはやとのしょう》が兵を三十人ほど率いて現れた。

隼人正は祠官の藤原義貰と目撃者の小兵衛から事件の話を詳細に聞いた。

「主膳は大旦川に逃げたのだな？」

「今頃は既に最上川かと思います」

「よし、主膳を追うぞッ！」

三十人の兵を率いて主膳が逃げた細道に隼人正が駆け込んだ。その様子を見ていた民治丸が膝から崩れて半左衛門の足元に転がった。

「民治丸ッ！」

半左衛門が叫んで民治丸を抱き起こす。

「若さま！」

「これは酷い熱だぞ。平助《へいすけ》ッ、民治丸を背負って家に運べッ、四郎《しろう》ッ、医者の石庵を呼んで来い！」

倒れた民治丸は半左衛門の家人、平助に背負われて菊池家に運ばれた。菊池家は参道を出た羽州街道沿いにある大きな屋敷だ。

「小兵衛、そなたは市左衛門殿に知らせろ！」

「はい！」

火の消えた松明と脇差を握って小兵衛が参道を駆け出した。雨は上がったがまだ真っ暗で夜明けの気配はない。

「神職、浅野さまが斬られた原因は何か知っておられるか？」

「それが考えてみても皆目見当がつかないのです。ここで闇討ちされる前、浅野さまとは一緒に碁を打っていたのだが、何かありそうな気配は全く感じられなかった。実に厳しい良い碁だったのだが……」

「殿さまがお怒りになられましょうな？」

「二百石の高禄で召し抱え、亡き弟さまのように可愛がっておられたというから、上意の討手が出るかもしれません」

「厄介なことになるな」

「家中に主膳を討ち取れるほど腕の立つ家来がおられるかどうか？」

祠官の藤原義貫は因幡守が上意の刺客を出したくても、主膳に返り討ちにされては面目が潰《つぶ》れることになると思う。

「剣術指南の東根《ひがしね》刑部太夫《ぎょうぶだゆう》さまでは？」

「いやいや、刑部太夫さまはもうお歳で、主膳を探し出して斬るのは無理でしょう。何年もかかる仕事になるかもしれん」

義貫と半左衛門は因幡守が討手を出すだろうと考えた。だが、逃亡した坂上主膳を探し出して斬ることは簡単な仕事ではない。

すぐ探し出せないと三年かかるか五年かかるか、ことによっては探しきれない場合もあり得る。極めて困難な仕事なのだ。

戦いの跡である参道の血は雨に洗い流され、斬り合いの場所には塩がまかれ義貫と半左衛門の手で清められた。

民治丸が菊池家に運ばれると、市左衛門と志我井、それに石庵が駆け付け、菊池家を挙げての看病で大騒ぎになった。

それを心配した祠官の藤原義貫も、暗いうちから菊池家に駆け付けて、高熱に倒れた民治丸を見守っている。

数馬と民治丸の親子に死なれてはあまりに悲惨だ。

「大丈夫です。民治丸は熊野明神さまに護られています。心配ない！」

数馬を失って憔悴《しょうすい》している志我井を義貫が励ます。

「石庵、雨に打たれた熱ぐらい何んとかしろ！」

半左衛門が気を失っている民治丸を見て、わが子の病のように石庵を叱るが、医師が手の打てることは少ない。

「子どもの熱は油断ができませんので……」

「そんなこと分かっておる、苦しそうではないか、藪《やぶ》めッ！」

八つ当たりするように半左衛門が叱ると、石庵も藪と言われて怒り半左衛門をにらんだ。叱られても医者が治せる病気などほとんどないのだ。

「兎に角、熱を下げることです」

「よし、甑岳から冷たい清水を運んで来いッ！」

半左衛門が家人を山に走らせて冷水を運ばせる。

二百石返上

その頃、楯岡城には続々と重臣たちが集まってきた。

楯岡因幡守は怒りを抑え大広間の主座にポツンと座って、数馬暗殺事件の始末をどうつけるか考えている。

坂上主膳を追って行った西村隼人正はまだ戻ってきていない。

「伝左衛門も主膳を追ったのだな？」

「御意、そのように聞いております」

既に、浅野数馬が坂上主膳に闇討ちされた事件の全貌は、近習や目付、馬廻りなどが調べ上げ因幡守の耳に届いている。

「奥山《おくやま》さまにございます」

小姓が筆頭家老の奥山弥左衛門《やざえもん》の到着を告げた。

「殿、主膳めが、とんでもないことをしたそうで？」

せかせかと大広間に入ると、因幡守に平伏してからそう言っていつもの席に座った。

「隼人正が追っている」

ブスッとした物言いをするときの因幡守は激しく怒っている時なのだ。滅多にないことで家臣たちはその怒りを恐れる。

「隼人正が主膳を捕らえてくれば即刻切腹でよろしいかと」

機嫌を取るように筆頭家老が因幡守を上目で見る。

「弥左衛門、切腹などとたわけたことを言うな！」

「はッ、それでは斬首で？」

因幡守が筆頭家老をにらんだ。

「青木《あおき》さま、倉田《くらた》さま、横山《よこやま》さまにございます」

青木玄蕃《げんば》、倉田治右衛門《じえもん》、横山監物《けんもつ》の三人の重臣が大広間に入った。

「遅くなりましてございます」

「岩崎《いわさき》さま、高木《たかぎ》さまにございます」

重臣たちが重苦しい顔で自分の席に座る。みな何が起きたか分かっていてどう対処すべきかを考えていた。

次席家老の岩崎惣兵衛《そうべえ》と目付の高木兵馬《ひょうま》は京の勧修寺屋敷で、因幡守が浅野数馬と初めて会った時、広間に控えて見ていた家臣だ。目付は横目ともいう。

家臣団を見張る大切な役目で戦いの時は軍目付《いくさめつけ》になる。

「殿、隼人正が主膳を追っていると聞きましたが？」

青木玄蕃が重苦しい雰囲気を嫌うように因幡守に聞いた。

「兵を三十人ばかり引き連れて行った」

「主膳は北に逃げたのか南に逃げたのか、隼人正からの知らせはありましたでしょうか？」

「熊野明神から西に逃げたそうだ」

「西とは？」

楯岡城の西方には最上川が北へと流れ、東方には甑岳が聳《そび》えている。甑岳から流れる大旦川は、熊野明神のわきを通って最上川に支流として注ぎ込んでいた。

「殿、熊野明神から西であれば大旦川から最上川、川を越えれば谷地《やち》、寒河江《さがえ》、庄内、越後へと逃げるのでは？」

筆頭家老がそう言って心配顔だ。

「分からぬ？」

「ご家老、そう遠くまで心配しても始まらぬこと、隼人正が探索するのは領内、それに最上川とその周辺まででござる」

心配性の奥山弥左衛門を怒った顔で次席家老がにらんだ。年寄りの筆頭家老より四十を越えたばかりの次席家老が実権を握っている。

「殿、隼人正が領内を探索しましても、主膳はいち早く領外に出てしまったものと考えるのが順当かと存じまするが？」

岩崎惣兵衛が冷静に言う。

因幡守は谷地城主白鳥長久《しらとりながひさ》とも、寒河江城主寒河江広種《ひろしげ》とも関係は悪くない。それだけに迂闊なことはしたくない。だがまだ主膳が領内をウロウロしているとも思えない。

切れ者の次席家老が因幡守の心中をそう読み切った。

「領外に逃げ去ったというか？」

「御意！」

「殿、討手を出されますか？」

高木兵馬が危険なことを口にした。

「兵馬、討手などと軽々に口にすることではない。万一、討ち漏らしたり五年も十年も探すことになったらなんとするか？」

冷静な次席家老が厳しく討手を拒否した。

「しかしながら、浅野家には仇討ができそうな者もおらず、このまま泣き寝入りでは家臣に示しがつきませんぞ」

「泣き寝入りとは何んだ。言葉を慎めッ！」

筆頭家老の老人が怒った。広間に険悪な空気が流れる。

仇討となれば厄介な問題なのだ。

主膳に闇討ちされた浅野数馬が、まだ二十六歳とあまりにも若いことを重臣たちは知っている。

そこに姿の見えなかった重臣の松本掃部《かもん》が息を切らして入ってきた。

「遅参いたした。申し訳ござらぬ」

筆頭家老の隣に座って因幡守に頭を下げた。

「殿、浅野家に立ち寄ってまいりました。遅参しまして申し訳ございません」

「それで、どうであった？」

「はッ、数馬殿は全身五ヶ所に深手を負って落命、主膳と壮絶な戦いをしたものと思います。おそらく、主膳も傷を負っているものと思われますが？」

「そうか、深手が五ヶ所もあったか。よく戦ったのだな？」

重臣たちは驚いて言葉が出ない。武家は刀も抜かないで斬られることを恥とする。数馬が戦ったと聞いて因幡守の目に涙が浮かんだ。

夜が明けて東の山から城の大広間に朝日が差し込んできた。

「殿、驚きましたのは数馬殿の嫡男民治丸にございます」

「どうした？」

「父親の脇差を握って仇を討つと、雨の中を熊野明神まで走ったそうにございます」

「ほう、それでどうした？」

「如何せん、六歳の子どもにて、ずぶ濡れになり体中の熱を奪われ境内で倒れたそうにございます」

「何んと、まさか子どもまで死んだのではあるまいな？」

因幡守が身を乗り出して松本掃部に聞いた。

「熊野明神に近い菊池家に運ばれて、医師の手当てを受けているとのことにございます」

「そうか……」

ほっとしたように言う因幡守は「見込みのある子のようだな？」と、民治丸の武士の子としての振る舞いに満足そうだ。

「ところで主膳は数馬に何んの恨みがあって闇討ちなどしたのか、誰か分かっているのか？」

最も因幡守が知りたい疑問だ。

「誰か聞いておらぬか？」

筆頭家老の奥山が一同を見渡したが返答がない。

「おかしいではないか。これだけの事件を起こしたのだ、何か耳にしたことくらいあるであろう」

筆頭家老は大いに不満顔だ。

すると松本掃部の隣に座る倉田治右衛門が、何もかも気に入らないとでも言うような仏頂面でつぶやいた。

「それがしが聞いたのは主膳が数馬の妻に横恋慕しているという噂だ」

「志我井にか？」

筆頭家老が驚いて聞き返した。

「それがしは深刻な碁敵だと聞いたがのう」

横山監物がボソッと言う。

「出羽大将さまの法要のことで言い合いをしたと聞いたが？」

高木兵馬がつぶやくように言った。出羽大将とは最上家、楯岡家の祖、羽州探題の斯波兼頼《しばかねより》のことだ。

誰も坂上主膳が数馬を闇討ちにした重大な原因を知らない。

主膳は数馬が因幡守のお気に入りの近習だと知っていたはずだ。その数馬を斬ればどうなるかぐらいは誰もが想像できる。

数馬は因幡守に可愛がられていても、家臣に横柄な言動をする男ではない。ことここに至っても誰も数馬暗殺の原因を知らなかった。

「殿、やはり、討手をお考えになられては？」

高木兵馬が問題を蒸し返した。

それに反対の岩崎惣兵衛が苦々しい顔で兵馬をにらんだ。

「討手か？」

因幡守は迷っている。

「はい、主膳が数馬に傷を負わされていれば、そう遠くまでは逃げられないかと」

「殿、上意討ちというような大袈裟なものではなく、主膳が怪我をしていればまだ領内のどこかに隠れている公算が高い。よって領内に限って刺客を放ち秘かに探索するということであれば、どこにも迷惑はかけないかと存じます」

討手には反対の岩崎惣兵衛が、因幡守の気持ちを考えて妥協した。

「それがよろしい。殿、次席家老の策でよいかと思いまする」

家老の奥山がいち早く岩崎次席に同意した。そこへ主膳を探しに行った西村隼人正が戻ってきて大広間の末席に平伏する。

「隼人正、ここへ！」

因幡守が扇子でもっと前に出ろと隼人正を呼んだ。

「どうであった？」

「はッ、主膳は大旦川から最上川に出たものと思われます」

「怪我をしているのでは？」

「血痕などは見つかりませんでしたが、小者の話ではそのようでございます」

「やはりそうか……」

因幡守は討手を出すべきか考えている。

「隼人正、主膳は舟で逃げたのであろうな？」

「ご家老、大旦川の小舟で最上川に逃げたものと思われます」

「南に逃げたとは思わないか？」

「もし傷を負っていれば、最上川を下って行ったと考えられます。寒河江や山形方面に逃げるのは難しいかと？」

「兵馬、惣兵衛の言ったように五人ほど討手を出す。そなたが指揮を執れ。隼人正、そなたは兵馬を支援しろ、刑部太夫も連れて行け！」

「殿、領内であれば探索にさほどかからぬと存じます」

消極的な岩崎惣兵衛は探索に期限を切りたい。この騒ぎが長引くことを嫌った。

坂上主膳は剣の使い手だが独り者で無役、捨《す》て扶持《ぶち》三十五石ほどで酒を飲んで生きている厄介者だった。

戦いがなければ役に立たない家臣だ。

因幡守の気に入りとは言え、浅野数馬が主膳に闇討ちされたのは私闘なのだ。

次席家老にしてみればそういう理屈になる。もし討手が返り討ちにされれば因幡守の面目が潰れる。

それも岩崎惣兵衛の懸念なのだ。

他にも厄介なのは数馬の二百石をどうするか、返上させるか嫡男民治丸にそのまま相続させるか難しいところだ。

六歳の子どもに二百石の俸禄では家臣たちから不満が出かねない。

家臣に妬《ねた》まれると苦労するのが志我井と民治丸の親子なのだ。

この時、岩崎惣兵衛は禄を減らし、民治丸を小姓として出仕させることも考えていた。

深　雪

その日のうちに五人の刺客が決まった。

目付の高木兵馬が大将で馬廻りの西村隼人正が副将、剣術指南の東根刑部太夫とその弟子で、最も腕の立つ阿部五郎八《あべごろはち》と柏倉宗兵衛《かしわぐらそうべえ》が選ばれた。

昼過ぎには五人が城を出て坂上主膳の探索に向かった。

五人の刺客たちは大日川の両岸から、秋の長雨で少し増水している最上川の両岸を、入念に調べながら庄内に下って行くことになった。

探索は領内だけというのは建前だ。

傷ついた主膳が川岸に倒れていないとも限らない。捨てられた川舟に血の痕跡でも見つかれば追える。

傷の程度にもよるが死んでいることも考えられた。

その頃、菊池家に運び込まれた熱発の民治丸が、石庵と志我井の看病で意識を取り戻した。

「母上……」

「民治丸！」

「爺……」

「うむ、大丈夫だ。すぐよくなる」

民治丸が目覚めたというので半左衛門と孫娘の深雪《みゆき》が部屋に現れた。

「民治丸、生き返ったか、無茶をしおって！」

半左衛門が民治丸を叱ってニッと笑った。さすが武家の子だと思う。

その傍で深雪が怒った顔で民治丸をにらんでいる。深雪は熊野明神の参道や境内で一緒に遊ぶ民治丸をよく知っている。

「馬鹿……」

深雪が民治丸を怒っている。

熱のある民治丸はそんな深雪をボーッと見ていた。民治丸より三つ年上の深雪はこの辺りでは餓鬼大将も敵《かな》わない強い女だ。

深雪に殴られていない男の子はいない。民治丸もポカリとやられたことがある。

「この度はご厄介をおかけいたしました」

「いやいや、市左衛門殿、民治丸はなかなか見どころがありますぞ」

半左衛門は民治丸が仇を討とうと、家を飛び出したと聞いてその気の強さを褒めた。

「お陰さまで助かりました」

志我井が半左衛門に頭を下げて礼を言う。

「難儀なことになりましたな。だが、民治丸が元気であれば何んとかなる。子どもが育つのは早い、あっという間に大きくなるものだ」

「はい……」

「殿さまも考えて下さろう。何も心配はない」

数馬が二百石の高禄で京の北面から来た武士だと城下では誰もが知っている。志我井も因幡守の命令で嫁ぎ、美男美女が一緒になったと噂になったものだ。

「民治丸は二、三日もすれば元気になる。それまで預かるゆえ、数馬さまのことを済まされるように」

「そのような……」

「半左衛門殿、そこまで厄介になるわけには？」

民治丸が倒れたとの知らせで市左衛門と志我井は、数馬の亡骸を屋敷に放って菊池家に駆け付けたのだ。

「市左衛門さま、民治丸さまのことは熱さえ下がればお連れいたしますので、今しばらくこのままに……」

石庵が医師として今動かすよりこのままがよいという。

「それがよい。そうなされ、まずは数馬さまのことを先に」

「かたじけない」

「遠慮は無用です」

民治丸を半左衛門と石庵が預かることになり、市左衛門と志我井が屋敷に戻って行った。夕刻になって因幡守の使いで重臣の青木玄蕃が浅野家に現れた。

「殿が討手を出された。主膳を討てとの命令だ」

「殿さまが？」

「うむ、討手は高木、西村の二人に剣術指南の刑部太夫殿など合わせて五人だ」

「そうですか？」

「ところで、伝左衛門が見えないが？」

「はい、倅は数馬が斬られたと聞き主膳を追いました」

「そうか、主膳を追ったか？」

市左衛門の息子で志我井の兄伝左衛門は、三十人の足軽を束ねている足軽大将である。数馬とは仲が良く、その数馬が斬られたと聞いて、家人を集めると屋敷を飛び出した。

「お城の仕事もございますので間もなく戻ってくるかと思います」

「伝左衛門と小者たちでは主膳は倒せないな？」

「はい、伝左衛門は主膳の剣の腕を充分に分かっております」

「ならば心配はあるまい。ところで確かめるが、数馬は供の者に何か言い残してはおられないか？」

「と申されますと？」

部屋には数馬の亡骸と青木玄蕃と市左衛門だけだ。

「闇討ちの原因だ」

玄蕃が声を小さくつぶやいた。

「数馬の最期の言葉ですが、民治丸と名を呼んだと供の小兵衛が言っておりましたが……」

「そうか、何か分かったらそれがしに知らせてくれ、いいな？」

「畏まりました」

青木玄蕃が市左衛門に暗殺の原因を調べろと命じたのだ。

その夜遅く、伝左衛門たちが戻ってきた。

最上川には舟が遭難しやすい碁点《ごてん》、隼《はやぶさ》など三難所がある。

その一つの三ヶ瀬《みかのせ》で伝左衛門は討手の高木兵馬たちと出会った。そこで高木兵馬に戻れと命じられた。

因幡守が討手を出した以上、勝手に主膳を追うことはできない。

それで探すのをあきらめて引き返してきた。

その夜、市左衛門は息子伝左衛門と娘志我井を呼んで、数馬と主膳の諍《いさか》いの原因は何かと問い質したが二人とも知らなかった。

酔った上での闇討ちとも思えない。

翌朝、菊池家にいる民治丸の熱も下がり峠を越えた。眼を覚ました民治丸の顔を深雪が覗き込んでいる。

「目が覚めたか？」

「うん……」

「民治丸、お前は馬鹿か、そんなへなちょこで仇など討てるものか」

「うん……」

強情な民治丸も深雪には素直だ。

「仇討をしたいか？」

「したい……」

「それなら、熊野明神に祈ってお願いすればいい、あの神社の神さまは素戔嗚尊《すさのおのみこと》という強い神さまだ。八岐大蛇《やまたのおろち》という頭が八つある大蛇を成敗した神さまだから、お前をきっと強くしてくれる」

「スサノオ……」

「うむ、この世の中で一番強い神さまだ」

「月山《がっさん》の神さまより強いのか？」

「強い。月山の神さまはスサノオの家来だ」

「神さまの家来か？」

嘘だというように民治丸がニッと笑った。

熊野明神は林崎《はやしざき》村にあることから林崎明神とか林崎神社とも呼ばれている。

「強くならないことには仇討はできないぞ」

「うん……」

九歳の深雪は賢い。十歳になったら嫁に行けると言われているが、兄たちに誰も貰い手がないだろうとからかわれている。

「おう、ずいぶん元気になったようだな」

石庵が部屋に入ってきた。

「今日一日寝ていれば、明日は起きられる」

「石庵さん、民治丸はもう元気だからすぐよくなりますよ」

深雪が大人っぽく言う。

「そうだね、深雪さまは民治丸さまの嫁さんのようだな？」

「まあ……」

石庵にからかわれ、深雪が嬉しそうに顔を赤らめていると半左衛門が入ってきた。

「どうだ。石庵？」

「子どもは治りが早く、熱さえ下がればたちまちでございます」

「そうか、今朝は粥でよいか？」

「五分にしていただきましょうか」

「深雪や、台所から民治丸の五分粥を持ってきてくれぬか？」

「はい、お爺さま……」

深雪が部屋を出て行くと半左衛門が民治丸の枕元に座った。

「数馬さまのことだが葬儀は明日の朝だそうだ。場所は祥雲寺《しょううんじ》だと伝えてきた」

「はい……」

「しっかり治して明日、祥雲寺に行け！」

「うん……」

「泣くな。武家の子はそう易々と泣くものではない。明日は元気よく祥雲寺に行け、泣くんじゃないぞ。踏ん張れ！」

「うん……」

「城から殿さまの家来が大勢来る。いいか民治丸、そなたは京の天子さまのおられる御所の北面の武士、浅野数馬さまの子だぞ。絶対に泣き顔を見せるなや？」

「はい！」

民治丸は気丈にうなずいたがもう泣きたいのだ。

父が死んだという実感はまだないが、父と会えないのだと思うとグッと悲しさが湧き上がってくる。

「石庵、明日の葬儀に出られるように頼むぞ」

「承知いたしました」

半左衛門が部屋から出て行ってしばらくすると、志我井と深雪が朝餉の粥を運んできた。

「母上……」

「元気そうじゃな？」

志我井は泣きそうな顔だがニッと小さく微笑んで民治丸を覗き込んだ。石庵が背中を抱いて起こすと深雪が民治丸に粥椀と箸を渡した。

「自分で食べな」

「うん……」

深雪は民治丸を甘やかさない。

そんな二人を志我井と石庵が見ている。

昨夜、泣き明かした志我井は、民治丸と二人で生きていく覚悟を決めた。子どもは成長が早い。十三、四歳で元服すればお城に出仕できる。

因幡守の命令があれば一、二年後には小姓として出仕できる。志我井はそんな覚悟を決めたのだ。


数馬の無念を一番よくわかるのが志我井だ。

民治丸が朝餉を取り終わると「明日の朝、迎えに来ますから……」と、志我井が座を立って部屋を出た。それを深雪が追った。

「深雪さん、お願いしますね……」

廊下で立ち止まった志我井が振り向いて深雪にそう言った。

「はい！」

志我井に民治丸を頼まれた深雪は一日中枕元に座って見張っている。

そっと眼を開けるとそこには深雪の顔がある。その顔がニッと笑うと民治丸は慌てて眼を瞑《つぶ》る。石庵が苦い薬湯を飲ませて帰って行くと、民治丸は深雪に叱られそうな気がして寝たふりをした。

夜になっても深雪が枕元に座っている。

結局、民治丸は朝から晩まで何もできず寝ているだけだ。二度、厠《かわや》に起きたが見張りの深雪がついてきた。

そんな怖い深雪のお陰で、民治丸の熱が翌朝にはすっかり消え去った。夢の中で泣いている母を何度も見た。

夜が明けると伯父の伝左衛門が迎えに来た。

「半左衛門殿、民治丸が世話になり申した。いずれ改めて礼に伺います」

伝左衛門が丁重に挨拶する。

「そのようなことはお気になさらず、それよりも高森さま、主膳はどのように？」

「殿が討手を出されたがまだ知らせはない。大旦川から最上川に出たのは間違いないのだが、川を下ったものか上って逃げたものか？」

「主膳は手負いだと聞きましたが？」

「うむ、傍にいた小兵衛の話だから確かなのだが、主膳の太股のあたりを斬ったのを見たというのだ」

「そうですか。小兵衛が見たのであれば、主膳が手負いになったのは間違いないかと。そう遠くまでは逃げられないのでは？」

「高木さまたち討手が仕留めて下さると思う」

「はい……」

主膳を討ち取ってほしいと願っているのは半左衛門だけではない。事件を知る城下の者はみな卑怯な主膳を怒っている。

「きっと主膳を斬り捨てて戻られましょう」

「そう願うのみです」

二人が話しているところに、半左衛門の妻と深雪に連れられて民治丸が現れた。

「元気になったようだな？」

「はい、有り難うございました」

民治丸が元気よく挨拶して半左衛門にペコリと頭を下げた。

「民治丸、この爺との約束を忘れるなよ」

「うん！」

うなずいてもう一度ペコリと頭を下げた。

刺　客

民治丸は正装に着替えると、母の志我井と祖母の於孝《おたか》と一緒に祥雲寺に向かった。

「ご苦労さまにございます」

志我井と於孝が警備の足軽にも丁寧に挨拶する。

民治丸はまだ幼いが暗殺された数馬の嫡男で葬儀の喪主だ。武家の子は泣かない。

「民治丸さま、お元気になってよかった」

「うん……」

足軽たちまで心配していた。

城から次席家老の岩崎惣兵衛と重臣の横山監物が来た。次席家老がこのような葬儀に出席するなど異例のことだ。

数馬が因幡守のお気に入りだったからだと誰もが思う。

「民治丸か？」

惣兵衛が声をかける。

「はい、今日は有り難うございます」

しっかりした声で民治丸が次席家老に挨拶した。

「うむ、元気になったようだな。志我井、この度は気の毒なことだった。だが、民治丸のためにもしっかりいたせよ」

「恐れ入ります。ご家老さまにお出ましをいただき御礼申し上げまする」

「殿が二人を心配しておられる。民治丸をしっかり育てるようにとのお言葉であった」

「有り難いお言葉を賜り、御意に適《かな》いまするよういたしまする」

「民治丸、いつでも城に上がって、殿さまのために働けるようしっかり学べ、いいな？」

「はい、分かりました」

次席家老と横山監物が席に着くと、祥雲寺の七世住職大中楚淳《だいちゅうそじゅん》大和尚が出て来て読経が始まった。民治丸は拳を握って泣かずに踏ん張った。悲しくても武家の子は泣かないのだ。

曹洞宗《そうとうしゅう》龍門山祥雲寺は楯岡城主伊予守満国が、応永十三年（一四〇六）に楯岡城の鬼門封じの寺として、能登の総持寺《そうじじ》二世峨山韶碩《がさんじょうせき》禅師の孫弟子十八世日山良旭《にっさんりょうぎょく》を招いて開山した寺で、因幡守の許しがあって数馬の葬儀が行われた。

暗殺されたことは武士としては不名誉なことだが、因幡守の並々ならぬ数馬に対する思いがあって祥雲寺での葬儀が許された。

浅野数馬は因幡守が上洛した時、大納言勧修寺尹豊の紹介で家臣にした北面の武士だ。

その経緯を知っている次席家老岩崎惣兵衛が、京の勧修寺家に数馬の死を伝えなければならず気が重い。

戦いで死んだわけではなく、暗殺では数馬の死は楯岡家の不名誉なのだ。

一方では、だからと言って主膳を探して、斬り捨てるまで討手を放《はな》ってはおけない。

そこが次席家老岩崎惣兵衛の苦しい判断なのだ。

探しあぐねた時、討手を引き揚げる命令が難しい。

主席の奥山弥左衛門が当てにならず、次席の惣兵衛がこういう判断を間違うわけにいかない。

因幡守の意を含んだ上で指揮を執らなければならなかった。

祥雲寺での葬儀は昼前に終わった。

民治丸が本堂から出てくると、境内に菊池半左衛門と深雪が立っていた。半左衛門と約束した通り、民治丸は悲しかったが泣かずに踏ん張った。

「おう、半左衛門、ご苦労だな」

民治丸の前を歩いていた次席家老が半左衛門に声をかけた。

菊池家は城に九百俵以上の年貢を納める城下一の豪農なのだ。城の重臣たちも菊池家の力を認めている。

「ご家老さまこそ、ご苦労さまに存じまする」

岩崎惣兵衛に頭を下げた半左衛門の傍で、深雪がニッと笑ったので民治丸が眼をそらした。

その夜、浅野家に市左衛門と伝左衛門、志我井の親子三人が集まり額を寄せて話し合った。

「葬儀の後、ご家老が二百石の返上を申し出るようにとつぶやかれた」

「返上ですか？」

志我井が聞き返した。

「民治丸が六歳では出仕は無理だ。ご家老は二百石を返上させ、新たに民治丸の元服までの俸禄を考えておられるようだ」

「新たに？」

「うむ、家中には三十石、四十石の者がいるのだ。数馬殿は殿さまのお考えで二百石の高禄を頂戴していたが、ここから先はそうもいくまい」

足軽大将の伝左衛門でも百六十石で二百石はもらっていない。

志我井は数馬が破格の待遇だと分かっていた。

おそらく、家老の惣兵衛が表立って話に出せないために、市左衛門に返上するようにと秘かにつぶやいたと理解した。

「三十石になるか五十石になるか、殿さまとご家老が民治丸のために考えてくださるはずだから……」

伝左衛門が二百石の返上に同意、志我井も何もできないのに二百石をもらっては申し訳ないと思う。家中で何を言われるか分からないと判断した。

民治丸の将来に災いになっては二百石など無意味だ。民治丸の将来は三千石、五千石以上なのかもしれない。

「父上、数馬さまの二百石は返上し、民治丸を立派に育てたいと思います」

「うむ、よく言った。民治丸は万石の武将かもしれない」

「はい……」

三人は次席家老の要請を受け入れて、数馬の俸禄二百石を返上すると決めた。

その三日後、市左衛門は隠居してから初めて登城した。因幡守にお礼言上というのが登城の名目だ。

楯岡城は東西五百間、南北三百二十間で東西に湾曲している三つの峰に築かれた山城で、巨岩の断崖絶壁に護られた天然の要害だ。

築城は古く承元二年（一二〇八）という。

前森今嶺が築城し五代で没落すると、応永十三年に最上家から最上伊予守満国が入って、楯岡伊予守満国と楯岡氏を名乗った。

城は西楯山、中楯山、東楯山の三峰に本丸、二の丸、三の丸など、多くの曲輪《くるわ》群を配置して、三つの山は痩せ尾根と急斜面でつながっていた。

甑岳を背にした城の城下は西から北に広がっている。

領地は最上川沿いの北に広く、三十数ヶ村を領し石高は四万五千石余り、兵力は最大で騎馬五百騎ほど、兵は二千七百人ほど動員できた。

楯岡城下では、康正二年（一四五六）に、加賀の儀賀市郎左衛門《ぎがいちろうざえもん》が延沢《のべさわ》銀山を発見すると、その銀の運び出しや銀山で働く者たちの生活用品を運び込むため、延沢から背中炙峠《せなかあぶりとうげ》を越えて林崎に出る街道が整備された。

その街道は銀山に出入りする人々の近道となり、そのお陰で楯岡城下も栄えることになった。

市左衛門は大手門を潜って西楯山の本丸に登って行った。

顔見知りに挨拶しながら本丸の大広間に入ると、次席家老の岩崎惣兵衛と重臣の倉田治右衛門が待っていた。

すぐ因幡守が現れ主座に座る。

「市左衛門、久しぶりだな」

「はッ、お陰さまで息災にしておりまする。この度は格別のご配慮を賜り厚く御礼申し上げまする」

「葬儀のことは惣兵衛から聞いておる」

「はい、つきましては数馬が頂戴しておりました二百石を、民治丸が元服するまで一旦返上いたしたく、お聞き届けくださりまするよう願い上げまする」

「数馬の俸禄を返上するというのか？」

「はッ、民治丸はまだ六歳にて……」

因幡守は市左衛門をにらんでいたが、次席家老をジロッと見て「どういうことだ」と聞いた。

「殿、高森殿は民治丸の将来を考えられ、一旦二百石を返上し、民治丸元服の折に改めて殿に考えていただきたいと申しておるように聞こえましたが？」

「そうか、それで民治丸が元服するまではどうするのだ？」

因幡守はこの返上は家中のことを考えた次席家老の策だと気付いた。

「親子二人であれば、三十石もあれば充分かと存じます」

その言葉を聞いて因幡守が怒った顔になった。二百石がいきなり三十石では惨いと思う。

吝嗇《りんしょく》家の家老めという露骨な顔だ。だが、こういう吝嗇家がいないと大名家がうまくいかないことも因幡守は分かっている。

「市左衛門、民治丸は見込みがあるそうだな？」

「はッ、まだ幼いながら賢いと、老人の欲目でございます」

「うむ、母親にしっかり育てるよう伝えておけ、民治丸の俸禄は元服するまで六十五石とする」

「はッ、有り難き仰せを賜り感謝申し上げまする」

市左衛門が平伏すると因幡守が次席家老をにらんだ。

「まことに結構でございまする」

岩崎惣兵衛が六十五石を納得した。

因幡守が半減と言うのではないかと思っていた。

六十五石であれば少々多いが家臣が納得する石高だ。二百石から百三十五石減なのだから家臣たちも考える石高になる。

沈黙している倉田治右衛門もそう思って納得した。

数馬が因幡守から拝領した浅野屋敷はそのまま親子が使うことになった。

その頃、主膳を追っている討手五人は、領地の最上川東岸を入念に探索しながら、庄内に向かって最上川を下っていた。

逃げている主膳の手掛かりは見つからなかった。もちろん、最上川の西岸も調べたがどこに消えたのか行方が摑めない。

血痕などの手掛かりも見つからなかった。

怪しいと思えるところは念入りに、川を上下に動いて舟から降りて探索もした。

藪の中で死んでいることも考えられ、草を薙ぎ払って調べたり、川に近い民家も見て回ったが、どこへ消えたのか全く主膳の痕跡がない。

「まず、酒田まで下ってみるしかないな？」

「はい、承知いたしました」

探索の指揮をする高木兵馬も頭が痛い。

手負いなのだからすぐ見つかると考えていた。だが、逃げている坂上主膳も、見つかれば殺されるのだから必死である。

それを探し出すのは容易なことではない。

こういう探索は日にちが経てばたつほど見つけるのが難しくなる。

五人は二隻の舟に分乗して左右両岸を調べながら、碁点、三ヶ瀬、隼、大淀、黒瀧と下って、中流域から下流に流れて行った。

最上峡の白糸の滝を見て庄内清川まで下った。なお下って酒田まで行ったとは考えにくいが、念のため海に出る河口まで調べた。

川漁師や川舟に怪しい舟を見なかったかなどを聞いたが、誰一人としてそのような舟を見ていないし川岸に舫《もや》われてもいない。

「おかしいな？」

「これだけ探しても手掛かり一つないとは解せないことだ。人間が一人、雲か霧のように忽然と消えることなどあり得ないだろう。ましてや、坂上主膳は手負いだというのに……」

「いかにも、金瘡《きんそう》は手当てをしないと命取りになりかねないが」

「どこかの百姓家にでも匿《かくま》われているか？」

「それは考えにくいのではないか、刀傷の侍を匿うだろうか？」

「無きにしも非ずだろう」

考えあぐねている高木兵馬に西村隼人正が同調した。

「大旦川から最上川に出て上流に向かったということはあるまいか?」

東根刑部太夫が可能性を口にした。

「上流か?」

「寒河江方面に逃げた可能性は考えられるな」

隼人正はどこを探せばいいか分からなくなり刑部太夫にも同調する。こういうことは迷い出すときりがない。

「どうであろう、二手に分かれて寒河江方面とこの辺りの庄内を探すことにしては?」

刑部太夫が考えを言った。

「それがいい、高木殿、そうしよう。このままではすぐ手詰まりになる」

「それがしが探しながら寒河江まで行こう」

刑部太夫が名乗り出て弟子二人を連れて上流に向かうことになった。

高木兵馬と西村隼人正は二人で庄内の東禅寺城下や大宝寺城下、後の鶴ヶ岡城下を探すことにした。

素戔嗚尊

数馬の葬儀が済んで浅野家は民治丸と志我井の二人になった。

あとは小者の小兵衛と台所の孫助《まごすけ》とお民の老夫婦だ。

その夜、志我井が民治丸を呼んだ。

「今日から浅野家の当主はそなたじゃ、幼いということは言い訳になりません」

「はい！」

「殿さまから六十五石も頂戴したのですから、登城はしないが因幡守さまの家臣です。お呼びがあればいつでも登城して、死ぬ覚悟でお仕えしなければなりません」

「はい！」

これまで民治丸が耳にしたことのない厳しい言葉の母だ。

「この六十五石はお父上の六十五石ではありません。そなたが新たに頂戴した破格の六十五石です。米俵にすると百五十俵以上になります。この城下で殿さまから百五十俵以上も頂戴しているのは立派なご家臣です。分かりますか民治丸殿！」

「うん……」

「うんではありません」

「はい！」

志我井は民治丸に殿と敬称をつけて呼んだ。

「明日から祥雲寺に通い和尚さまに学問を教えていただきます」

「坊主になるの？」

「いいえ、僧侶になるのではありません。殿さまの家来として恥ずかしくないよう、朝から昼まで和尚さまに色々な学問を教えていただきます。よろしいですか？」

「はい、分かりました」

「ここにお父上の脇差があります。今日からこれを腰に差していただきます。これを抜く時は民治丸殿が腹を斬る時です。お父上と思い大切にして決して抜かないように、いいですか？」

「はい！」

「立ちなさい。腰に差してあげましょう」

民治丸が立つと数馬の脇差を志我井が民治丸の腰に差した。あの雨の日に主膳を斬ろうと抜いた脇差だ。長いと思って民治丸が脇差を見た。

「お父上からお聞きしたのですが、この脇差は一尺八寸五分の大脇差で、二字国俊《にじくにとし》と云う銘《めい》の珍しい脇差だそうです。浅野家の家宝です」

「はい！」

民治丸が腰にした大脇差は来派《らいは》と言われる刀工の名品なのだ。来派の三代目とも言われる国俊の鍛えた大脇差だ。

「夜は枕元に置いて寝ればお父上が守ってくださいます」

民治丸は大脇差を見てそこに父がいるように思った。

母に抜くことを禁じられた腰の脇差が思いのほか重い。歩く時に足を引きずってしまうかもしれない。

母の部屋を出ると民治丸は廊下を何度も歩いてみた。

重い刀だ。

六歳の民治丸には長すぎる大脇差だった。

「おう、民治丸さま、立派にございます」

孫助が褒めるとお民が幼い民治丸の勇ましい姿に泣きそうな顔になった。

「父上の脇差だ」

「はい、いつもお父上さまが腰に差しておられました」

「少し長い……」

「すぐ背が伸びますから心配ございません」

孫助が嬉しそうだ。

小兵衛もニコニコと民治丸を見ている。小兵衛は十二歳の時から数馬に仕えてきた小者で十五歳になる。

翌朝、市左衛門が迎えに来て民治丸と小兵衛が祥雲寺に向かった。

腰の二字国俊は太刀のように充分に長いし重い。一日これを差していたら腰がフラフラになると思った。刀が歩いているような格好だ。

祥雲寺の本堂に入る時、階《きざはし》の下で二字国俊を鞘ごと抜いて手に持ち、市左衛門と一緒に薄暗い本堂に入った。

聖観音像の前に座り右脇に二字国俊をそっと置いた。すぐ楚淳大和尚が出て来て二人の前に座る。

「先日はお世話になりました」

市左衛門が数馬の葬儀で導師を務めた楚淳大和尚に礼を言う。

「浅野さまはお若く残念なことにございました。民治丸さまはお預かりいたしますのでご安心くださるように……」

「かたじけなく存じます。さあ、和尚さまにご挨拶をしなさい」

「はい、浅野民治丸です。よろしくお願いします」

「覚悟はよいかな？」

「はいッ！」

「いつものように元気がいいのう」

楚淳大和尚がニッと笑った。つられて民治丸もニヤッと照れ笑いをした。

祥雲寺の境内は民治丸たちの恰好の遊び場で、時々和尚に叱られて蜘蛛の子を散らしたように逃げていた。怖い和尚なのだ。

「明日早朝、卯の刻、夜明け前から一刻の座禅をしてもらう。本堂の扉は開けてあるからここに座って待つように。座禅と学問は昼までには終わる。よろしいか？」

「はい！」

「今日は寺の中を案内しよう」

楚淳和尚が手を叩くと、若い淳雄《じゅんかつ》和尚が民治丸と同じ年格好の小僧を連れて現れた。

「それではよろしくお願いいたします」

市左衛門が民治丸を祥雲寺に預けて一人で帰って行った。小兵衛は本堂の階の下にうずくまっている。

その日は寺の厠や台所など寺の中を見て回り半刻ほどで本堂に戻った。

祥雲寺は能登の大本山総持寺の日山禅師の開山で、この地方では最上川の傍にある黒瀧山向川寺《こうせんじ》と並ぶ曹洞宗の名刹である。

能登の総持寺は越前永平寺《えいへいじ》とどっちが本山か大本山論争をするほどの大古刹で、後に徳川家康が永平寺と総持寺をともに大本山と裁定する。

能登の総持寺は明治四十四年に能登を出て神奈川に移転することになる。

祥雲寺には常時十数人の学僧がいて座禅の修行をしていた。

道元《どうげん》の曹洞宗の禅は黙照禅《もくしょうぜん》といい、禅によって人間の持つ仏性を現すことを目的としている。

同じ禅宗でも、栄西《えいさい》の臨済宗《りんざいしゅう》の禅は看話禅《かんなぜん》といい、公案すなわち禅問答を解いて悟りに至る。曹洞禅と臨済禅は同じ禅でも禅風が違う。

民治丸と小兵衛は祥雲寺を出ると林崎村の熊野明神に向かった。

「小兵衛、主膳を追ったお城からの討手がどうなったか知らぬか？」

「最上川を酒田まで下って探していると聞きました」

「まだ、見つからないのか？」

「はい、見つかったという話は聞いておりません」

「早く見つかると良いな」

民治丸は腰の二字国俊が重く気になって仕方がない。

何んとも歩きにくく足を引きずるようになってきた。だが、民治丸は強情に我慢する。手に持って歩いたり担いで歩いたりすれば楽だろうと思うが辛抱した。

「父上が主膳を斬ったというのは本当か？」

「はい、見ました。主膳は間違いなく足を斬られました」

「父上はどうして主膳に負けたのだ？」

民治丸は父親が主膳に斬られたのが信じられない。

数馬が京で天子さまを護っていた北面の武士だと知っている。戦いには自信があったはずなのだ。

「お父上さまは突然大木の裏から飛び出した黒い影に、いきなり後ろから斬られました。太刀を抜いたのですが遅れたのです」

「最初の一太刀か？」

「はい、お父上さまは雨の中で戦いましたが血が噴き出して……」

小兵衛が戦いを思い出して両手で顔を覆って泣いた。

「泣くなッ、もし、見つからなければどこまでも追ってこの父上の刀で斬る！」

「はい、必ず、仇討を……」

「うむ、雪が降るまで見つからなければ、逃げられたことになるな？」

二ヶ月もすると雪が降る。

この最上川の中流域は豪雪が降るところだ。

楯岡城下から北は七尺も八尺も雪が降る。楯岡城下から南は一尺も降れば大雪だ。こんなにはっきりと積雪に差が出る土地は珍しい。人々は雪の多い少ないは西の方の山の形のせいだという。

北に鳥海山《ちょうかいさん》、西に月山、東と南には蔵王《ざおう》連峰などの長大な山脈が連なっている。

東西南北を高い山々に囲まれた盆地で冬は寒く夏は暑い、米のよくとれる水に恵まれた豊饒《ほうじょう》な土地柄だ。

二人が熊野明神にお参りしていると祠官の藤原義貫が顔を出した。

「おう、二人とも中に上がれ、ここの神さまは戦いの神さまだからな。祈ってやろう」

「神主さん、お賽銭の銭がないのですが？」

小兵衛が叱られるかと小声で義貫に言った。

「馬鹿、賽銭などいらぬわい。銭がないから願いが叶うのだぞ。上がれ、上がれ！」

義貫に促されて幼い主従が拝殿に入った。

「汚い足だな。どこから来た？」

「祥雲寺からです」

民治丸が汚れた足を見ながらはっきり答える。

「そうか、寺か、しっかり座禅と学問を和尚に教えてもらえ！」

義貫は囲碁仲間の数馬がいなくなって寂しいのだ。

「その刀が生涯そなたを護るようお祓《はら》いをしてやろう」

義貫が民治丸から二字国俊を受け取ると神前に供えてお祓いを始めた。二人はその様子を見ている。

「頭を下げろ」

二人が頭を下げると義貫の御幣《ごへい》が頭の上を払っていった。

「ここの神さまは素戔嗚尊というこの世で一番強い神さまだ。櫛名田比売命《くしなだひめのみこと》が八岐大蛇の生贄《いけにえ》になりそうなところを助けて、八岐大蛇を退治した強い神さまだ。その大蛇の尻尾から草薙剣《くさなぎのつるぎ》が出てきた。その剣を天照大神《あまてらすおおみかみ》に献上されたので、その剣は京の天子さまを守っておられる」

民治丸はこの話をあの深雪も聞いたのだと思った。

「他にもこの神社には伊弉諾尊《いざなぎのみこと》と伊弉冉尊《いざなみのみこと》をお祀りしてある。この二人の神さまはご夫婦でこの国を造り、海と山の全ての神さまを産まれた神さまだ。これで三人の神さまに護られる。強くなれ！」

祠官の藤原義貫がニッコリ笑った。

「この刀はそなたを護る草薙剣になる。お父上さまがいつも腰にしておられた大脇差だ。抜くな！」

義貫も母と同じことを言った。

二字国俊を受け取ると腰に差して民治丸は熊野明神から屋敷に戻った。長い刀を腰に差した民治丸を行き交う人々が珍しそうに振り返る。

「いい刀だな？」

「長くて重そうだ」

「すげえな」

民治丸の知り合いが声をかける。誰もが事件のことも民治丸が因幡守から六十五石をもらったことも知っている。

屋敷に戻った民治丸は重い二字国俊に腰をやられ玄関にへたり込んでしまった。

鞘ごと抜いてもそこにまだ差しているように体が傾いている。左腰から足まで痺れたようになって自分の足ではないように力が入らない。

「父上はこれを毎日腰に差しておられたのだな？」

「はい、それに太刀も差しておられました」

小兵衛がニヤリと笑う。

「そうか、大小を差したら腰が砕ける？」

「それが侍ですから……」

そこに孫助が顔を出した。

「若殿、大丈夫でございますか？」

「この刀が重い……」

「そんな弱音を言うと母上さまに叱られます。腰の刀は日に日に慣れてくるものです。辛抱してください」

孫助が叱るように言う。

「慣れるか？」

「寝る前に腰を揉んで差し上げますから、決して弱音を吐かれませぬよう」

「分かった」

孫助は民治丸だけを頼りに生きていく覚悟をした志我井の気持ちが分かる。民治丸が弱音を吐くようでは張り詰めた気持ちが折れてしまう。

民治丸を立たせると刀を持たせ、「母上さまにご挨拶をしてから台所へおいで下さい」と言って玄関から庭に回って行った。

禅の修行

民治丸は母に挨拶すると二字国俊を杖に立ち上がった。

「どうしました。腰が痛いのですか。それとも足ですか？」

「大丈夫です。どこも痛くありません！」

強気に言って部屋に戻り刀架に二字国俊を置いて、足を引きずりながら台所に走った。民治丸が期待した通り笊《ざる》に栗と山ブドウがあった。

「美味そうだ！」

「若さま、今、煮た栗を差し上げます。生栗はいけません」

お民が生栗を食うなと注意した。

「生栗は渋くて糞《くそ》が詰まるからな……」

小兵衛が汚いことを言ってニッと笑った。

「小兵衛、山ブドウもあまり食うと下痢するぞ」

ムシャムシャ山ブドウを貪る小兵衛を孫助が叱る。

「へい……」

小兵衛が持っていた山ブドウの房を民治丸に渡す。

「若殿もあまり食わねえ方がいい、明日から祥雲寺だから……」

「うん……」

うなずいたが民治丸は我慢ができない。山ブドウを小兵衛と一緒に貪った。

そこにお民が煮た栗を笊に入れて持ってきた。まだ湯気が立っている。それを取ろうとした小兵衛の手をピシャッとお民が叩いた。

ペロッと舌を出して小兵衛がニッと笑う。

「若さま、今、皮をむいて差し上げますから……」

孫助が笊に五、六個を取り分けて奥の志我井に持って行った。初物の栗だ。

これからは民治丸の好物の干し柿の季節だ。甘い物といえば干し柿くらいしかないから、子どもたちはみな干し柿が好きだ。

高森家に渋柿の木があって孫助がそれをもぎ取り、お民がその柿の皮をむいて荒縄で吊るし柿にする。

粉を噴いた干し柿になる前のトロトロの柿が美味い。

夜になって孫助が栗と山ブドウと茸《きのこ》を笊に入れて高森家に持って行った。

戻ってくると孫助が民治丸の部屋に入ってきた。

「若殿、腰を揉んで差し上げますので、今日は早めにお休みになって下さい」

「うん、明日から祥雲寺だ」

「民治丸さまはもう立派なお武家さまです。六十五石といえばお役についておられるお方もおられます」

「そうなのか？」

「はい、いずれ、お父上と同じように二百石、それ以上、三百石、五百石の武将になられるのが若殿です。その第一歩が祥雲寺での学問です。そうお考えください」

六十五石の俸禄は孫助にもうれしい。

孫助夫婦と小兵衛が今まで通り浅野家の小者でいられる。贅沢しなければ五人で充分に生活できる六十五石だ。一人が一年で食べる米を一石と勘定する。

志我井は数馬が二百石ももらっていたので、民治丸の将来のために蓄えてもいた。

翌朝、まだ暗い卯の刻、志我井に起こされた民治丸は、洗面すると台所で朝餉の粥を四杯も腹に流し込んで孫助と小兵衛と一緒に屋敷を出た。

腰に差した二字国俊が昨日より重い。

「若殿、大丈夫ですか、足を引きずっておられますが？」

「痛くない！」

心配する孫助に怒ったように言うと、痩せ我慢だというように小兵衛がニッと笑う。

三人は十四、五町を急いで祥雲寺に到着した。東の山々が少し白い。

傍の白山《はくさん》神社は巨木の森に囲まれてまだ闇の中だ。

山の稜線は夜が明けそうになっているが本堂は真っ暗だ。孫助と小兵衛は民治丸を本堂に残して帰って行った。

すると淳雄和尚の世話をしている小僧が、小さな灯りを持って民治丸を呼びに来た。

小僧は手燭の灯りを傍に置いて民治丸の前に座る。

「これから僧堂にまいりますがその作法を教えます。覚えてください」

小僧が悪戯っぽくニッと笑った。

「刀は刀架に置いていただきます。僧堂に入る時は入口の左の柱の傍から、左足から入っていただきます。合掌は肩の高さでします。歩く時はこのように手を胸に置きます。叉手《しゃしゅ》と言います。座る時には隣の人に合掌低頭《がっしょうていず》で挨拶します。向かい側の人にも同じように挨拶しますが、拙僧の真似をしてください」

大和尚のように拙僧と言ってニッと笑った。

「座り方はこの坐蒲《ざふ》を尻の下に置き、足をこのように組みます。これを結跏趺坐《けっかふざ》といいます」

民治丸は一々小僧の真似をする。覚えるのが難しい。

「拙僧の真似をすれば大丈夫です。このようにして体を左右に振って体の中心を決めます。左右揺振《さゆうようしん》といいます。手は右手を足の上に置き左手を乗せて親指を合わせます。この形を法界定印《ほっかいじょういん》といいます」

小僧が真似をするように言って教えるのだがなかなかに難しい。

「背筋を伸ばして頭のてっぺんで天井を突き上げてください。眼は半眼にして三尺先を見ます。眼を瞑っては駄目です。呼吸は鼻からします。臍《へそ》の下三寸の気海丹田《きかいたんでん》に気持ちを集中してください。屁《へ》をしないように……」

民治丸は小僧の真似をするが何をしているのか分からなくなった。

「一番大切なことは直堂《じきどう》さまから警策《きょうさく》をいただく時です。逃げると変なところを叩かれてとても痛いです」

「これか？」

民治丸が棒で叩く真似をした。

「うん、すごく痛いよ」

「やっぱりな……」

「直堂さまが叩くと合図したら合掌低頭、首を左に傾けます。ビシッと二回叩かれます。同じように反対側を叩かれることもあります。これが痛いのよ……」

小僧が泣きそうな顔をした。

「叩かれた後にも合掌低頭してから法界定印に戻ります。分かりましたか？」

「分からない……」

「座禅が一炷《いっちゅう》より長くなる時は経行《きんひん》と言って、足の長さ分だけ、足をするようにして、叉手で堂内を歩くことができます。座禅の終わりは放禅鐘《ほうぜんしょう》が一回鳴ります。そうしたら合掌低頭、左右揺振をしてから座禅を解きます。そして左右の人や向かいの人に合掌低頭で挨拶して、入堂の逆の作法で僧堂から出ます。分かりましたか？」

「分からない……」

「では、僧堂に案内します」

ニッと笑って小僧は勝手に話を進め灯りを持って立ち上がった。

「その坐蒲を持って下さい。両手で胸の高さ、僧堂に入ったら喋らないでください。分かりましたか？」

「分からない……」

民治丸は真剣に聞いたのだが、小僧が何を言っているのか全く分からない。ただ、小僧の真似をしていただけだ。

小僧が案内したのは学僧の寝食修行の場というよりは、座禅をするだけの道場という程度の小さな僧堂だ。

「ここに刀を掛けてください」

小僧が指さした刀架には既に立派な大小二組が掛かっていた。民治丸は一番下に二字国俊を置いた。小僧の真似をして僧堂に入ると既に学僧たちが揃っている。

僧堂の一番奥の暗がりに二人の武士が座っているのが眼に入った。

この武士こそ楯岡城の城主楯岡因幡守満英で、もう一人は近習の氏家左近《うじいえさこん》だった。

因幡守は暗いうちに目を覚ますと、月に一、二度馬を飛ばして祥雲寺に来て座禅をするのが習慣だ。

民治丸の父浅野数馬も因幡守の供をしてきたことがある。そんなことを知る由もない民治丸は、小僧の真似をして間違うことなく座に着くことができた。

止静鐘《しじょうしょう》が三回鳴って座禅が始まった。

民治丸が頼りにしている小僧が右隣に座った。左側には若い学僧が座っている。何んとも居心地が悪い。

体がムズムズするような落ち着かない気分だ。直堂の淳雄和尚が警策を顔の前に立てて堂内をゆっくり歩く。

壁に向かって民治丸は色々なことを考えた。父のことや母のこと、祖父のことや祖母のこと、時々怖い深雪も出てくる。

熊野明神の宮司は剣が強くなるようにと祈ってくれた。フッと思い出して頭のてっぺんで天井を突き上げる。

臍の下三寸がずっと気になっている。

法界定印の親指が時々離れる。結跏趺坐の足が痛くなってきた。体全体が作法を覚えようとひどく緊張している。

直堂が回って来て隣の小僧の背中を警策でピシッと二度叩いた。警覚策励《けいかくさくれい》という。

左隣の学僧もピシッとやられたが民治丸に回ってこない。そのうち半眼の眼が閉じて眠くなってきた。

前のめりになって明らかに瞬間眠った。気持ちがいい眠りだ。

その時、右の肩を抑えられた。

警策で抑えられたとすぐ分かった。眼を覚まして背筋を伸ばし合掌低頭、小僧に教わった通り首を左に倒して右肩を差し出した。

そこにピシッ、ピシッと尻の穴が、ギュッと閉まるような強烈な痛みが肩から背中、腰までを走った。それだけではなかった。

警策が左肩も抑えてきた。民治丸は首を右に傾けて左肩を差し出した。そこにピシッ、ピシッと二度警策が飛んできた。

呻《うめ》き声を出しそうになった。歯を食いしばって痛みをこらえる。

合掌低頭して法界定印に戻った。

民治丸は明らかに自分の体が右側に傾いていると気付いた。

背筋を伸ばして頭のてっぺんで天井を突き上げた。だが、そのうち民治丸は感覚がボロボロになって、自分がどうなっているのか分からなくなった。

右に傾き左に傾き前のめりになり散々な格好だ。

足も痺れて痛みが分からない。

四半刻が過ぎ、しばらくすると一炷で経行が許された。民治丸は痺れた足で土間に立った途端、足に力が入らず前のめりにゴロンと石ころのように転がった。土が冷たい。

民治丸はしばらく痺れた足を揉んでいたが立ち上がった。その時、自分が一番小さいことに気付いた。

頼りの小僧も民治丸より二つ三つ年上だ。首一つ背が高い。経行が終わると再び座禅が始まった。堂内は静まり返って呼吸が聞こえてきそうだ。

民治丸は小僧に教えられた通り、頭のてっぺんで天井を突き上げ、臍下三寸の気海丹田に気持ちを集中したがやはり長続きしない。何をやってもうまくいかず、足が痺れ体が傾き眠くなってくる。それでも何んとか後半の座禅を持ち堪えた。

直堂の淳雄和尚は前半に一度、後半に一度だけ警覚策励を与えた。

カーンと放禅鐘が一つ鳴って座禅が終わると、因幡守と氏家左近が堂を出て城に戻って行った。

二人が誰なのか民治丸は知らない。

因幡守も僧堂内の子どもが浅野数馬の子どもだとは思っていなかった。得度する前の小僧かと思っただけだ。

刀架の長い脇差が子どもの持ち物だとも思わない。

民治丸が本堂に戻ると楚淳大和尚が読経をしていた。

その後ろに民治丸が座った。しばらくすると読経が終わって楚淳大和尚が民治丸に向き直る。

「初めての座禅はどうであったかな？」

「痛かった」

「そうか、痛かったか。その痛さが有り難いと思えるようになった時、心の中にいる仏さまをそなたが悟る時だ」

「心の中の仏さま？」

「そうだ。仏性とも言う。全ての人の中に仏さまがいる。座禅をすればそれが分かるようになる」

「はい……」

「今日はお釈迦さまの話をしよう。お釈迦さまを知っているか？」

「はい、これです」

民治丸は右手を上に、左手を下に仏像の格好をした。

「そうだ。それは天上天下唯我独尊《てんじょうてんげゆいがどくそん》、全ての命が尊いという意味だ。灌仏会《かんぶつえ》、降誕会《こうたんえ》、仏生会《ぶっしょうえ》とも言う。お釈迦さまの生まれた日のお祝だな。そのお釈迦さまの話をしよう」

楚淳大和尚は民治丸に釈迦如来の話を始めた。

大雪

民治丸の学問は早暁から昼頃まで続き、迎えに来た小兵衛と熊野明神に参拝してから、屋敷に帰ると一刻ばかり志我井から書を学んだ。

そんな日が毎日続いた。

楚淳大和尚が忙しい時は座禅だけで終わることもある。だが、寺のことは淳雄和尚がやることが多く、座禅だけで終わることは滅多にない。

この年は雪が早く十月の半ばには雪が降り十一月には大雪になった。

それでも民治丸の学問の日は続いた。

坂上主膳の探索に出ていた五人は主膳を探し出せなかった。

因幡守の命令で探索が中止になった。坂上主膳がどこへ逃亡したか全く分からない。

厳しい探索でも逃げられたということだ。

浅野数馬を斬り熊野明神の境内から忽然と姿を消した。

心当たりはすべて当たったが主膳を探し損なって、高木兵馬と西村隼人正は憔悴しきって城に戻ってきた。

次席家老岩崎惣兵衛が懸念したことが現実になった。逃げた人間を探すことがいかに難しいかということだ。

深追いしても見つけられないと、城の重臣方の考えがまとまった。

こうなっては因幡守も無念だが、主膳探しを沙汰止みにするしかない。

大晦日になって高森伝左衛門が、次席の岩崎惣兵衛に呼び出され、坂上主膳を探すことが中止になったと伝えられた。

「伝左衛門、殿も無念なご様子だったが、それがしからこれ以上の探索はできないと申し上げた。そなたも無念だろうが仇討をするかどうかは、民治丸の成長次第にしてはどうかと思う？」

「民治丸はこの正月でまだ七歳にございます」

「子どもはすぐ大きくなる。そなたが仇討に出ることは許さぬ。今は乱世だ。この出羽でも何が起きるか分からない状況だ。そなたには足軽大将としてやってもらわねばならぬことが多い。いいか、断じてならぬぞ」

「はッ！」

次席家老の厳命で伝左衛門は義弟の仇討を封じられた。城への務めが優先だ。

その夜、浅野家に市左衛門と伝左衛門が来て、主膳を探すのが中止になったと志我井に城の方針が伝えられる。

「民治丸は六十五石もいただいているのだ。これ以上、殿にご迷惑はかけられないぞ」

市左衛門が娘を諭《さと》すように言う。

「父上、兄上、数馬さまの仇討は民治丸が元服してから考えることにいたします。殿さまから六十五石も頂戴している民治丸は幸せです。親子でしっかり生きていきます。必ず民治丸をしっかり育てます」

「うむ、それでよい。そのうち仇の消息が聞こえてくるかもしれぬ」

「そうだ。見つからないということは生きているということだ」

兄の伝左衛門が妹の志我井を励ます。

城中で探索打ち切りが決定しては、市左衛門にも志我井にも打つ手はない。民治丸が成長して父数馬の仇討をしたいと考えるかだ。

志我井は市左衛門と伝左衛門の話を聞き、二人が帰ると部屋に籠《こも》って一人で泣いた。愛する数馬を暗殺した坂上主膳が生きていることは耐えがたい。志我井はもっと易々と見つかり討手に斬られると考えていた。

民治丸は部屋に引き籠ったままの母を心配してそっと覗きにくる。

「お入りなさい」

志我井の凜《りん》とした声が民治丸を呼んだ。もう泣いてはいなかった。部屋に入ると
「覗いたりしてお行儀がよくありませんね」と民治丸は叱られた。

「ここにお座りなさい」

志我井の前に座った民治丸は、その顔を見て泣いた後だとすぐ分かった。こういう時の母が怖いことも知っている。

「お城で決まったことをお爺さまと兄上が知らせてくれました」

母の怒っている顔だ。

「はい……」

民治丸が小さくうなずいた。

「お父上を斬った坂上主膳を探すことが中止になりました。分かりますか、どこに行ったか分からず逃げられたということです」

そう言いながら眼に涙を浮かべている母の顔を民治丸は見ている。

「探し出すことは困難になったということです。誰もお父上の仇を討てなくなりました。分かりますね？」

「母上、主膳はこの民治丸が斬ります」

悲しい顔の志我井を慰めるようにニッと小さく笑う。

民治丸はあの雨の夜、坂上主膳が逃げたと知り、熊野明神の境内で必ず主膳を斬ると決めたのだ。

「母上、元服したら主膳を探しに行きます。きっと見つけて父上の仇を討ちます」

「どこにいるか分からないのですよ？」

「民治丸には熊野明神の神さまがついています。宮司さまが祈ってくれました。きっと神さまが主膳を探してくれます」

「民治丸殿……」

母が涙をこぼしながら微かに笑ったのを民治丸は見た。

何んともうれしそうな笑顔だった。

その夜、民治丸は何年ぶりになるか、母の胸に抱かれて寝た。

そして父と遊んだ楽しい夢を見た。

志我井は遂に母と子の二人だけになったと思った。民治丸の成長だけが志我井の全てになった夜だ。

翌朝、大雪になり二尺を超える雪が降った。

目を覚ました志我井は部屋に小さな灯りを灯すと傍で寝ている民治丸を起こした。

「民治丸殿、起きなさい」

寝ぼけて民治丸が目を覚ます。

「母上……」

「支度をしなさい。熊野明神にお参りに出かけます」

「熊野明神？」

民治丸は飛び起きると厠に走り、洗面をして自分の部屋に駆けて行き着替えた。

刀架から二字国俊を握ると腰に差す。

近頃は長いとも重いとも感じなくなった。だが、相変わらず民治丸の体の大きさに比べ二字国俊は長い。

母の部屋に戻ると志我井はよそ行きの良い着物を出して出かける支度の最中だ。

「台所で孫助に出かける支度をするように言ってください」

凛として人が変わったようだと母を見た。

「はい、分かりました！」

民治丸が台所へ走る。

「おや、若さま、お早いことで……」

腰に刀を差している民治丸を見てお民が驚いている。

「爺は？」

「昨夜、二尺ほど雪が降ったので道の雪かきをしていますよ」

「二尺も降ったのか？」

「大雪です」

「母上と熊野明神にお参りに行くから爺に支度をするようにと……」

「すぐ呼んできます」

お民が孫助を呼びに出て行くと、蓑を着た小兵衛が大あくびをしながら土間に入ってきた。

「あッ、若殿……」

「雪は上がったのか？」

「はい、もう降っておりません」

「そうか、これから母上と熊野明神にお参りに行く、急いで支度をしてくれ！」

「奥方さまと、は、はいッ！」

「祥雲寺さまに行くかもしれぬぞ」

「承知いたしました」

そこに孫助とお民がそそくさと戻ってきた。

「若殿、奥方さまがお出かけで？」

「爺、急いでくれ！」

お民が小走りに奥の志我井の部屋に走った。

孫助は数馬が死んでから、外に出なくなった志我井をお民と心配していた。それが熊野明神に出ると聞いて大喜びだ。

雪の日に出かけるのは難儀だがもう雪は降っていない。それにしても二尺の雪とは厄介な大雪だ。

雪は雨と違い音もなくしんしんと降り、のっと積もる。

時には三尺も降り積もることがある。この辺りでは滅多にないが一里も北に行くと一晩で三尺など珍しくもない。

まだ二十三歳の志我井は出かける支度をすると充分に美しかった。城下一の美女は少しも衰えていない。

それを見てお民が涙をこぼした。

「奥方さま、久々に美しいお姿を拝見いたしました」

「いくら着飾っても見てくださる数馬さまが……」

「数馬さまがおられなくても民治丸さまがおられます。自慢の母上さまですから
……」

志我井が小さくうなずいた。

「ずいぶん雪が降りました」

お民は美しい志我井に満足だ。

よく出かける気になってくれたとうれしい。部屋に引き籠って何かを考えている志我井を見るのは辛い。

「明神さまから祥雲寺さまに回ります。そのように支度を……」

「承知いたしました」

夜が明けると民治丸と志我井、孫助と小兵衛の四人が屋敷を出た。お民が留守居で残った。

彼方の葉山《はやま》までどこも真っ白な雪の世界が広がっている。

羽州街道に出ると雪の晴れ間に出てきた人たちが歩いていた。神社にお参りする人は少なくなかった。

「雪があがってようございました」

「この雪ですから、今年は豊作になりましょう」

また降りだすのではないかと誰もが空模様を気にしている。用心に孫助と小兵衛は笠をかぶって蓑を着ていた。

四人が街道を北に向かうと菊池家の門前に深雪が立っている。

「民治丸の母上さま、おめでとうございます」

「はい、おめでとう、深雪さん、お参りは済みましたか？」

「これからです」

「そう、ご一緒しませんか？」

「はいッ！」

深雪が民治丸を見てニッと笑った。

「ふん……」

鼻を振って民治丸は見なかったことにした。

深雪は民治丸を看病してから好きになった。一人っ子の民治丸も姉のような深雪が好きなのだ。

「正月から大雪で……」

「深雪さんは何歳になられましたか？」

一緒に歩きながら志我井が聞いた。菊池家の門から半左衛門と深雪の父や家人など

十二、三人がゾロゾロと出てきた。
「正月が来て十歳になりました」

「まあ、それではもうお嫁に行けますね？」

志我井に不意を突かれて深雪が顔を赤らめる。

兄たちに相変わらず貰い手がないと言われている深雪なのだ。近頃は棒切れを持って子どもたちを追い回すようなことはしなくなった。

長い刀を腰に前を歩いている民治丸を深雪が見ている。

「民治丸殿、良い太刀だ」

半左衛門が敬称をつけて民治丸を呼んだ。幼いが六十五石取りの立派な武家だ。

「父上の脇差です」

「うむ、腰に刀を差したからには立派なお侍です」

「はい！」

「奥方さま、民治丸殿のことを楚淳大和尚からお聞きしました。まことに筋がよいと褒めておられました」

「有り難いことです。殿さまのお陰で親子二人、不自由なく暮らしております」

「それは何よりです。子どもはすぐ大きくなるものです。昨年よりずいぶんしっかりしてきた」

「有り難うございます」

「民治丸殿、拝殿に上がらぬか？」

半左衛門が民治丸を熊野明神の拝殿に誘った。

穏やかにニッと笑った半左衛門は、はきはきと賢い民治丸を気に入っている。

「行こうか？」

「はい！」

民治丸は半左衛門と深雪の父親に挟まれて拝殿に上がった。二度目の昇殿だ。二字国俊を鞘ごと抜いて手に持った。

刀の扱いもだいぶ慣れてきた。

「総代、民治丸殿はお孫さんのようですな？」

「だといいんだがのう」

祠官の藤原義貫と半左衛門が笑う。三人は正月早々のお祓いを受けて拝殿を出た。

志我井と深雪、孫助と小兵衛が雪の中に立って三人のお祓いを見ていた。参拝が終わると民治丸と志我井は半左衛門と境内で分かれ祥雲寺に向かった。

入門

どんな大雪でも春になればあっという間に雪は消える。

大木の根方から消え始め、その鮮やかさは不思議なほどあっという間だ。蕗《ふき》の薹《とう》が芽吹き、土筆《つくし》ん坊が土手にずらりと並ぶ。

北国の豊穣《ほうじょう》を約束する春はそのようにして始まる。

相変わらず民治丸はいつも卯の刻に起きて、身支度をすると小兵衛と屋敷を出て、熊野明神に走って行きお参りをする。

踵《きびす》を返して祥雲寺に走って行く。まだ夜明け前で暗いが道は白く乾いていた。

祥雲寺に到着する頃には夜が明ける。

本堂で聖観音に挨拶して僧堂に向かい、一刻近く座禅をしてから本堂で楚淳大和尚と向き合う。

それは民治丸の賢い萌芽を育てる学問の日々だ。

昼近くまで書を読み楚淳大和尚の話を聞き、いつも迎えに来る小兵衛と競争で二人は走って屋敷に戻る。

家では志我井と筆を執って書の練習をした。

夕餉《ゆうげ》の前に半刻ほど庭で木剣を振る。母と約束した民治丸の日課だ。

それは通常の日課で、大きな葬儀などがあって祥雲寺に行かない日も、卯の刻には起きて小兵衛と熊野神社に走る。

屋敷に戻ると書を読み、筆を執って書の練習をし昼まで木刀を振る。午後は遊びに出てもよいがほとんど自室で書を読んで過ごす。

夏には小兵衛に誘われて孫助と三人で川干しに出かけたり、大旦川や最上川まで釣りに行ったりする。三人で甑岳に登ったりもする。

一年が過ぎ、天文十八年（一五四九）正月、八歳になった民治丸は、市左衛門と一緒に剣術師範東根刑部太夫を訪ねて入門した。

刑部太夫の道場は城の武士が大勢入門している。

民治丸は祥雲寺から刑部太夫の道場に走って、夕刻近くまで二刻の稽古に励んでフラフラになって屋敷に帰ってきた。

そんなある日、祥雲寺のない日にいつものように卯の刻に起きて、小兵衛と熊野神社に走って参拝してから、刑部太夫の道場に到着して二字国俊を刀架に置き木刀を握った。

「そなた祥雲寺の……」

民治丸に若い武士が声をかけた。

「あッ、座禅の……」

声をかけたのは時々祥雲寺の僧堂で民治丸と一緒になる氏家左近だった。

「そなた、いつ入門した？」

「この正月からでございます。浅野民治丸と申します」

民治丸が木刀を握って左近に頭を下げた。

「浅野と言ったか？」

「はい、浅野民治丸にございます」

左近は驚いてしばらく見つめていた。

「そうか民治丸か、そなたは浅野数馬殿のお子だな？」

「はい、浅野数馬は父にございます」

「やはりそうであったか、祥雲寺の刀架で見覚えのある脇差だと思ったが、数馬殿の大脇差だったのだな？」

「これは父の刀にございます」

民治丸が刀架の脇差を見た。

「そうだ、間違いなく二字国俊だ」

左近が腰から大小を鞘ごと抜いて刀架に置いた。

「そなた幾つになる？」

「八歳にございます」

「八歳か、それがしはそなたの父数馬殿と一緒に、近習としてお仕えしていた氏家左近と申す。数馬殿はそれがしの兄のような方であった」

「父上と……」

「そなたと兄弟弟子になれてうれしいぞ。一緒に稽古しよう」

「はい、お願いいたします」

「よしッ、容赦しないぞ」

左近が木刀を握って民治丸を連れて道場に入った。二人が刑部太夫に一礼して向かい合った。左近と民治丸では話にならないほど腕が違う。

「打ち込んでまいれッ！」

「はいッ！」

民治丸は木刀を上段に上げて力任せに振り下ろした。

カツンと左近が民治丸の打ち込みを跳ね返す。木刀が宙に跳ね上がって刑部太夫の前に飛んでいった。

民治丸が慌てて刑部太夫に平伏した。

「民治丸、肩の力を抜け、力任せでは駄目だ」

刑部太夫がつぶやいて小さくうなずいた。

「はいッ、分かりました」

民治丸が木刀を握って左近に向かって行った。

何度も何度も左近に木刀を叩き落とされる。それでも民治丸はあきらめない。周囲で稽古している者に民治丸の木刀が飛んでいきそうで危険だ。

そのうち手が痺れてきた。

二人の稽古は殺気立って凄まじいものになった。木刀を握ったまま小さな民治丸の体が、突き飛ばされて道場の羽目板に飛んでいく。

それでも見ている道場主の刑部太夫は止めない。周りが稽古を止めて羽目板の前に下がってしまった。

何度も何度も左近が民治丸の木刀を弾き飛ばす。

それを拾ってまた向かって行く。八歳の子とは思えない凄まじい気迫だ。左近も汗をかいて袖で顔の汗を拭う。

「さあ来い、まだまだだぞ！」

「はい、お願いしますッ！」

もう民治丸の手は肉刺《まめ》が潰れて血がにじんでいる。弾き飛ばされても打ち込んで行く。そのうち足がもつれて左近の足元に転がった。

それでも木刀を握って立ち上がろうとする。

フラフラになり、とうとう民治丸が腰から砕けて床に倒れ立てなくなった。

「どうした民治丸、立てッ！」

「は、はいッ！」

民治丸はよろよろともう限界だが刑部太夫が稽古を止めない。

剣客東根刑部太夫は浅野数馬に男の子がいると聞いて、いつ道場に現れるかと待っていたのだ。

民治丸を見てこの子は筋がいいとすぐわかった。

その民治丸は足がもつれながらも、最後の力を振り絞って左近に二度、三度と打ち込んで行った。

だが、左近に体当たりをされて羽目板に吹き飛んだ。

血でヌルヌルの木刀が手から滑って天井に跳ね飛ばされる。

その木刀を見て刑部太夫が「そこまで！」と稽古を止めた。羽目板に寄り掛かると眼がうつろな民治丸が床に転がった。

「運んでいけ！」

刑部太夫の命令で民治丸が道場から出された。

「手を見せろ……」

左近が民治丸の小さな手を見る。まだ可愛い子どもの手だ。

「肉刺が潰れたな。何度も潰れて固くなる。大丈夫だ」

「はい、有り難うございました」

「うむ、良い打ち込みだった。またやろう」

「お願いいたします」

お願いしますはいいのだが、民治丸の両手は何ヶ所も肉刺が潰れてプルプル震えている。左近は肌着の袖を千切って民治丸の手の平をぐるぐる縛り上げた。

民治丸は着替えもままならず、二字国俊を腰に差しただけで着替えを丸めて抱えるとふらつきながら屋敷に戻った。

城に戻った氏家左近は興奮した顔で因幡守の前に出た。

「どうした。うれしそうだのう」

「殿、祥雲寺の僧堂で見かける武家の子をご存じですか？」

「うむ、いつだったか足が痺れて土間に転がった幼い子がいたが、あれか？」

「御意、あの幼い子がどなたのお子かお分かりでしょうか？」

「余の知っている者の子か？」

「御意、寺の刀架の大脇差をご存じでは？」

「大脇差と言えば、まさか？」

「はい、その二字国俊にございます」

「数馬か、あれは数馬の子か？」

「御意、浅野数馬殿の一子、民治丸殿にございます」

「あれが、民治丸なのか？」

因幡守が本を閉じて書見台を脇に押しやった。興味津々の顔だ。

「民治丸と会ったのか？」

「はい、本日、刑部太夫殿の道場にて会いましてございます」

「ほう、余はしばらく会っていないが、道場とは木刀を握れるようになったのか？」

「はッ、本日、打ち込み稽古をしてまいりました」

「初めてか？」

「御意、寺で会う子だと気付き声をかけましてございます」

「そうか、寺では誰も喋らないからな。それでどうであった、手ごたえはあったか、どんな子であった？」

因幡守は僧堂の土間で大きな石ころのように、ゴロンと転がった幼い子を鮮明に覚えている。浅野数馬と京の勧修寺邸で初めて会った時のことも思い出した。

「殿、幼いながら人より優れた気迫を具《そな》えております。あの気迫は数馬殿の仇を討つ覚悟と見ました」

「ほう……」

因幡守が考え込んだ。

まだ七、八歳の子どもが座禅を組み、道場で木刀を振るうなど心に秘めたものがなければできないことだと思う。

因幡守は六十五石のことを思い出した。

高森市左衛門が数馬の二百石を返上してきたので、それを勧めた家老を叱らず新たに民治丸に六十五石を与えた。

その民治丸があの時、土間に転がった子だとは驚きだ。

「左近、今度、寺で民治丸と会おう、段取りをせい！」

「はッ、承知いたしました」

「道場では面倒を見てやれ、刑部太夫にも良く育てるよう伝えておけ！」

「畏まりました」

左近は民治丸を気に入り、兄のような気分なのだ。

その頃、屋敷に戻った民治丸の手は腫《は》れ上がって、夕餉の箸さえ持つことができない有り様になっていた。

民治丸は武家の子だ。決して痛いからといって泣かない。

小兵衛が甑岳に雪を取りに行って持って帰ると、一晩中、腫れ上がった民治丸の小さな手を冷やした。

翌日は両手を白い布でグルグルに巻いて道場に出た。

「民治丸、木刀を握れるか？」

「はい、握れます」

「そうか、今日は木刀の素振《すぶ》りだけでよいぞ」

左近は道場に現れず、刑部太夫が痛々しい民治丸の手を見て打ち込みを止めさせた。

そんな民治丸と因幡守の対面は一ヶ月も経たずに実現した。

民治丸の座禅が終わって本堂に行くと、いつもは馬を飛ばして城に帰る因幡守と氏家左近が現れた。

「お城の殿さまじゃ……」

楚淳大和尚が民治丸に紹介する。因幡守が眼の前に座ると民治丸が平伏する。

「浅野民治丸にございます」

「うむ、達者か？」

「はい！」

「面《おもて》を上げよ」

「はい！」

民治丸が顔を上げると因幡守がニッと小さく笑った。それにつられて民治丸も小さく微笑んだ。いつも僧堂で見ている立派な武士だ。

「余がそなたの父数馬と初めて会ったのは京の勧修寺家であった。確か、数馬は十七歳だった。聞いておるか？」

「はい、父から聞いております」

「そうか、数馬は若くして亡くなったがその分、そなたが精進して長生きすればよい」

「はい！」

「母を大切にいたせよ」

因幡守は民治丸に優しかった。

「六十五石もいただき有り難うございます」

「うむ、数馬のような立派な武士になれ、さすれば数馬と同じ二百石に加増して遣《つか》わす。それ以上でもよいぞ」

「はいッ！」

元気の良い民治丸を因幡守も気に入った。それを傍で見ている左近もニコニコと嬉しそうだ。

「因幡守さま、民治丸殿は必ずや良き武将になるかと思いまする」

楚淳大和尚が民治丸を褒めた。

「そうか。民治丸、和尚から学問を学び、刑部太夫からしっかり剣を学べ、これは余の命令である」

「はいッ！」

民治丸が平伏して対面が終わった。

この頃、天下は大きく動き始めていた。

暁の誓

出羽から遥かに遠い尾張国に、乱世を薙ぎ払うことになる大うつけがいた。

その男の名は織田信長と言い戦国の世に頭角を現しつつあった。

この年の二月二十四日、信長は隣国美濃の蝮《まむし》こと斎藤道三《さいとうどうさん》の娘、帰蝶《きちょう》姫と結婚した。信長十六歳、帰蝶は十五歳だった。

やがて民治丸も乱世の渦の中に巻き込まれることになる。まさに、民治丸と志我井の苦難の戦いは始まったばかりだ。

父の数馬を亡くした幼い民治丸の周りには、楯岡城主因幡守満英や氏家左近を始め、祥雲寺の楚淳大和尚、熊野明神の祠官藤原義貫、菊池半左衛門や東根刑部太夫など、民治丸を陰で支える人々がいた。

人はどこで誰と邂逅《かいこう》するかで生涯が決まる。

やがて民治丸は乱世の中で数えきれない人々と出会い別れることになる。人が生きるということは邂逅の連なりなのだ。

民治丸は氏家左近との出会いや因幡守との対面など、このところの出会いや出来事を全て母に話した。

道場に通うことによって民治丸の世の中が一気に広がった。

「そうですか、殿さまからそんなお言葉をいただきましたか。それはきっとお父上がそなたを守って下さっているからです」

「はい、民治丸は父上と熊野明神に護られています」

「母もそう思います」

母と子は仏を信じ神を信じて生きている。

夏が近くなると夜明けが早くなった。

ある日、東の山が白くなって民治丸と小兵衛が羽州街道を北に走り、熊野明神の参道に曲がろうとした時、菊池家の門前に深雪が立っているのに気付いた。

民治丸が立ち止まり、小兵衛は気を利かしたのか参道を走って行った。

「民治丸……」

深雪の顔は夜明けの明かりに白い。泣きそうな顔だ。

実は深雪を嫁に欲しいという話がきていた。だが、民治丸を好きな深雪は困って、民治丸が来るのをここで待っていたのだ。

「深雪、どうした」

「お嫁に行ってもいい？」

「うん……」

「駄目だ！」

「じゃ、民治丸のお嫁さんにしてくれる？」

「いいよ」

「本当だからね？」

「うん！」

うなずいて民治丸が照れたようにニコリと笑った。本当に深雪のことが好きなのだ。

「熊野明神のスサノオさまに誓ってくれる？」

「誓う！」

「本当だね？」

「よし。来い！」

民治丸が深雪の手首を摑んで参道を走った。もう民治丸の背丈は深雪に追いつきそうだ。

「若殿……」

深雪を連れてきた民治丸に小兵衛が驚いた。

「小兵衛、深雪を嫁にする」

「ゲッ、わ、若殿ッ、そりゃまだ駄目だ！」

「いいから、嫁にすると決めた！」

「そんな……」

「神さま、父上の仇討が終わったら深雪を嫁にもらいます」

「お願いします」

深雪も本気なのだ。

民治丸と深雪が並んで熊野明神に結婚すると誓った。二人の傍に立っている小兵衛はそんなことはできないと困った顔だ。

「深雪、父上の仇討をするまで待てるな？」

「はい！」

「若殿……」

「心配するな小兵衛、行くぞ！」

民治丸はまた深雪の手首を摑んで駆け出した。

小兵衛が困った顔で二人の後を追う。

菊池家の前で深雪の手を放し「明日の朝もここで待っていろ!」そう深雪に命じて民治丸が駆け出した。

それにブツブツ言いながら小兵衛が追いついてきた。

「若殿……」

「何んだ!」

「母上さまに叱られます」

「大丈夫だ。気にするな!」

民治丸と小兵衛が祥雲寺に駆け込んだ。

その日、祥雲寺から道場に行き、屋敷に戻った民治丸が志我井の部屋を訪ねた。

「母上、入ります」

「どうぞ……」

民治丸はいつも道場から戻ると母に挨拶する。近頃の民治丸の言葉遣いは自信に満ちている。武家として目覚めてきたのだ。

「ただいま戻りました」

「ご苦労さまです」

「母上、今日、菊池の深雪を嫁にいたしました」

「深雪さんを?」

志我井が驚くふうもなく聞き返した。

「深雪を嫁にもらいたい人がいるそうなので、誰かに取られるより先に嫁にしました」

「深雪さんはいいと言ったのですか？」

「はい、ただ、父上の仇討が終わるまで待つように言いました」

「それで……」

「待つそうです。熊野明神のスサノオさまに二人で誓いました」

「そうですか……」

志我井がニコッと笑った。

「深雪さんがよいのなら母に異存はありません」

民治丸が仇討にかける強い気持ちを志我井は分かっている。反対すればその気持ちを殺してしまう、気持ちが折れてしまうと判断した。

翌朝も民治丸は卯の刻に起きて熊野明神に走った。

菊池家の門前に半左衛門と深雪が立っている。民治丸は立ち止まったが小兵衛は左に折れて参道に走って行った。

「民治丸殿、深雪から全て聞いた。よろしく頼みます」

半左衛門が民治丸に頭を下げた。

半左衛門は深雪から「仇討が終わるまで待ちます」と聞いて、志我井と民治丸が何を考えているか全てを理解した。

だが、仇討は何年かかるかわからない危険な話だ。

菊池半左衛門は民治丸が毎朝、熊野明神にお参りしていること、祥雲寺で学問をしていること、刑部太夫の弟子になったことなど全て知っていた。

「こちらこそ、よろしくお願いします」

民治丸が大人の挨拶をする。

もう民治丸は熊野明神の参道で倒れ、菊池家に運び込まれた時の民治丸ではなかった。たくましく成長しつつある。

半左衛門ははっきりそれを感じた。

「深雪には民治丸殿の嫁として恥ずかしくないようさせます」

民治丸が深雪を見てニッと笑った。

「御免！」

民治丸が半左衛門にペコリと頭を下げて参道に駆け込んだ。

それを見送り半左衛門は武家の子は違うと思った。腰に刀を差すということはそういうことなのだと納得した。

まだ、遊びたい盛りの幼い子が、父親の仇討の覚悟をしている。半左衛門はそんな民治丸を支援すると決めた。

深雪と結婚したいならくれてやる。

必ず仇討をするという民治丸の決心が体から発散していた。

いつもボーッと生きている自分の孫たちとはずいぶん違うものだと、半左衛門は愕然とする思いだ。

「深雪、民治丸殿の本懐はお父上の仇討だ。分かるな?」

「はい……」

「その邪魔になるようでは民治丸殿の嫁にはしないからな。武家の嫁になるのだぞ。いいのだな?」

「はい、覚悟しているから……」

深雪は民治丸が戻ってくるのを半左衛門と一緒に待っていた。

しばらくすると民治丸と小兵衛が参道を走って戻ってきた。二人の前で立ち止まり頭を下げ笑顔で祥雲寺に向かった。

「重そうな刀だったたな?」

「はい……」

深雪が半左衛門を見てうれしそうに笑う。

その夜、菊池半左衛門が一人で浅野家を訪ねた。朝の早い民治丸はもう寝ている。

広座敷に通された半左衛門の前に志我井が座った。

「奥方さま、民治丸殿からお聞きでしょうか？」

「はい、深雪さんを嫁にしたと聞きましたが……」

「それで奥方さまのお考えは？」

「深雪さんさえよろしければ、そのようにしたいと思います」

「そうですか……」

「深雪さんのお気持ちをお聞きに伺おうと思っておりました」

「そうでしたか？」

半左衛門は志我井の気持ちを聞いて一安心だ。

「二人は熊野明神に誓ったということで……」

「はい、そのように聞きました。よろしくお願いいたします」

「こちらこそ、何も知らない百姓の娘です。民治丸殿の邪魔にならないようにだけはいたします」

「有り難うございます」

半左衛門は志我井が浅野数馬の仇討のため、必死で民治丸を育てている覚悟を感じ取った。

それは生半可な覚悟ではない。

夫に先立たれた志我井が命さえかけていると半左衛門は思った。そうしなければ仇討など成就しない。

武家とはなんと凄まじいのだと感動する。

「何んのお役にもたてませんが、民治丸殿の本懐成就をお祈り申し上げます」

「かたじけなく存じます」

まだ若く美しい志我井の悲壮な覚悟に、半左衛門は武家の凄まじい思いを見た。

何年かかるか分からない仇討だ。

幼い二人が夫婦約束をしても、どうなるか分からない長旅になるだろう。半左衛門は仇討の難しさを分かっている。

逃げられて成功しないことが多いと聞いた。

坂上主膳を探すだけで何年もかかる。探し出せないことの方が多いとも聞いた。そんな困難を親子が乗り越えようとしている。

そこに孫娘が巻き込まれるのだが、半左衛門はそれも運命だと思う。運命は人知の及ぶものではない。

神のみぞ知ることだ。

秋になって七月三日、遥か彼方の九州薩摩《さつま》坊津《ぼうのつ》の湊《みなと》に、キリスト教の宣教師フランシスコ・ザビエルが到着した。

乱世の真っただ中で日本は群雄割拠の大混乱だが、南蛮ではルネッサンスの花が大きく開いていた。

そんなことを知る由もない出羽国楯岡城下で、浅野民治丸は生涯を一剣にかけることになる厳しい修行の中にいた。

傍には愛する母の志我井と深雪がいる。

二章　大明神沢

武芸者

「おい、小僧！」

熊野明神の社殿の裏から、槍を担いだ一見で浪人と分かる髭面の武士が出てきた。

夜が明けたばかりの境内は蟬が鳴き暑くなる前で清々しい。清浄な神社の森には似つかわしくない男だ。

「小僧とは無礼な、浅野民治丸さまだぞ」

怒った小兵衛が恐ろしげな男に強気に向かって行った。

髭面がニヤリと笑う。

「そうか、ならばその浅野殿に少々尋ねるが、この城下に東根刑部太夫という剣術師範の道場があると聞いてきたのだが、知っておるなら教えてもらいたい」

民治丸は礼儀をわきまえた浪人だと思った。

「ご尊名をうかがいたいが？」

「それがしは諸国を巡って修行をしておる南条又右衛門《なんじょうまたえもん》と申す」

「南条さまは武者修行を？」

「さよう、昨夜はこの神社の一隅をお借りした。蚊には往生したわ」

「そうですか、刑部太夫さまの道場はこの参道を右に出て、街道の半里ほど先にございます。目印は銀杏《いちょう》の大木です」

この浪人は害を及ぼすような男ではないと判断して道場を教えた。

「かたじけない」

南条又右衛門が神社に一礼すると境内を出て行った。

「若殿……」

「小兵衛、あの南条さまは汚れた浪人だが悪人ではないぞ」

「そうですか？」

「人は姿かたちではない。よく見れば分かるものだ」

「そんなもんですか、あの怖そうな髭面が悪人ではないと？」

小兵衛は不満顔だが十一歳になった民治丸は大きく成長していた。人は姿かたちではない。心のありようこそ大切なのだ。

それが大和尚の教えだった。

五年近い修行で民治丸は多くのことを身につけた。

その日は祥雲寺のない日で、熊野明神に参拝すると南条又右衛門の後を追うように道場に向かう。

修行者らしく大股で歩く又右衛門は銀杏の大木を見上げると、槍を小脇に抱え道場の門を潜り玄関で「お願い申すッ！」と大声で叫んだ。

まだ早朝で道場は深閑としていたが数人の弟子たちがいた。

「おうッ！」

刑部太夫道場で四天王と言われる大石孫三郎《おおいしまごさぶろう》が応対に出てきた。

「旅のお方か？」

「いかにも、それがしは諸国修行の南条又右衛門と申す。剣術師範刑部太夫さまに一手ご指南いただきたくお願い申し上げる！」

「丁寧なるご挨拶痛み入る。して、そこもとの主人か師のお名前は？」

「それがしには仕官した主人はおりません。剣の師は鹿島《かしま》の塚原土佐守《つかはらとさのかみ》さまにて、師の末席を汚した若輩者にござる」

「おう、鹿島の塚原さまのご高名はお聞きしております。その塚原さまのお弟子であれば喜んで、こちらこそ一手ご指南いただきたい。どうぞ」

大石孫三郎は塚原土佐守の名を聞いて、又右衛門が道場に上がることを許した。その二人のやり取りを又右衛門の後ろに立って民治丸は聞いていた。

「では、お願い申す」

又右衛門が槍を傍に置き敷台に腰を下ろした。

その眼の前に民治丸がいる。

「おう、浅野殿、この道場の門人でござったか、先ほどは失礼仕った」

民治丸がニッと微笑んで一礼する。孫三郎が民治丸をチラッと見た。油断していない緊張した顔だ。

草鞋を脱いだ又右衛門が槍を抱え敷台に立った。

「どうぞ……」

「失礼いたす」

道場の入口で正面の祭壇に一礼してから足を踏み入れた。孫三郎はこの男は強いと警戒心を持った。

道場の隅に槍を立てかけ、腰の太刀を鞘ごと抜くと、道場の末席に正座して又右衛門が座った。太刀を脇に置いた。

顔のむさ苦しさとは逆に静かな佇《たたず》まいだ。

民治丸は支度を整えると木刀を持って道場に入り、南条又右衛門とは反対の隅に行って座った。

又右衛門は眼を瞑って瞑想している。

民治丸もこの髭面は強そうだと思った。

門人が続々と道場に揃い、刑部太夫が姿を見せると稽古が始まった。

静寂の道場が一変して騒然となり、又右衛門は眼を開いて門人の動きを見ている。

体がほぐれてくると道場では打ち込みが始まった。

入門して四年目の民治丸は相当腕を上げたが、まだ左近から一本も取れない。その左近は刑部太夫の隣に座っていた。

氏家左近、大石孫三郎、阿部五郎八、柏倉宗兵衛の四天王が珍しく揃っている。刑部太夫の隣にあまり見かけない目付の高木兵馬が座っていた。

家中一の槍の使い手と言われている。戦場で鍛えられた荒々しい実践の槍だというが、民治丸はまだ見たことがない。

半刻ほどで道場内には熱気が充満して、末席に又右衛門がいるからだろうか、いつもより誰もが緊張していると民治丸は思った。

「やめッ！」

大石孫三郎が稽古を止めた。

「南条又右衛門殿ッ！」

「はッ！」

名前を呼ばれた又右衛門は脇差を鞘ごと抜いて太刀と並べて置き、立ち上がると道場の中央に進んで刑部太夫の前に座って平伏した。

「鹿島の塚原土佐守さまのお弟子と聞きましたが？」

刑部太夫が声をかけた。

「はッ、老師の名を出すのも恥ずかしい未熟者にございます」

「土佐守さまはお元気か？」

「齢《よわい》六十四歳になられました。二度目の廻国修行を終わられた由にて、名を卜伝《ぼくでん》と改められたと聞いております」

「塚原卜伝さま？」

「鹿島新当流の開祖にございます」

「うむ、南条殿は秘伝の一之太刀《ひとつのたち》をご存じか？」

東根刑部太夫は天下に名の知られている、塚原土佐守の秘剣一之太刀のことを知っていたのだ。

「それがしは未熟者にて、一之太刀の伝授はいただいておりません」

南条又右衛門の正直な物言いに、刑部太夫も又右衛門は強いと感じた。それは傍にいる四天王も高木兵馬も感じていた。

「太刀がよろしいか、それとも槍か？」

「太刀にてお願い申す」

「では……」

　刑部太夫が四天王を見た。常であれば四天王が出ることなどない。その時、又右衛門が意外なことを言った。

「刑部太夫さま、今朝、林崎村の熊野明神で世話になった、浅野殿をまずは最初にお願いしたいが？」

「浅野？」

　道場の視線が民治丸に集まる。

「お願い申す」

　熊野明神で又右衛門は何を感じたのか、小手調べのためか民治丸を指名した。驚いて道場がざわつき民治丸もびっくりした。

　とても武者修行の武士を相手にできる腕などないと民治丸はわかっている。

「民治丸！」

「はい！」

　刑部太夫に呼ばれて木刀を握ると立ち上がった。

「では、お借りいたす」

南条又右衛門は立ち上がると、道場の刀架の前に行き無造作に木刀を取って素振りをし、民治丸の前にゆっくり歩いてきた。

熊野明神で会った時とはまるで違う殺気に包まれている。

だが、物おじしない民治丸は又右衛門と並んで、刑部太夫に一礼してから又右衛門と向き合った。

圧倒的な迫力の髭面が眼の前にある。「こりゃ駄目だ」と思うが一礼して木刀を構える。

「いざッ！」

又右衛門は髭面とはまるで違う静かな佇まいで、これは何んだと民治丸は初めて恐怖を感じた。この人は本物の剣客だと思う。

比べようもない力の差は誰にも分かる。踏み込んだら簡単に民治丸が斬られると道場に緊張が走った。

木刀の切っ先が小さく円を描きながら誘っている。

民治丸には又右衛門の心が見えた気がした。

自分では冷静なつもりだが民治丸は興奮していて、又右衛門の切っ先の動きに誘われるように、上段へ木刀が上がって打ち込んだ。

それをガツッと受け止めた又右衛門が、両腕を突き出して民治丸を突き飛ばした。

そこにスッスッとすり足で迫る又右衛門の足が見えた。それを払わず、民治丸は床を転がって羽目板に逃げた。

咄嗟に足を払えば自分が斬られると思ったのだ。

猫のような素早い動きで片膝を立て木刀を構えた。だが、民治丸の力はそこまでだった。又右衛門の木刀が上段に上がった。

「それまでッ！」

刑部太夫が又右衛門の踏み込みを止めた。

又右衛門の上段からの一撃で民治丸は砕け散る。

民治丸は素早く立ち上がると、又右衛門の前で正座して「有り難うございました！」と礼を述べて席に戻った。

鍛え抜かれた鋼《はがね》のような強靭な強さだと思う。

「お願いいたす！」

大石孫三郎が立ち上がった。

道場で最も強く氏家左近と互角と言われている。

それを道場の誰もが知っている。一瞬にして道場の雰囲気が凍り付いた。民治丸とはまるで違う緊迫した立ち合いだ。

二人が向き合うと凄まじい殺気だと民治丸は思った。

どちらからも仕掛けず互いの力量を読み合っている。すると読み切ったように又右衛門が気合声を発して誘うように上段から仕掛けた。

その又右衛門の木刀をバキッと孫三郎が跳ね上げ、二、三歩後ろにさがって逆に又右衛門の胴を払った。

又右衛門はその動きを分かっていたようにカツッと受け止めると、グイッと孫三郎の木刀を持ち上げ体を寄せて押し込んだ。体の大きい又右衛門が押す。

二歩、三歩と孫三郎は押し込まれたが、鍔迫《つばぜ》り合いを嫌うように又右衛門の力を右に流した。

その瞬間、又右衛門は前のめりになったが木刀で孫三郎の胴を払った。その切っ先を跳ね上げた孫三郎が上段から斬り下げる。

又右衛門の強靭な体は崩れそうでなかなか崩れない。ウオーッと遠吠えのような気合で孫三郎の剣先を木刀の根元で受け止める。肩から孫三郎に体当たりした。

よろめいた孫三郎は二間ほど離れて態勢を立て直す。

両者が譲らない激しい戦いになった。

若い又右衛門の方が勢いはあるが、孫三郎も修練した技で互角に渡り合っている。

二度、三度と鍔迫り合いになったが決着がつかない。

「それまでッ！」

刑部太夫が二人の立ち合いを止めた。息を吞む戦いで二人は大きく肩で息をしている。

「良い立ち合いだ。南条殿は厳しい修行をなされたようだ」

「恐れ入ります」

力強く無理のない太刀筋の又右衛門は、刑部太夫に気に入られしばらく道場に逗留することになった。

さすが塚原土佐守の弟子と思わせる力量だ。師の高名を傷つけないだけの充分な技量を具えている。こういう廻国修行の武芸者はどこでも歓迎される。

一方で質の良くない強盗まがいの浪人が徒党を組んでのし歩き、相手を袋叩《ふくろだた》きにして何がしかの金銭を奪って糊口をしのぐことも少なくない。

名のある剣客を倒して、天下に名を上げようとする狼のような武芸者もいる。

多くの武芸者は腕を認められ、乱世の大名に仕官したいという者たちなのだ。槍一本の武功で一国一城の主になれるのが乱世だ。

夕刻、屋敷に戻った民治丸は興奮気味で、その日の出来事を母の志我井に話した。

「母上、天下には強い剣客が多いようです。本日、道場に髭面の武芸者が現れ、大石孫三郎さまと互角の勝負をいたしました」

「鹿島の塚原土佐守さまというお方の弟子だそうです」

「ほう、大石さまと？」

「塚原土佐守さま？」

「ご存じですか？」

「何度かそなたのお父上にお聞きしたお名前のようですが、どんなお話だったかは忘れてしまいました」

志我井が困った顔で苦笑する。

民治丸に数馬から聞いた話をしてやりたいのだが、志我井はその話の内容をすっかり忘れてしまっていた。

「塚原さまという方は鹿島新当流という流派を開かれた方だそうです」

「そうですか。きっと立派な方なのでしょうね」

「そう思います。お会いしたいものです」

民治丸はその老剣士と会ってみたいと少し夢が膨《ふく》らんだ。

「鹿島というのは常陸国《ひたちのくに》の鹿島神宮です。確か、お父上が行ってみたいと仰っていました」

「父上が？」

民治丸は南条又右衛門と鹿島の塚原土佐守に強く興味を持った。

八　楯

東根刑部太夫の道場では四天王に南条又右衛門が加わって猛稽古が続いた。又右衛門の厳しい大声が響き、いつになく活気に満ちた道場で、民治丸は毎日又右衛門に名指しで呼ばれて打ち込みを繰り返した。

左近も孫三郎も気合が入って民治丸は鍛えられる。

近頃、民治丸は刑部太夫に手を見てもらえるまでに腕を上げていた。その日課は早朝からいつも同じだ。

早朝、卯の刻に起きて小兵衛と林崎熊野明神に走る。近頃は小兵衛の護衛なしで民治丸一人の朝もあった。

菊池家の門前には十四歳になった深雪が時々立っている。

「深雪、今朝は朝から暑いな」

「はい……」

そんな挨拶で民治丸は熊野明神の参道に飛び込んで行く。夏は夜明けが早く祠官の藤原義貫が境内の掃き掃除をしていることもあった。

参拝を済ませると民治丸は踵を返して境内から飛び出し参道を走った。

深雪は民治丸が戻ってくるのを待っている。裕福な菊池家と縁を結びたい者たちから、今でも深雪への結婚の申し込みが多い。

半左衛門はそれを丁重に断る。もちろん理由は言わない。

「後でお屋敷に伺いますから」

「うん、母上がいる」

民治丸は止まることなく深雪の前を駆け抜ける。

深雪は時々畑の物や魚などを持って志我井を訪ねた。そんな深雪を志我井は民治丸の許嫁《いいなずけ》として娘のように可愛がっている。

祥雲寺での学問と、道場の修行が忙しい民治丸は、夕刻でなければ屋敷に帰らない。その頃には菊池家の者が呼びに来て深雪は帰ってしまう。

この楯岡城下や領内や国境が穏やかで争いがないのには理由がある。

出羽の内陸地方には米沢の伊達家、山形の最上家、天童《てんどう》の天童家という大名家があり、他には寒河江家や谷地の白鳥家など有力大名がいた。

伊達家は北の上山《かみのやま》方面に侵攻して最上家を圧迫している。その最上家は北の天童家を圧迫して領地を広げようとしていた。

最上家の侵攻を食い止めるには、天童家単独の力では無理で、天童家を盟主として、天童家、延沢家、飯田《いいだ》家、楯岡家、尾花沢《おばなざわ》家、長瀞《ながとろ》家、六田《ろくた》家、成生《なりう》家の国人領主八家が同盟を形成している。

そのため同盟している八楯《やつだて》の中に揉め事や争いが起きないのだ。最上八楯とか天童八楯と呼ばれる固い結束だ。

南の伊達家と北の天童八楯に挟まれた山形の最上家は、やがて伊達家に義姫を嫁に出して同盟し、後方を安全にして天童八楯と戦うことになる。

そんな中で最上家には最上義光《もがみよしあき》、伊達家には伊達政宗《だてまさむね》という二人の傑物《けつぶつ》が現れ、八楯は戦いの中に呑み込まれていくことになる。

豊饒な領地を持つ天童家に対する最上家の圧迫が強まりつつあった。最上家の支配する山形とは「山のある方」という意味で山方である。古き書物には最上郡山方郷とも記されている。やがて、方の字に形が当て字され山形となった。

この山に囲まれた内陸部の盆地は米沢から山形、天童、楯岡、尾花沢、真室《まむろ》川まで、夏は暑く冬は寒い気候である。

そのため雪解けの洪水が起きて、最上川やその支流の扇状地に肥えた土が堆積し、良い米が大量にとれる豊饒の土地なのだ。

そんな土地柄でも危険なのは冷たい東風《こち》が吹いた時で、滅多にないが豊かな盆地でも米が不作になり、飢饉《ききん》が発生して悲惨なことになる。

この乱世は不思議な出来事から始まった。

足利幕府は三代将軍足利義満《よしみつ》の時が絶頂期で、徐々に衰退し大酒飲みの五代将軍義《よし》量《かず》が十九歳という若さで亡くなった。

妻子はなかった。

実権を握っていた父の四代将軍義持《よしもち》も、ほどなく後継者を指名しないで亡くなってしまう。

その時、四代将軍の弟四人が僧籍にいた。そこで、次の将軍に誰がなるか、京の石《いわ》清水八幡宮《しみずはちまんぐう》において籤引《くじび》きしたのである。

信じられないような話だが本当のことで、籤引きで天下の征夷大将軍が誕生するのだ。

その籤引きで選ばれた六代将軍足利義教《よしのり》は、五代将軍が後継者のないまま早世したため盥回《たらい》しでその座に就いた将軍だった。ところが籤引き将軍と呼ばれた義教は、まれにみる暴君だった。

万人恐怖と言われる将軍だ。

将軍を笑ったと因縁をつけ領地没収の上蟄居、酒の酌が下手だといって侍女の髪を切り尼にする。

闘鶏を見に行き、人が多くて見られなかったといって、京の鶏をすべて洛外に追放。

妻が子を産むとその妻の兄のところに祝賀の客が集まり、それが気に入らないと言って刺客を出して妻の兄を暗殺した。

説教しようとした日蓮宗の僧を気に入らないと、灼熱の鍋をかぶらせて喋れないようにする。

世阿弥を気に入らないといって佐渡に配流にした。

やることなすことが乱暴で人々が震えあがる。梅の枝を折った、料理がまずい、など誰がいつどう罰せられるかわからない。

そんな籤引き将軍では天下は乱れる。

しかし、嘉吉元年（一四四一）にその将軍義教が、赤松満祐《あかまつみつすけ》、教康《のりやす》父子に暗殺されると足利幕府はさらに大混乱に陥った。

後継者の義勝《よしかつ》は九歳で七代将軍になったがわずか八ヶ月で死去する。死の原因は落馬とか暗殺とか、下痢が止まらない病死などと言われたが、その後継者は八歳の義政《よしまさ》でいっそう混乱した。

一四五二年から翌年にかけて南太平洋のバヌアツで海底火山が大爆発、全世界が火山の冬になる。その影響が日本にも伝搬してきた。

長禄三年（一四五九）から台風による水害や旱魃《かんばつ》が頻発、飢餓《きが》、疫病、虫害が発生、京の住人十万人のうち八万二千人が死ぬ大惨状になった。

日本崩壊の危機に見舞われた。

見かねた後花園《ごはなぞの》天皇が義政に、対策を取るよう命じるが、無能な義政は花の御所の改築に熱中する。

その後、関東の鎌倉公方と二十八年もの間、戦い続けるなど絶望的な将軍だった。

その上、筆頭管領の斯波義敏《よしとし》は越前の甲斐常治《かいつねはる》と一年間も戦い、同じ管領の畠山《はたけやま》家は家督相続の内紛で混乱し手が付けられない。

管領細川勝元《ほそかわかつもと》も権力争いで実力者の山名宗全《やまなそうぜん》とうまくいっていない。

そんな中で飢饉は長禄三年から三年間、寛正二年（一四六一）まで続き、災害は全国に拡大していった。

豊饒な出羽国でさえ死屍累々《ししるいるい》となり、甚大な被害を出すことになった。

天災と人災が折り重なり混然となって全国の人々を襲い続けた。その大混乱が応仁元年になだれ込み、やがて応仁の大乱（一四六七）に突入することになる。

細川と山名の軍勢二十万人が、狭い京で十年間も戦うのだから絶望的だ。

乱は乱を呼ぶのである。

全国的な大混乱が乱世となり、幕府や管領はたちまち衰退し、群雄割拠の戦いが百年も続くことになる。

そんな乱世の中でも、結束の固い八楯のお陰でこの頃の楯岡城下は穏やかだった。

暑い夏が過ぎ秋に入って急に涼しくなると突然、民治丸の祖父、志我井の父高森市左衛門が倒れた。

急激な寒さに体調を崩した市左衛門が高熱を発して寝込んだのである。

民治丸と志我井が見舞いに飛んで行ったが、市左衛門は元気な様子で枕元に民治丸を呼んだ。

「民治丸、道場の稽古はどうだ？」

「毎日、休まず続けています」

「そうか、何ごとも続けてやることが大切だからな。氏家左近さまは稽古をしてくださるかい？」

「はい、道場に出てこられると、いつも稽古をしてくださいます」

「それは良い。有り難いことだ。早く強くなれ……」

市左衛門は熱で寝込むことなどこれまでなかった。もう歳だと口にして少し弱気になっている。

「仇討を忘れるな」

「はい！」

「困った時は氏家さまに相談すればよい」

「そうします。お爺、早く良くなってください」

そんな民治丸の願いは叶わなかった。その三日後の早朝、市左衛門は静かに息を引き取った。

民治丸を可愛がってくれた祖父だった。

知らせで民治丸が駆け付けたが、市左衛門は眼を瞑り「民治丸……」と言って手を握りすぐ亡くなった。

この時も民治丸は泣かずに踏ん張った。十一歳にして民治丸は父と祖父を失った。祥雲寺の楚淳大和尚は「人の生死は常である。悲しさを力に変えて修行に励むことだ」と民治丸がその場に立ち止まることを禁じた。

悲しみを跳ね返す力がなければならない。

幼い民治丸が仇討成就という、壮絶な戦いに挑んできたことを楚淳大和尚は知っていた。民治丸のたぐいまれな才能を発見したのが大和尚なのだ。

葬儀の手伝いに来ている深雪が、人目を盗んでそっと民治丸に寄ってくる。

「大丈夫？」

「うむ、心配するな」

「うん……」

じゃじゃ馬とか鬼姫と言われていた深雪はすっかり大人になり、民治丸の許嫁として、本人は嫁になったつもりで振る舞っている。

「これから道場に行く……」

「こんな時に？」

「行く！」

「うん、分かった」

深雪は民治丸がどんなに悲しいか分かっている。その悲しみを道場の稽古で吹き飛ばそうとしているのだと思う。

高森家を飛び出した民治丸は泣きそうになりながら道場まで走った。道場の前の大銀杏の下に氏家左近が立っていた。

「おう、来たか。もう銀杏も黄色くなって散り始めたな。間もなく雪がくる」

「はい……」

「やるか？」

「お願いいたします」

「市左衛門殿が亡くなったそうだな？」

「今朝でございます」

「そうか……」

民治丸の気持ちを分かっている左近はそれ以上何も言わなかった。二人は道場に入ると稽古を始めた。

いつもより激しい稽古になった。

「左近、民治丸と立ち合ってみるか？」

刑部太夫が一休みの左近に聞いた。

民治丸の祖父高森市左衛門が亡くなったことを刑部太夫も知っていた。その刑部太夫に左近が「やりましょう」とうなずいた。

「やめッ！」

四天王の柏倉宗兵衛が稽古を止めた。

「これから立ち合いを行うッ、まず、阿部五郎八殿ッ、対するは高尾喜平次《たかおきへいじ》殿ッ！」

「おうッ！」

大男の喜平次が立ち上がった。

高尾喜平次は民治丸の伯父高森伝左衛門の配下にいる足軽で、まだ十九歳と若いが稀《まれ》に見る剛力でいつも長めの木刀を握っている。

伝左衛門が戦いになれば、武功を上げるだろうと期待している荒武者だ。

城下で馬借《ばしゃく》たちや延沢銀山の鉱夫たちと大酒を飲んでは喧嘩をする。喜平次にぶん殴られると顔がひん曲がると言われていた。

百姓の次男坊で武家に婿《むこ》入りしたいと思っているが、並外れた乱暴者を武家でも恐れていてなかなか婿の口がない。

四天王の阿部五郎八は伝左衛門と同じ足軽大将で、小柄で小太りだが動きが機敏で逆袈裟に斬り上げる鋭い太刀筋を得意とする。

刑部太夫の道場の四天王は強い。五郎八と喜平次の二人が並ぶと、大人と子どもほど背丈が違う。だが、腕前は全く逆だ。

歴戦の五郎八は戦いが長引くと、喜平次の怪力に押されると判断して早い勝負に出た。喜平次の最初の一撃は上段から凄まじかった。

当たれば骨が砕ける。

負けることが分かっている喜平次が、勢いよく踏み込んでいくと、その上段からの太刀を五郎八が右に弾いた。

左に逃げた五郎八を喜平次が追った。

横一文字に払った喜平次の木刀を五郎八が跳ね上げると、二歩、三歩と後ろに下がった。喜平次の振り回す木刀は唸りを生じて恐ろしい。

だが、喜平次の力量はそこまでだ。

体勢を立て直して喜平次が再び上段から襲いかかったが、五郎八の木刀がそれを跳ね上げると同時に、喜平次の胸元に飛び込み胴を軽く打ち据えた。

一瞬、喜平次の息が止まり足も前に出ず二間ほど飛んで床に転がった。

「それまでッ！」

宗兵衛が止めた。

「次ッ、南条又右衛門殿ッ、対するは西岡三郎太《にしおかさぶろうた》殿ッ！」

「はッ！」

西岡三郎太は左近と同じ近習だがまだ十七歳と若い伸び盛りだ。

廻国修行中の又右衛門は若い門弟に人気がある。顔に似合わず優しいのだ。選ばれた三郎太は喜んで立ち上がった。

「お願いします！」

「よしッ、思いっきり来い！」

「はい、分かりました！」

やさしい男だと分かっていても、髭面の又右衛門ににらまれると踏み込めない。構えた三郎太の木刀の切っ先がせわしなく上下する。

「来いッ！」

又右衛門に誘われ木刀を上段に上げて三郎太が踏み込んだ。

それをガツッと受け止めて又右衛門が押して行った。羽目板の前まで押して引くと三郎太が膝から崩れ床に転がった。

「立てッ！」

又右衛門に励まされ三郎太は立ち上がったが既に足腰がふらついている。

「打ち込めッ！」

三郎太が前のめりに飛び込んだが、その木刀の切っ先を又右衛門が右に弾いた。勢い余った三郎太が又右衛門の足に引っかかって羽目板まで飛んで行く。

「それまでッ、次ッ、氏家左近殿、対するは浅野民治丸殿！」

「はいッ！」

民治丸が木刀を握って勢いよく立ち上がる。

「遠慮しないぞ！」

「はいッ！」

民治丸は中段に構えた。

木刀の切っ先がコツンと当たると同時に、民治丸が踏み込むかに見えたが逆に二歩下がった。

それを左近が追って間合いを詰める。

瞬間、床を踏んで民治丸が飛び込んだ。

「おうッ！」

左近が民治丸の木刀を受け止めると、小さな体の民治丸を道場の入口まで突き飛ばした。転がったが素早く片膝立ちで木刀を構える。

そこに左近が突っ込んできた。

その木刀から逃げるように民治丸は左に転がった。すると左近がススッと一間半ほど引いた。

その隙に民治丸が立ち上がる。

左近が三段に突いてくると、民治丸はすぐ追い詰められ道場の中央に戻れない。下がろうとして民治丸は羽目板にぶつかった。やられると木刀を頭上で横にした。一瞬の怯えで眼を瞑りそうになった。

「それまでッ！」

鋭い宗兵衛の声が飛んで、踏み込んだ左近は木刀を振り下ろさずスーッと後ろに下がった。

「有り難うございましたッ！」

木刀を置いて民治丸が左近に平伏する。

「逃げるな！」

「はい！」

左近がニッと微笑んで戻って行った。

「次ッ、大石孫三郎殿、対するは小林《こばやし》忠左衛門《ちゅうざえもん》殿ッ！」

二人が無言で立ち上がった。

忠左衛門は四天王に次ぐ腕前の馬廻り衆で、槍の忠左衛門と言われている豪傑だ。強い孫三郎でも手古摺《てこず》った。

因幡守の旗本で戦いに出れば、大将を護る馬廻りの精鋭の一人である。

大石孫三郎は忠左衛門より年上で同じ馬廻り衆だ。戦いでは二人とも命を懸けて因幡守を守ることになる。

二人とも強い。

喧　嘩

夕刻、民治丸が高森家に戻ると志我井と深雪が待っていた。

秋になって夕暮れが早い。

もう西の名峰月山は雪で真っ白になっている。

月山に雪が来て葉山まで白くなると、奥羽の山々にも雪が来て東の山の蔵王山もほどなく白くなってしまう。

続いて甑岳が白くなると楯岡城下が冬になる時だ。

「深雪さんを家まで送ってあげなさい」

「母上は？」

「今日はここに泊まります。後で夕餉を支度しましょう」

「はい、行ってきます」

民治丸は猛稽古で腹が空いていた。

「行こう」

深雪を促して民治丸が高森屋敷を出た。深雪の菊池家までは十町ほどある。

「お城から倉田治右衛門さまと松本掃部さまというお方がお見えになりましたよ」

「倉田さまと松本さまと言えば重臣方だ」

「ええ、お二人もお見えになるのは珍しいそうです」

「そうか……」

「民治丸さまのお父上さまが二百石もいただいていたからだろうって……」

「そうかもしれない」

二人は話しながら羽州街道を北に向かった。

「二百石ってお米五百俵でしょう?」

「そう、父上は五百俵だった」

「深雪のお爺さまがお城に納める米が九百俵から千俵だから、その半分もお父上さまは殿さまからいただいていたんだ。すごいね」

「うん……」

「民治丸さまは六十五石だから百五十俵ぐらいだね?」

許嫁に決まってから深雪は民治丸を呼び捨てにしなくなった。ちょっとよそよそしいが大人になったからでもある。

「うむ……」

「百五十俵でもすごい。百俵もらえない人が多いんだそうですよ？」

深雪は殿さまから百五十俵もらっているのを偉いと思うのだ。百五十俵の値打ちを深雪は知っている。

一石は兵一人が一年で食べる量として勘定された。

それによって戦いの時の兵力の動員数が決まる。ただ、一石が二俵半（二俵二斗）と決まったのは後の世で、平安期は一石が二俵だった。

江戸期に一石が二俵三斗となり、その後に一石が二俵二斗と決まり現在に至る。ちなみに一石は十斗で一俵は四斗、一斗は十升である。

半分ほど行ったところで、家人二人を連れて迎えに来た深雪の父と出会った。

辺りはもう薄暗かった。

深雪の父はおとなしい人と言われている。半左衛門が亡くなると代々の習わしでその名を名乗ることになっていた。

「この度は市左衛門さまが急なことで、お悔やみ申し上げます」

「ご丁寧に恐れ入ります」

「後ほどお屋敷の方にお伺いいたします。わざわざ深雪を送っていただき、申し訳ございません」

豪快な半左衛門と違い深雪の父は丁寧な人だ。民治丸は父親に深雪を渡すと道を引き返した。
三、四町ほど戻ると家並みから突き飛ばされたのか男が街道に転がった。
民治丸は木刀を担いだまま立ち止まった。

男が転がり出た茅葺《かやぶき》の家を見ると、安く飯を食わせ酒を飲ませるところだ。

「この野郎ッ、穴掘り人足が生意気なッ！」

茅葺の飲み屋から心張棒《しんばりぼう》を持った大男が男を追ってきた。一見で荷駄を運ぶ仕事をしている質の悪い馬借だと分かる。

「うるせいッ、馬糞臭《まぐそくさ》い馬鹿野郎ッ！」

転がった男が叫びながら民治丸の前で立ち上がった。二人とも相当に酔っているようだ。穴掘りとは延沢銀山の鉱夫のことだ。

馬借と鉱夫の酔っ払いの喧嘩だが、大男は手に腕ほどの太さの心張棒を握っている。

穴掘り鉱夫は手ぶらで心張棒で叩かれれば死んでしまう。

「この穴掘りがッ、叩き殺してやるッ！」

「おうッ、やれるものならやってみろ馬糞野郎ッ！」

「てめッ、ぬかしたなッ！」

大男が心張棒を振り上げた。

「喰らえッ！」

振り下ろされた心張棒を民治丸の木刀が右に弾いた。

「小僧ッ、邪魔するなッ！」

「黙れッ、喧嘩なら心張棒を捨てろ、素手でやれッ！」

「何ッ、洒落臭《しゃらくさ》い小僧だッ！」

いきなり心張棒を民治丸に叩きつけてきた。

後ろに下がって心張棒を躱《かわ》すと、傍の鉱夫が大男の懐に飛び込んだ。

喧嘩慣れしている機敏な動きだと民治丸は感心した。大男がもんどりうって後ろにひっくり返ると心張棒が宙に跳ね上がった。

大男にまたがって鉱夫が男の顔面を二発、三発と殴りつけたが、大男の腰に跳ね飛ばされてつんのめって転がった。

二人が立ち上がってにらみ合う。

「やりやがったな穴掘りッ！」

「うるせいッ、馬糞野郎ッ！」

「この野郎ッ！」

取っ組み合いになった。

互いに殴ろうとするが空振りで、組み合ったまま二人が崩れ落ちた。酔っ払いの喧嘩はどこかだらしがない。

そこに二人と同じところで酒を飲んでいた高尾喜平次が木刀を担いで出てきた。

「穴掘りと馬糞野郎、立てッ！」

「何ッ！」

大男がよせばいいのに喜平次に絡《から》んだ。

「馬鹿野郎ッ！」

叫ぶなり喜平次の木刀が大男の腰をしたたかに打ち据えた。

「ゲッ！」

飲んだ酒を吐きそうな悲鳴で道端に転がる。返す木刀で鉱夫の腰を同じようにしたたかに打ち据えた。

「ギャーッ！」

猫が踏んづけられたような悲鳴で二間も逃げて道端にうずくまった。

「馬鹿者がッ、これで四、五日は仕事ができねえぞ。二度とここで喧嘩をするなッ、酒がまずくなるッ！」

飲んでいるところを邪魔されて喜平次は怒っていた。

「おう、浅野殿、見ておられたか。不調法《ぶちょうほう》、不調法、道場にはご内聞に頼むぞ」

ニッと無邪気に笑うと木刀を担いで街道を北に歩いて行った。

高尾喜平次に強く打ち据えられた二人が立ち上がるのを確認して、民治丸もその場を離れた。何んとも豪快な喜平次だ。

楯岡城下は延沢銀山の物資の補給地になっていて、背中炙峠を越える街道がその補給路になっている。

酒を飲んで喧嘩をした鉱夫と馬借は、おそらく知り合いだったのだろうと民治丸は思った。

そんなもめごとが夜ごと荒くれたちと集まるのが安酒屋である。

延沢銀山のお陰で楯岡城下が繁栄しているのも事実だ。

その延沢銀山は加賀金沢の儀賀市郎左衛門によって発見される。九十六年前というから古い話だ。

市郎左衛門は奥州から出羽の山々を巡る山師のような山伏だった。

康正二年（一四五六）、加賀の金沢を発って奥州の山々を巡り、出羽三山に向かおうと奥羽の山脈を越えるため、吹越峠《ふっこし》こと出羽峠に登って白山神社に宿泊した。

飢饉の嵐が吹き荒れる三年前で、南太平洋では数年前に火山の大爆発が起きていたことになる。

既に、危険な天候不順が押し寄せてきていた。

市郎左衛門は白山神社で寝ていて神のお告げを受けた。それは光り輝く黄金の鉱石の在処《ありか》を教えるものだった。

お告げを信じた市郎左衛門は、奥羽の山の水源から谷川を下り、延沢の谷川沿いの巨岩で神のお告げの鉱石を発見する。

その鉱石を持って谷川を下り、滝を下って獣道のような背中炙峠を越えて、楯岡城下に出ると羽州街道を南下、米沢に出て西国の但馬国《たじま》に向かう。

但馬には生野《いくの》銀山があり、その銀山の作兵衛という知り合いの山師に、延沢から持って行った鉱石の鑑定を依頼した。

「儀賀殿、この石には良質の銀が含まれている。どこの山から持ってこられたのか？」

「そうか、やはり銀か、出羽の山から持ってきたものだ」

「そこには間違いなく銀鉱脈がある。どれほど大きな鉱脈か分からないが、これは質の良い銀だからどれぐらいの山で、どれぐらいの銀があるかだな？」

「銀を掘り出すには領主と話をつけなければならぬ？」

「そういうことは任せてくれ。まず、人を集めて出羽まで行かねば、現場を見ぬことにはどう採掘するか目処も立たぬ」

市郎左衛門と作兵衛は鉱夫を三十人ほど集めて、出羽まで来て谷川の滝の上流にある巨岩に含まれる鉱脈の採掘に取り掛かった。

後に国人領主の延沢満定《みつさだ》が鉱山から二里ほど下った場所に延沢城を築き、大きな領地ではないが銀山を含む一帯を支配し繁栄することになる。

石見《いわみ》銀山、生野銀山、延沢銀山は三大銀山と呼ばれた。

その銀山を守る延沢城は八楯の一人で、やがて延沢満延という武勇の男が現れ、最上義光は何度も満延に敗れる。

そこで義光は満延の嫡男又五郎に娘の松尾姫を嫁がせて、八楯から満延を引き抜く作戦を取る。

この延沢満延は民治丸の二つ年下だった。

延沢銀山は十万人以上ともいう大きな鉱山集落を形成して栄えるが、出羽のあちこちから銀山への出稼ぎが増えて、農作業が手薄になるという弊害が起き、米沢城では銀山への出稼ぎご法度の命令を出すまでになる。

ところが江戸期の元禄二年（一六八九）に大崩落が発生し突然廃山となる。

そんな繁栄と悲劇が待っていることも知らず、この頃の延沢銀山は細々と採掘され江戸期の大繁栄を待っていた。

民治丸が目撃したような荒々しい鉱山衆や馬借や浪人などの喧嘩は当たり前で、銀山の沸き立つような繁栄の前触れでもあった。金銀の山が見つかると兎に角人が集まってくる。

やがて楯岡城下はその恩恵に与《あずか》るが、最上川の船運が開かれると、その繁栄は川湊の大石田に移ることになる。

そんな未来が近くまで来ていた。

楯岡城は一方では乱世の戦いの中に呑み込まれ、一方では銀山の繁栄という騒然とした中に包まれることになる。

お山参り

「昨日は面目ないことで失礼仕った」

喜平次が民治丸の隣に座って親しげに言う。道場では既に稽古が始まっている。

「いいえ、こちらこそ……」

民治丸もあの喧嘩には手出しをした。あのような喧嘩は珍しくないのだという。

「稽古をお願いしてもよろしいか?」

「はい、お願いいたします」

民治丸と喜平次が席を立って道場の中央に出て稽古を始める。

喜平次は民治丸の祖父高森市左衛門が亡くなり、今日はその葬儀が行われる日だと知っていた。

稽古を昼前に切り上げ民治丸が道場を出ると大銀杏の下で深雪が待っていた。

「稽古は終わった」

「迎えに来てはいけなかった？」

「いや……」

二人は話しながら高森屋敷に向かう。民治丸は道場で汗を拭いてきたが、よい着物に着替える前にもう一度体を拭いた。

その日、葬儀は数馬と同じ祥雲寺で行われた。

道場から東根刑部太夫と大石孫三郎が参列、城からは横山監物と氏家左近に阿部五郎八が参列した。

深雪の祖父菊池半左衛門も姿を見せた。

民治丸には大切な祖父だった。だが、人の寿命は人知の及ばぬところだ。

翌日から民治丸はいつもの日課に戻る。

より厳しい修行に民治丸は励むことになった。民治丸の唯一の本懐は父数馬の仇、坂上主膳を討ち取ることだ。

この頃、京は相変わらず混乱していた。

二年前に先の将軍足利義晴が死去。その時、後継者の義輝《よしてる》はまだ十五歳だった。十一歳で父義晴から将軍職を譲られた義輝は父を失い無力だ。

その頃、京で力を持つのは細川家の家臣から台頭してきた三好長慶《みよしながよし》だった。長慶には松永久秀《まつながひさひで》という家臣がいる。

父亡き後、将軍義輝はこの三好長慶と松永久秀の傀儡《かいらい》になった。だが、義輝は三代将軍足利義満以来の逸材と言われ、聡明な将軍といわれた。

その義輝は十七歳になり、鹿島の塚原土佐守の剣の弟子で、後に剣豪将軍と呼ばれるほど剣が強い。

義輝は将軍親政を目指していて、三好、松永の傀儡に耐えられなくなっていた。こういう聡明な将軍は権力を狙う者たちには邪魔になる。

実に危険なのだ。

京は将軍そっちのけで、三好、松永、細川と三巴《みつどもえ》の権力抗争になっていた。ここに近江の六角《ろっかく》が加わるなど複雑な力関係になっている。

そんな若き将軍足利義輝が傀儡から脱するべく自らの考えで動いた。

天文二十二年（一五五三）三月、将軍は三好長慶と決別して、京の東山に霊山《りょうぜん》城を築いて籠り三好、松永と対決する構えを取った。

だが、将軍に三好軍と戦えるような兵力はない。

足利将軍家は大きな領地や武力を、初代尊氏の頃から持っていない。その無力が乱世を招いたともいえる。

京はいつも大混乱なのだ。

その頃、尾張の大うつけ織田信長は、妻帰蝶の父美濃の斎藤道三と尾張富田村の正徳寺《しょうとくじ》で会見していた。

乱世の武将たちも激しく動いている。

有力武将が各地で続々と頭角を現していた。甲斐の武田信玄《たけだしんげん》、越後の上杉謙信《うえすぎけんしん》、駿河の今川義元《いまがわよしもと》、西国の毛利元就《もうりもとなり》などだ。

七月になって将軍義輝と三好軍の戦いになった。

霊山城には将軍義輝と細川晴元《はるもと》が籠った。その霊山城は三好軍に攻撃され八月にもろくも落城して、義輝と晴元は近江の湖西、朽木晴綱《くつきはるつな》を頼って朽木谷に逃亡する。

義輝の父義晴も湖西の朽木谷や日吉神社に逃亡して、京に落ち着いていることがない将軍だった。

結局、将軍義輝もこの後五年間も朽木谷に亡命することになる。

京がそんな状況では地方が大混乱になるのは当たり前だ。

朝廷も幕府も無力で、群雄割拠の大名たちが領土争いや家督相続で好き勝手な戦いをしていた。それを誰も止められない。

それが乱世の本質だった。

天文二十三年（一五五四）正月、民治丸は十三歳になった。

武家の子にとって十三歳は重要な年齢だ。元服して初陣《ういじん》したり、名を改めたり、切腹の作法を学んだり、一人前として認められる年齢なのだ。

だが、民治丸はまだ修行中の身である。

毎日、林崎熊野明神に剣の上達を祈願して修行に励んでいた。父の仇討を一日も忘れたことはない。

仇討を悲願とし本懐と考えてきた。

道場での厳しい修行も五年が過ぎ、腕を上げ、まだ四天王には勝てないが、四天王の次の席次に名を並べるまでになった。

その上達は目覚ましいと道場の誰もが認めている。

春になって遥かに望む月山の雪が消えると、この地方では十三歳になった子どものお山参りという風習がある。

丈夫に育ったことに感謝し、これからも丈夫に暮らせるようにと祈る旅だ。

そのお山参りの中心は出羽三山だ。

必ずお参りしなければならないというものではないが、古い山岳信仰が息づいており、身分を問わず武家から百姓までお山参りは行われている。

山の神々に対する信仰が厚い。

出羽三山とは羽黒山、月山、湯殿山の三峰をいうが、江戸時代以前のこの頃は、その三峰一体で月山といい、湯殿山は三山総奥院とされ三山には含まれていない。当時の出羽三山というのは鳥海山、月山、葉山の三山をいった。

楯岡城下の目の前に悠々と聳える葉山は月山の東にあり、その山頂には白磐《はくばん》神社が祀られていた。

この神社の別当は寒河江城下の、奥州と出羽最大の古刹瑞宝山慈恩寺《じおんじ》で、葉山の南山麓に神亀元年（七二四）に聖武天皇の勅宣により建立された。

開山は東大寺大仏を建立した行基《ぎょうき》上人といわれ寒江山大慈恩律寺《かんこうざんだいじおんりつじ》という。

後に鳥羽天皇の勅宣で諸堂が新造再建され、後白河《ごしらかわ》法皇と源頼朝によって瑞宝山慈恩寺と改められる。

慈恩寺は修験の祈禱寺として檀家を持たず、朝廷や寒河江荘を荘園とした摂関家、幕府や鎌倉幕府政所《まんどころ》初代別当、大江広元の嫡流の寒河江城大江家などに庇護された。

その慈恩寺の奥の院として貞観十二年（八七〇）から仁和三年（八八七）頃に、葉山山頂に開かれたのが白磐神社である。

開山は修験道の開祖役小角《えんのおづぬ》によるとされる。

祭神は、神功皇后の側近山背根子《やましろのねこ》の娘である葉山姫といわれるが、白磐神社祭神の実体は天照大神の荒魂であるという。

葉山修験は、南麓の慈恩寺の繁栄と同時に葉山白磐神社も栄えた。

連日、山に向かう山伏やお山参り参拝者の列が途切れることがなかった。だが、乱世の大混乱がそんな千年の歴史を一呑みにしてしまう。

永正元年（一五〇四）に寒河江城を攻撃した最上義定は慈恩寺に火をかけ、一山の仏閣、坊舎を全て焼き払った。

以来、衰退した慈恩寺は、弘治元年（一五五五）に葉山の白磐神社と関係を断ち奥の院は十部一《じゅうぶいち》峠に移される。

民治丸十四歳の時だ。

これが致命傷となり葉山修験は急速に衰退、江戸期に入ると葉山は出羽三山から外され、この後、羽黒山、月山、湯殿山が出羽三山となる。

民治丸は菊池家が集めた十三歳前後の子どもたち六十余人と白磐神社に向かうことになった。

母親の志我井が手ずから縫った新しい小袖と袴を身に着け、愛刀の二字国俊を差し、荷は菊池家から通達された兵糧《ひょうろう》など最少にして、笠をかぶり蓑を着て腰には履き替えの草鞋十足を下げる。

そこに息を切らして深雪が迎えに来た。

夜が明けたばかりだ。

「母上、行ってまいります」

「足元に気を付けて、山の清水はほどほどになさい」

「はい！」

「小兵衛も山で飲む水には気をつけるのですよ」

「はい、気をつけます！」

民治丸と深雪と小兵衛が志我井、孫助、お民に見送られて屋敷を出た。

菊池家の庭に子どもたちと先導の山伏が二十数人、菊池半左衛門とその家人が三十人ほど、子どもの付き添いの親兄弟が百人を超えて集まっていた。

「小兵衛、ここで待っていろ！」

民治丸は小兵衛と深雪を残し熊野明神に走って、参拝すると境内を飛び出し走って戻ってきた。

「おう、民治丸殿、まいられたか！」

山伏姿の半左衛門が三人を見つけて声をかけてきた。

「よろしくお願いいたします」

「うむ、今年は天気に恵まれそうだ」

「お爺さま、いつお帰りですか？」

「まあ、明日の夜までには戻れよう、ゆっくりだからな」

大人だけなら強行軍で日帰りも可能だが、子どもの大集団では行きに一日、帰りに一日という行程になる。

「集合だッ！」

先導する山伏が金剛杖《こんごうづえ》を上げた。山伏は修験者とも言い山々を歩いて修行する。

「これから出立するッ！」

「厳しい道になる。休息は取るが、具合の悪くなった者は遠慮しないで申し出るように、我慢するとお山に登れなくなる。早めに手当てすることが肝要だ。なお、くれぐれも飲み水には気をつけてもらいたい！」

山伏は白装束《しろしょうぞく》に頭襟《ときん》、結袈裟《ゆいげさ》梵天《ぼんてん》、法螺貝《ほらがい》を首に吊るしている。

「出立ッ！」

ブオーッと法螺貝が鳴った。

白装束の山伏と半左衛門が先頭で、二百人を超える集団が続々と羽州街道に出て南に向かった。

子どもたちも白装束が多く手に金剛杖を握っている。白装束は死に装束ともいう。お山参りは一度死んで生まれ変わるという意味もあった。

民治丸と同じ武家の子は十人ほどしかいない。

その民治丸は金剛杖を持っていなかったが、小兵衛が金剛杖を二人分持っている。

一行は直接には葉山に向かわず、最上川を舟で渡り寒河江城下の慈恩寺に向かった。一刻ほど歩いて休息を取る。

子どもが多く無理のできない旅だ。

慈恩寺に参拝して十部一峠に向かい、葉山の薬師如来堂や大権現堂、大円院などに参拝し山頂の白磐神社に登って行く。

口伝ではこの辺りの人々が亡くなると、三十三年の間この葉山に留まり、その後、月山に登って行くのだという。

葉山は、奥山の月山に対して端《はし》の山であり、端山《はしやま》が葉山となった。その山頂に至る道筋には巨岩の磐座《いわくら》があちこちにある。

それは山頂にある爆裂火口から吹き飛ばされた巨岩である。

太古の昔、葉山は北にある鳥海山や西の月山よりも高い大山塊だったという。

それが大爆裂噴火を起こし、山体の半分近くを吹き飛ばした。その証が山頂の爆裂火口と巨岩群なのだ。

葉山のご神体は豊穣の神であり水の神である。葉山は最上川流域で最も登りやすい山で、古くから流域の人々に広く信仰されていた。

二百余人のお山参りは慈恩寺から十部一峠に到着して休息した。

「若殿、足は大丈夫ですか？」

「いよいよここから神社までお山参りの難所になります。草鞋を履き替えて山登りの支度をします」

「そうか、小兵衛は何度目だ？」

「お山参りは四度目になります。この中には三百回を超えている方が何人もおられます」

「それは修験者であろう？」

「いいえ、山登りの好きな方がおられますので……」

「信心深いことだな？」

「はい、不信心ですみません」

小兵衛が苦笑した。

「信心は大切だぞ。苦しい時の神頼みでは神さまも困るからな」

「へい、そうだと思います」

西の山々の空が真っ赤に夕焼けていた。

「夜のお山参りか？」

「はい、真夜中頃に山頂かと思います」

「うむ、大丈夫だ」

二字国俊

十部一峠で最も長い休息を取り夕餉の兵糧を取った。

民治丸は武家の子らしく、腰には袋に入った干し飯《ほいい》の兵糧を下げている。

それを口に入れて小瓢簞《こひょうたん》の水を飲んだ。

腹が膨れると腰の新しい草鞋に履き替え、いつでも出立できるように支度を整える。

「聞けッ！」

山伏が立ち上がった。辺りは暗くなり始めている。

「四半刻後に出発する。今夜は月が出て松明はいらないと思うが、念のために用意した松明の欲しい者は取りに来いッ！」

こういう先達は安全を第一に考える。

「ただし、火事を出さないように、松明の取り扱いにはくれぐれも注意しろ！」

「小兵衛、松明はいらぬぞ」

「足元が？」

「大丈夫だ。何んのための修行か」

「へい……」

小兵衛は不安そうだが民治丸は松明を拒否した。星明かりで小兵衛の顔がよく見える。

峠の空は満天の星々が降り注いできそうだ。

「子どもたちははしゃぐなッ。足を怪我したら山に置いていくぞッ。山の鬼に食わせるからな！」

民治丸は座禅をするように座って瞑想した。

風はないが座っていると山はまだ寒い。この頃は月山も鳥海山もまだ真っ白だ。だが、里は春でその息吹は山々にも這《は》い上がってきていた。

黄色い花が山のあちこちに咲き乱れる。

この山に小兵衛のように二度、三度と来ることがあるだろうかと考えた。

仇の坂上主膳が今頃どこにいるのか、生きているのかそれとも死んでいるのか。だが、民治丸に焦りはない。

主膳を倒せるだけの修行をすればいい。

もし、主膳が生きていれば父が会わせてくれる。その時、倒せる力がなければ返り討ちにされるだけだ。

何んとしても倒せる力を身につけたい。

北面の武士だった父を倒した坂上主膳は相当な剣の使い手と思える。追われていると思えば修行もしているはずだ。

民治丸はそっと左手で腰の二字国俊の鞘口を握り、右手で柄を摑んで呼吸を整えて刀を抜く構えをした。

大きく山の霊気を吸い込んで「エイッ！」と小さく叫んだ。

心の中で二字国俊が鞘走っている。実際は抜いていない。

柄から手を放して深く息を吐いた。再び、柄を握って抜く呼吸を考えた。「エイッ！」とまた心の中で二字国俊を抜いた。

「駄目だ。これでは斬れぬな……」

剣は切っ先の速さだと思う。

自分が思っているより遅い。ドスッと重く瞬速でなければ人は斬れない。肉を斬るだけでなく骨まで斬り裂く速さと重さだ。人を斬るということはそういうことなのだ。

「出立するぞッ！」

山伏の声がかかって休息が終わった。

「暮れ六つが過ぎて戌《いぬ》の刻だ。間もなく月が昇るぞ。足元に気をつけて急ぐな、慌てるな。子《ね》の刻頃に参拝できれば良い。ゆっくり行くぞッ！」

一行は一列になって十部一峠から参詣道に入って行った。ところどころで松明が燃える長蛇の列がゆっくり動き出す。

参詣を終わって山から下りてくる人々がぽつぽつとすれ違う。

長蛇の列の後ろには夜中参りの人たちが数十人ついている。

そういう人たちは何度も参拝している急ぐ人たちだが、二百人を超える行列では前に出られない。

行列が休むと急ぐ人たちが一斉に前に出る。

途中で二度、休息を取って子の刻前に山頂に到着した。

空の月は中天を過ぎていた。

真夜中で下界には灯りがない。遥かに遠い楯岡城や谷地城、寒河江城の灯りがぽつぽつと見えている。

「お参りしたら半刻後には下山する。お山参りは登る時より下りる時の方が怪我をする。油断するからだッ、決して走るな。気をつけて歩けッ！」

「一人が怪我をすると全員の下山が遅れるぞ。くれぐれも、足元に気をつけて下山するようにッ！」

山に登りきって疲れ果てた子どもが続出している。付き添いの親兄弟に励まされて辿り着いたのだ。

「昼であれば良い景色であろうな？」

「はい、最上川から奥羽の山まで絶景にございます」

「見たのか？」

「二度目に登りました時に見ました」

「そうか。二度目にか？」

民治丸は二度目のお山参りはないように思う。

子の刻過ぎ、一行は再び一列の長蛇になって山を下り始めた。

山伏たちは天気も良く煌々たる月明かりの下、十部一峠に向かわず直接楯岡城下に向かった。

裏参拝道は細く険しいが十部一峠に下るよりはるかに近道だ。

怪我人の出ないようにゆっくり足場を選んで山を下りた。

夜明けには順調に事故もなく麓に下りて休息し、二百人を超えるお山参りの一行が、疲れきって城下に戻ってきたのは昼過ぎだった。

民治丸と小兵衛が戻ると志我井と一緒に深雪も待っている。

昨日から寝ていないので湯に入って、一眠りした民治丸は猛烈な空腹で眼を覚ました。

日ごろの鍛錬のためか民治丸はさほど疲れていない。夕餉を取っていると志我井が部屋に入ってきた。

「お父上が見えられてさきほど深雪さんが帰られました」

「そうですか？」

「すぐ寝てしまわれたのでがっかりしておられましたよ」

志我井が民治丸の反応を確かめるように顔を覗き込んだ。

「そうでしたか？」

「お山参りはいかがでした？」

「はい、真夜中でしたが良いお山参りでした」

民治丸が箸をおいた。

「お民、下げてくれ！」

「はい……」

お民が膳を持って部屋を出て行った。

「お山は寒かったのではありませんか？」

「風はありませんでしたが、夕日の月山はまだ真っ白で、山の上はとても冷えました」

「里は春でも高い山はまだ冬でしょうから心配しておりました」

志我井は民治丸と話したいのだが、民治丸は熊野明神に行こうと考えていた。

「母上、今日はまだ明神さまにお参りしておりません。これから行ってまいります」

「おお、そうですね」

「では、御免！」

民治丸は座を立つと腰に二字国俊を差して部屋を出た。志我井は民治丸がずいぶん大きくなったと思う。

もう何も言うことはなかった。

いつも早朝なのに、今日は夜の参拝になってしまった。熊野明神への参道に星明りはあるが真っ暗で朝のような雰囲気はない。

あの日、この境内で会った南条又右衛門は旅に発ってもう道場にはいなかった。

民治丸は参拝すると拝殿前に静かに佇んだ。

呼吸を整え、闇に溶け込むとゆっくり二字国俊の鞘口を左手で握った。

足を肩幅に開いてわずかに腰を落として、右手で柄を握ると左手の親指で鍔を少し押して鞘口を切った。

鞘口は鯉の口に似ていることから鯉口ともいう。

刀は鞘から一寸も出されると、鞘口が緩《ゆる》んでいつでも抜けるようになる。それは臨戦態勢に入ることだ。

初めて二字国俊を抜く構えだ。

息を止め民治丸はゆっくりそろっと二字国俊を鞘から抜き出す。青白い月明かりと星明かりを吸っている刀の光だ。

両手で柄を握るとそっと上段に構えた。

小さく「エイッ！」と叫んで刀を振り下ろす。

上段から中段まで闇を斬るように斬り下げた。

一尺八寸五分の脇差でも力がないと、下段まで斬り下げて地面を斬ってしまうことがある。

二字国俊は中段でピタッと止まった。

その刀で「エイッ！」と横一文字に闇を切り裂き、左手で鞘口を握るとそろりと二字国俊を鞘に戻した。

両手を刀から離すと大きく息を吐いた。

剣先の速さもない、残心もない。反撃されたら斬られる。これでは闇は斬れても人は斬れないと思う。

また息を整えて鞘口を握り、鞘口を切ると再びゆっくりと二字国俊を抜いた。

上段に構えると息を止め「エイッ！」と、鋭く一歩踏み込んで中段まで斬り下げ、素早く横一文字に闇を斬り裂いた。

その二字国俊を腰に引いて反撃に備えると、ゆっくりとゆっくりと息を吐いて刀を鞘に戻した。

三度目も上段から踏み込んで斬り下げると、すぐ横一文字に斬り、その刀を上段に持って行って踏み込みながら斬り下げ、また横一文字に闇を斬り裂いた。

息が乱れる。

「未熟者……」

つぶやいて刀を鞘に戻しながら、名刀二字国俊に笑われている気がした。

「未熟な……」

そう思うと四度構えたが抜く気力がない。

「民治丸殿か？」

「はいッ、宮司さま」

闇に祠官の藤原義貫が立っていた。ゆっくり近付いてくると月明かりで顔が見えた。

「二字国俊は闇の中でも美しいのう」

「月明かりを撥ね返します」

「なるほど、春とはいえ夜はまだ寒い。白湯《さゆ》など差し上げたいがいかがか？」

「有り難くいただきます」

民治丸は義貫に頭を下げて誘いに応じた。

何か話したいことでもありそうだと感じたのだ。藤原義貫は父数馬と最後に碁を打った人だ。

宮司の家に招かれて民治丸は座敷に通された。

大きな家だが義貫と息子の義祐、二人の面倒を見ている老夫婦の四人しかいない。二字国俊を脇に置いて座に着くと老婆が白湯を民治丸の前に置いた。

「頂戴いたします」

一礼して白湯の茶碗を持った。ホッと温かい茶碗だ。

老婆は気を利かして温《ぬる》めの白湯にしたのだ。それが分かって民治丸は一気に白湯を飲み干した。

「もう一杯ですか？」

「はい、お願いいたします」

老婆に頭を下げるとニッと笑って茶碗を持ち立って行った。

「あの日、そこにお父上が座っておられたのじゃ……」

「この席に？」

「そこに座って碁を打たれたのだ」

「そうですか……」

「あの日の碁は久々に良い碁で、二人とも刻の過ぎるのを忘れておった」

藤原義貫はそこまで話して話柄を変えた。まだ十三歳の民治丸には過酷な話だと思ったのだ。

「ところで、お山参りだったそうだが？」

「はい、昨日の朝、菊池家を出発しまして、慈恩寺に参拝し葉山に向かいました。真夜中のお山参りで、今日、昼過ぎに戻ってまいりました」

「総代は二日とも良い天気だったと喜んでおられた」

「はい、お山の夜は少々寒かったですが……」

「ハッハハッ、そうか、そうか、山はまだ冬だな」

そこに老婆がまた白湯を持ってきて、そっと民治丸の前に置いて下がった。

「ところで葉山の白磐神社は慈恩寺の奥の院だが、ここの林崎熊野明神にも奥の院があるのをご存じかな？」

「いいえ、存じ上げませんが？」

「そうか、この熊野明神さまはその昔、ここから二里ほどもあろうか、東の甑岳と奥羽の山の間にある石城嶽《いしきだけ》の峰に近い、釜ヶ沢の巨岩に開いた岩窟の中に熊野権現が祀られたのが始まりといわれている」

祠官の藤原義貫が林崎熊野明神の縁起を話し始めた。

「その岩窟に熊野権現が勧請《かんじょう》されたのは大同二年というから、今から七、八百年も昔のことになる」

「八百年も？」

「うむ、熊野権現や白山神社が各地に遷座《せんざ》された頃のことだ」

義貫が古い話をした。

この大同二年（八〇七）という年は不思議な年だ。平城天皇の二年に当たるが、平城天皇の御世はわずか三年で終わり、大同年間もわずか四年で改元される。

ところが、この年に空海が唐から帰国したとか、出羽の肘折《ひじおり》温泉が開泉した年と言われている。

不思議なのは、この年、奥羽や出羽の山々に神々が一斉に遷座したことで、神社創建の年と言われている。

実はこの大同二年は激動の年でもあった。

蔵王刈田岳《ざおうかったただけ》が大噴火、秋田駒ケ岳が大噴火、尾瀬燧《ひうち》ヶ岳《がだけ》が大噴火、前年にも会津《あいづ》磐梯山《ばんだいさん》が大噴火している。

奥羽、出羽の山々がザワザワと不思議に騒いだ年なのだ。

そのため、神々が騒ぎを鎮めるために、あちこちの山々に一斉に遷座したと考えられる。

「その石城嶽の釜ヶ沢の熊野権現が、永承年間というから今から五百年前、林崎に遷座され尊号を熊野明神と改められた。以来、村人の祖神として厚く信仰されてきたのがこの神社の縁起じゃ」

「二里といえば、そう遠くではありません」

「うむ、二里もないかもしれない。そこの甑岳の裏だからな」

「その奥の院はどのようなところですか？」

民治丸は興味を持った。

「一口で言えば奥羽の深山幽谷、谷川が流れる傍に巨岩の岩窟があり、そこに熊野権現さまが鎮座《ちんざ》しておられる。猿や熊、獅子が遊びに来るよいところだ。年に数度、日帰りでお参りに行くが、行ってみるか？」

「はい、是非にも！」

そんなに良いところなら行ってみたいと思った。

藤原義貫が獅子と言ったのはカモシカのことで、その顔が獅子に似ているからこの辺りでは古くからカモシカを獅子と呼んでいる。

「今度、参拝に行く時、声をかけよう」

「お願いいたします」

「まだ予定はないぞ?」

「はい、いつでも結構にございます」

民治丸は冷めてしまった白湯をグッと飲み干した。

「たいへん貴重なお話を有り難うございました。失礼いたします」

礼を述べて二字国俊を握ると座を立ち外に出た。月が出て満天の星だ。拝殿に向かって一礼してから立ち去った。

羽州街道には家々の灯りがこぼれて人影はないが賑やかだ。

酒を飲ませる店は夜遅くまで開いている。まだ宵の口でどこの灯りにも客がいて酔っている。景気のいい穴掘りや馬借や職人たちだ。

そんな灯りを眼の端で見ながら歩いて行くと、暗い軒下に女がうずくまり傍に男が立っている。

時々、女を折檻している。一見で質の良くない男だと分かる。もう、だいぶ叩かれたのだろう。

「この馬鹿がッ!」

女の襟を摑んで立たせると乱暴に頭をポカリと叩いた。女は怯えて泣くことさえできないようだ。

うずくまるとまた男が襟を摑んで女を叩いた。

「馬鹿女ッ！」

今度は頰をピシャリと叩いた。

「もう、よしなさい。怯えているではないか！」

「何ッ！」

男が民治丸をにらんだ。それをにらみ返す。

「もう、よしなさいと言っているのです」

「小僧、おれが買った女だ。口出ししねえでもらいてえ！」

「そうもいかん、道端で女が殴られていれば止めるのが当たり前のことだ」

「おのれッ！」

「やるか、やるなら喧嘩は買うぞ」

「お前は誰だ！」

「人に名を聞く時はまず名乗れ！」

民治丸は一歩も譲らない。女が驚いた顔で見ている。

美人ではないが丸顔の優しそうな女だ。歳は同じぐらいかと思った。明らかに怯えて泣いた顔だ。

「おれはこの先の旅籠《はたご》にいる留次《とめじ》っていうもんだ！」

「浅野民治丸だ！」

「ゲッ、あ、浅野？」

「どうした！」

「か、仇持ちの民治丸か？」

城下では近頃、仇持ちの民治丸と知れ渡っている。

東根刑部太夫の道場でも一番強いとか、父親も剣術使いだったが熊野明神で卑怯者に闇討ちされたという噂だ。

もうすぐ、子の民治丸が仇を討つらしいなどと、誰が流したのか嘘と誠が混在して語られていた。

「浅野さま、勘弁してくれ。少し殴ったが悪気はないんでござんすよ」

「その女をいくらで買った」

「いくらって、買い取って下さるのかい？」

男が安心した顔で少し横柄な態度になった。

「だったらどうする」

「こんな女ですが、十二でまだ若いんでござんすよ。高いですぜ？」

いくらにするか値踏みしている狡そうな眼だ。

「いくらだ？」

「へい、銀二十枚でして……」

「そうか！」

民治丸が腰を落として素早く二字国俊を抜いた。

「ゲッ、分かりやした。わかりやしたよ。銀十枚で結構、怖いんだからもう……」

「そうか！」

二字国俊が留次の眼の前に突き出された。民治丸も相当に悪い。大の大人を刀で脅している。

「わかりやした。わかりやしたよ」

「いくらだ？」

「銀五枚で、へい……」

「ほう、銀五枚か？」

「くそッ、もう、買値なんでござんすよ。銀三枚で……」

「分かった。銀三枚だな。もらって行く。来い！」

二字国俊を鞘に戻して女を傍に呼んだ。女は黙って民治丸の後ろに隠れる。

「明日の朝、銭を取りに来い。屋敷は人に聞け！」

「ケッ、くそッ！」

留次が悔しそうに舌打ちする。もう銀三枚で決まった話だ。

民治丸が歩き出すと女が後ろを黙って歩いてくる。

初めて出会った二人は何も喋らない。女は歳も近く兄のような民治丸に買われて良かったと思っていた。

屋敷に着くと民治丸が「台所口はそっちだ」と指さして教えた。自分は玄関から入って母志我井の部屋に行き「ただいま戻りました」と挨拶する。

「ずいぶん長いお祈りですね？」

話をすっぽかされた腹いせのような言い方だ。

「はい、宮司さまのお屋敷で半刻ほど話を伺いました。帰り道で困っている子どもを一人助けてまいりました」

「困っている子ども？」

志我井が驚いて聞き返した。

「その子は？」

「台所だと思います」

「まあ……」

志我井は民治丸を放り出して台所に急いだ。台所では女がお民に尋問されている。

「お民、その子は？」

「はい、若さまがお連れになったそうで、名はお梅だそうにございます。歳は十二、若さまに銀三枚で買われたなどと、訳の分からないことを申しております。若さまから奥方さまに何か？」

「いいえ、子どもを助けてきたと……」

お梅は奥方さまと聞いて志我井に向き直り、板の間に額をすりつけて平伏した。

「顔を上げて、銀三枚で買われたというお話を聞かせてくれますか？」

優しい志我井の言葉に、顔を上げたお梅がポロッと泣いた。

「暗い道端で折檻されているところへ、お殿さまが通りかかられて……」

暗い街道で起きた一部始終をお梅が話し出した。

志我井とお民に孫助と小兵衛まで加わってお梅の話を聞いている。まず、みんなが驚いたのは民治丸が二字国俊を抜いたということだ。

これまで民治丸が二字国俊を抜くのは刀の手入れをする時だけで、それ以外で抜いたとは聞いたことがない。

それも人前で抜いて脅したのだから大事件だ。それもあろうことか強請《ゆす》りたかりの真似をして、人買いから娘を奪ったことになる。

「銀二十枚を三枚にするとはさすが若殿だ」

孫助が嬉しそうに笑ったが志我井とお民がそれをにらんだ。

話の筋を呑み込んだ志我井は、湯に入って寝るよう命じて引き取った。民治丸には何も言わない。

翌朝、民治丸はいつものように、卯の刻に起きて熊野明神に走り、半刻の素振りをすると祥雲寺に走った。

留次は暢気なもので、不貞腐れた寝ぼけ顔で大欠伸《おおあくび》をしながら、昼過ぎにブラブラ浅野屋敷に「御免よ……」と横柄な態度で現れた。

さすがに玄関はまずいと思ったのか台所口に回って顔を出した。

「おう、お梅、元気そうだな？」

留次の顔を見てお梅が怯えた。するとお梅を庇うように小兵衛が立ち上がって留次をにらみつける。

「おっと、御免なさいよ。お梅に用事があるわけじゃないんで、こちらの奥方さまかどなたかに、民治丸さまとの約束で留次が来ましたと伝えておくんなさいやし……」

留次が口上を切った時には既にお民が奥に走っていた。小兵衛と留次がにらみ合っていると志我井とお民が現れた。

「留次とやらここは台所じゃ、庭に回ってくださらぬか？」

「へい、奥方さまで、承知いたしやした……」

志我井には急に低姿勢だ。留次が外に出ると小兵衛が、サッと長押《なげし》から槍を摑んで外に飛び出した。

「槍とは物騒だな。刺さないでくださいよ。刺されると痛いんでござんすから……」

「こっちだ！」

小兵衛は留次を庭に連れて行くと「ここで待てッ！」と縁側の下に留次をかがませた。自分は留次から二間ほど離れて槍を立てて警戒する。

志我井が袱紗《ふくさ》包《づつ》みを持って縁側に出てきた。

「お梅に聞いたのですが銀三枚でしたね？」

「へい、さようで……」

「ここに銀三枚、ここに二枚あります。これを持って行きなさい。それで留次殿とやら、人を買う仕事を辞められませんか？」

「それが、奥方さま、折角なんですが辞められないでござんすよ」

「どうしてです？」

「あっしがこの仕事を辞めますと、首を吊る百姓がおりやすんで、へい……」

「首を吊る？」

「特に米が不作の時なんか酷いもんでござんす、どうしても女の子を売らないと次の年まで生きていられないので……」

「貧しいということですか？」

「そうなんでござんすよ。これ以上はご勘弁を……」

「留次殿ッ！」

志我井が怒った顔になった。

「ご勘弁を……」

「留次殿、そなたが辞められない仕事なら分かりました。人ひとり銀三枚では安い。貧しいお百姓なのですから三倍で買ってきなさい。そなたはその娘をどこぞに十倍の値で売るのでしょう？」

「まいったな。さすが民治丸さまのおっかさんだ。分かりやした。あっしも隼の留次といわれる男だ。いきなり三倍はむりでござんすが二倍、二倍にいたしやしょう」

留次が調子よく男気を見せた。

「そなた隼の生まれですか？」

「へい、最上川の隼の激流を泳いで育った留次でござんす。二言はございやせん。へい！」

「分かりました」

志我井がニッと笑った。

「ところで奥方さま、気に入りやした。この銀五枚ですが、お梅をただで引き渡すというわけにいきませんので、銀一枚、一枚だけいただきやす。あとの四枚は民治丸さまの仇討に使っておくんなさい」

「そなた……」

「へい、この留次さまは地獄耳で、何んでも知っているんでござんすよ」

留次は手を伸ばして銀一枚を摑むと、「御免なすって！」と庭を駆けて屋敷の外に飛び出した。

「必ず、仇討をやって下さいよ。それにしても綺麗な奥方だったな。隼の留次も形無しだぜ、全く……」

やくざな留次の眼から涙がこぼれた。母子二人の仇討に感動したのだ。

「大した親子だぜ……」

その夕刻、民治丸が道場から帰ると、お民がお梅に夕餉の膳を持って行くよう命じた。

「あのう……」

「何ッ、グズグズしていないで持って行きなさい」

お民は子分ができてうれしいのだ。

お梅は民治丸と顔を合わせるのが怖い。渋々、膳を持って民治丸の部屋へ向かい、廊下で大きく息を吸ってから戸を開いた。

民治丸は日課の書をやっている。

「夕餉を持ってまいりました」

「うむ、そこに置け……」

「はい……」

「そなた、母上に気に入られたようだな？」

お梅が黙ってうつむいた。

「お梅というそうだが、今日から小梅と名乗れ、その方がいい」

民治丸が仮名《かな》で「こうめ」と書いて紙を見せた。

「読めるか？」

首を振って小梅が悲しい顔をした。

「そうか、こうめと読むのだ」

民治丸は仮名の脇に小梅と漢字をつけ足した。

「これをやるから練習しろ、自分の名前だ」

「はいッ、有り難うございます！」

民治丸の優しさがうれしかった。

ニコニコと小梅は名前を墨書した紙を受け取って、部屋を出ると紙を大切に折って懐に入れた。

「お梅、どうだった？」

「お梅ではなく小梅です！」

「なんだって？」

「お梅ではなく小梅です」

「お梅でも小梅でもいいけど、どうしたの？」

「これ！」

小梅がうれしそうに懐から墨書した紙を出してお民に見せた。それを小兵衛も覗き込んでいる。

「殿さまからいただきました。今から小梅です」

「字が読めるの？」

首を振って小梅がまた悲しい顔になった。実はお民も小兵衛も字は読めないのだ。

京八流

天文二十四年十月二十三日が改元されて弘治元年十月二十三日となった。

民治丸は十四歳になった。

この頃、剣術には体系だった流派というものが、まだ、はっきりと存在していたわけではない。

剣術の源流と言われる京八流は、平安期の鬼一法眼《きいちほうげん》を始祖とする。

最も古い流派の一つで、鬼一法眼が鞍馬山に登り、八人の僧侶に刀法を伝授したのが京八流の初めだという。

鞍馬寺に預けられた牛若丸こと源義経が、鞍馬山の異形の者たちと出会い剣の妙技を授かった。これを奥山念流、念流、判官流、義経流、鞍馬流などという。

全て京八流の流れを汲む剣法である。

義経の剣は短めで、天性の敏捷性を生かし、一瞬の隙に敵の懐に飛び込む義経らしい必殺の剣技だった。

義経の腰にある車太刀は一尺七寸五分で、中脇差ほどの長さしかなく、反りの強い太刀だった。後に義経が愛刀とする膝丸も反りの強い太刀だった。

ちなみに太刀は腰に紐で吊るして佩き、打刀は刃を上向きにして帯に差し、銘を切る位置が異なる。この書では全て刀、剣、太刀とする。

京八流から分かれた念流は、鞍馬山で修行した禅僧の念阿弥慈恩《ねんあみじおん》を祖とする。

南北朝期に、この念流を取り入れて京で中条長秀《ちゅうじょうながひで》が開いたのが中条流で、特徴は小太刀を使うことにあった。

この中条流こそ京八流ともいう。

中条流から後に鐘捲自斎《かねまきじさい》、富田治部左衛門《とだじぶざえもん》、伊藤一刀斎《いとういっとうさい》、津田小次郎《つだこじろう》こと厳流小次郎などの剣豪が生まれ、一刀流、富田流、巌流などを生んだ。

徐々に流派というものが形成されつつあった。

民治丸が研鑽を積むこの時代に現れたのが、剣聖と言われる塚原土佐守高幹《たかもと》この時六十七歳の鹿島新当流、それに上泉《かみいずみ》伊勢守信綱《いせのかみのぶつな》この時四十八歳の新陰流である。

既に塚原土佐守は卜伝と号し高齢であったが、上泉伊勢守は上野《こうずけ》国上泉城の城主として神後宗治《じんごむねはる》や疋田景兼《ひきたかげかね》など多くの弟子を育てていた。

民治丸はまだ出羽国楯岡城下で修行中である。

この年、天文二十四年は上泉伊勢守にとって過酷な年になった。

伊勢守の上泉城が、相模の北条氏康《ほうじょううじやす》の大軍に猛攻撃を受けたのである。北条家は相模だけでなく関東一円に力を伸ばしてきていた。

北条氏康は甲斐の武田信玄と、駿河の今川義元に西を塞がれ、北の武蔵国と上野国に領土を広げようとしている。

北条氏康の大軍は上泉城に向かって、利根川沿いに続々と北上すると城下を埋め尽くして集結し十重二十重《とえはたえ》に包囲した。

あまりの大軍に上泉城は凍り付いた。戦っても籠城しても勝てる相手ではない。

「殿ッ、北条の使者にございますッ！」

「来たか、大広間に通しておけ！」

伊勢守は既に覚悟を決めていた。

その昔、十三歳で鹿島に修行に出て、後に剣の三大源流と言われる念流、神道流、陰流を学び新陰流を開いた。

今、ここで討死することはできないというのが伊勢守の結論だ。

それに城兵を全滅させることはできない。

上泉新陰流が目指しているのは、人を生かす活人剣の無刀取りである。人を生かすことこそ剣だ。

伊勢守は四十八歳になり極意に近付いていた。

大広間に出て行くと緊張が波紋のように広がった。主座に座った伊勢守は無銘の豪刀をいつでも抜けるよう左に置いた。

剣豪としていざとなれば戦う意思があるというしるしだ。

「伊勢守さまには初めて御意を得まする」

北条氏康の使者が丁重に挨拶してニッと小さく微笑んだ。

広間の固すぎる緊張を嫌ったのだ。

「わが左京大夫は伊勢守さまをお迎えしたいと仰せである。もちろん、この城に勝るとも劣らぬ礼を持って遇したいということでござる」

北条氏康は左京大夫と呼ばれている。

左京大夫は本来足利幕府の四識筆頭である一色《いっしき》家の世襲官職だったが、困窮した一色家が手放し売られる官職になった。

人気のある官職で大名たちは喜んで左京大夫を買って名乗った。ちなみに右京大夫の方は細川京兆家の世襲官職で細川宗家が名乗った。

一色家の五郎長秀《ごろうながひで》が上泉を名乗ったのが、伊勢守の祖である。北条は北条早雲こと京から来た伊勢新九郎盛時《しんくろうもりとき》が名乗り祖となった。

一色家は幕府侍所《さむらいどころ》の所司、伊勢家は幕府政所の執事でほぼ同格の名門である。

伊勢守も左京大夫もそれを知っていた。

「ご配慮、有り難く存ずる。さりながら当家には家代々仕えてまいった主家がござる」

「なるほど、では籠城なさるか？」

「そうも考えました」

「しばらくッ、伊勢守さま、ご覧のように当方の兵力は三万以上、拝見するところこの城に五百の兵力もありますか、援軍を当てに抵抗されるのはいかがなものかと？」

「承知してござる。城兵は全て城から出し開城いたしますが、それがしは箕輪《みのわ》城に退散いたします。左京大夫さまにお許しいただけましょうか？」

「では、当家に仕官はできないと？」

「主家を裏切ることはできかねます。お許しいただきたい」

伊勢守と北条の使者がにらみ合った。

「できぬ時は？」

「やむをえません。ここで潔く腹を斬り申す」

また、大広間が凍り付いた。

そんなことは弟子たちも城兵も見過ごさない。討死覚悟で北条軍と戦う。伊勢守を見る目はそう訴えている。

使者はそれを敏感に感じ取った。

「相分かった。そのように復命仕る。ところで新陰流はいかがなさるか？」

伊勢守が小さくうなずいた。

「ここにいる弟子たちが諸国に走って流派を未来永劫にわたって、伝承されるよういたしますゆえご懸念なく願いまする」

「承知、またまいろう。御免！」

使者が席を立って広間から出て行った。

「殿ッ！」

疋田景兼が伊勢守の前に進み出た。疋田と神後宗治が最も腕の立つ弟子だ。

「何も言うな。新陰流こそ余の命である。それを伝える弟子こそ余の命だと考えておる。この命一つで新陰流が守られるのであれば本懐だ。いささかも命を惜しいとは思わぬ。そう覚悟いたせ！」

「殿ッ……」

居並ぶ弟子の豪傑たちが腕で涙を拭った。伊勢守は豪刀を掴み無言で主座を立つと奥に消えた。

小姓の竹丸《たけまる》一人が後を追う。

その夜、北条軍の本陣では上泉城をどうするか話し合いがもたれた。一押しに押し潰すことは簡単だ。

四半刻もあれば四方八方から攻め込んで潰せる。

そんなことは誰もが分かっていることだ。だが、その時の味方の犠牲を考えると寒気がする。

伊勢守の弟子が百人として、一人五人の北条兵を斬り倒せば五百人が死ぬ。一人十人倒せば千人の犠牲が出る。

おそらく弟子は二百人を超えると思われる。

城を押し潰しても味方の死体が累々では目も当てられない。

天下の物笑いになりかねないのだ。

北条氏康は四十一歳の名将で、武田信玄や今川義元などと戦ってきた。

腕を組んで冷静に考えている。

「父上、伊勢守が切腹しても城は落ちないと思います」

十八歳の嫡男氏政《うじまさ》が考えを言う。

武将たちも同じことを考えていた。豪傑揃いの伊勢守の弟子たちが暴れ出したら酷いことになる。兜《かぶと》の上から幹竹割《からたけわり》に斬り下げられて真っ二つだ。

「逃がすか？」

「伊勢守をもし逃がしても後々害にはならないかと思います。領地を奪い合う大名というよりは、使者が聞いてきたように新陰流の伝承こそ大切な剣豪ですから……」

若いながら氏政はことの核心を見ている。

「そうか、新陰流か？」

誰も犠牲が大きいとは言わない。

氏康は最初から好条件の仕官を持ち出して、「降伏をしろ！」と伊勢守の誇りを傷つけるようなことは言わなかった。

「みなもそれでいいかッ？」

「若殿の仰せに同意でござる」

「それがしも若殿のお考えに感服仕りました」

「よし、そうしよう！」

氏康が決断して軍議は簡単に終わった。みなが思っていることを言いづらいだろうと氏政が代弁したのだ。

翌朝、前日と同じ使者が上泉城に現れ伊勢守に軍議の結果を通達した。

「承知、即刻、開城いたすゆえ半刻ほどの猶予を願いたい」

「結構です」

「聞いての通りだ。すぐ支度をして城を出る」

「おおうッ！」

誰も負けたと思っていない。

どの顔も、戦えば二十人や三十人は倒すと言っている。

上泉城はすぐ開城され、伊勢守とその弟子たちは隊列を組んで堂々と城を後にした。

行先は西の箕輪城だ。

城主の長野信濃守業正《しなののかみなりまさ》は五十七歳の老将で、武田信玄や北条氏康を何度も退けた猛将である。

歌人で右近衛権中将在原業平《うこんえのごんのちゅうじょうありわらのなりひら》の末裔という。

奥の院

　厳しい民治丸の修行も六年が過ぎた。

　背丈も伸び、刑部太夫の道場でも腕を上げ、今や四天王氏家左近と互角に戦えるところまできた。

　三本に一本、民治丸が左近から取ることがある。そんな時は道場がどよめいた。

　大石孫三郎も柏倉宗兵衛も阿部五郎八も、互角には戦うが左近から一本はなかなか取れない。

「まことに筋がいい」

　刑部太夫は民治丸の成長に満足している。

　早朝、卯の刻に起きて熊野明神に走る。参拝して素振りを半刻してから祥雲寺に走り座禅をして昼前に道場へ戻ってくる。

　そんなある日、まだ暗いうちに熊野明神の境内に祠官の藤原義貫が待っていた。

「明日、奥の院に行きますよ」

「はい、承知しました」

「では、明日の朝に……」

民治丸は境内から祥雲寺に走った。

夕刻、道場から戻ると母の志我井に、林崎熊野明神の藤原義貫と奥の院に行くことを告げて寝た。

翌朝、いつものようにお民の運んできた朝餉を取っていると、志我井が衣服を揃えて持ってきた。

「母上、有り難うございます」

「気をつけて、小兵衛を連れて行くのですね？」

「はい、そうします」

朝餉を取り終わってお民が膳を運んでいくと、小梅が白湯を持って部屋に入ってきた。

一年で小梅は浅野家にすっかりなじんでいる。いつも、陰日向なく元気に働くので誰からも好かれている。

「小兵衛の支度はできたか？」

「はい、いつでもお供できるそうです」

「そうか、すぐ行く」

小梅が出て行くと志我井が手伝って着替えをし、二字国俊を腰に差して部屋を出た。

玄関で小兵衛が待っている。

二人が熊野明神に走ると境内で藤原義貫と義祐が待っていた。

「では、まいろう」

挨拶もそこそこに四人は奥の院に向かった。

大旦川沿いに東に向かい街道に出て背中炙峠に向かう。その途中で右の道に折れて村の家々を過ぎて、一里も行かないで甑岳の麓に行き一人しか通れない山の小道になる。

夜が明けると周囲の山々は紅葉で錦に燃えていた。

「この辺りが大旦川の水源です。この尾根を越えれば奥の院はすぐです」

「熊野明神さまからやはり二里くらいでしょうか？」

「一里半はありますな」

そう高くない尾根を越えて石城嶽に入って行った。

この道を通る人はほとんどいないようで、落ちた紅葉が敷き詰められて義貫が言ったように、眼の前に猿や熊や獅子が出てきてもおかしくない山の中だ。

尾根を下って行くと谷川が見えてきた。

紅葉の枝に覆われた小川で、山の上の清水が流れてきているのだろうと思わせる。

「今は水の少ない時期ですか？」

「雨が降らなければいつもこんなものです。増水しても雨が上がれば一刻ほどでこのように戻ります」

「これも、最上川へ？」

「そうです。奥の院の辺りは釜ヶ沢と呼ばれていますが、この川は朧気川《おぼろげ》に流れ込んで最上川に合流します」

四人は転げ落ちそうな山の斜面を谷川まで下りた。

すると眼の前に崩れ落ちてくるような巨岩が聳えた。圧倒的迫力に民治丸は押し潰されると思った。五間ほど登って行くと巨岩の根元が平坦な小さい広場だ。そこにぽっかりと岩窟が口を開けている。

「ここが奥の院です。雪になる前に注連縄《しめなわ》と御幣を取り換えて掃き清めます。冬になるとここには誰も登って来ません。猿と獅子ぐらいです。中に入りますか？」

「はい、是非、お参りさせていただきます」

義貫が腰をかがめて岩窟に入って行った。

「どうぞ……」

義祐が民治丸に勧めた。

義貫に続くと奥は深くない。二間も行くと行き止まりで、御幣が立てられて小さな祠《ほこら》が熊野明神の奥の院になっている。
五、六人も入ると息苦しくなる広さしかない。

義貫の手で御幣と注連縄が新しく取り換えられ、義祐が背負ってきた米や野菜、川の魚や果物、栗などが供物として供えられた。

木の枝を折って来て掃き清められると義貫が祝詞《のりと》をあげる。

岩窟の前の広場も掃き清められた。傍に巨岩を切り取ったような一段があり義貫がそこに腰を下ろした。

「この下に一里ほど下ると細野村がある。この北には延沢銀山があるが、この岩に銀は含まれていないようだ」

義貫が笑った。

「ここは良い。ここには確かに神々がおられる。この山々には神々の気配を感じる。古の人々もここで神を感じ熊野権現を勧請したのであろう。春には春の神、夏には夏の神、秋には秋の神、そして冬には冬の神がここに降臨されるのだ。まったく美しいのう……」

立ったまま民治丸は義貫の話を聞いていた。

「熊野権現とは熊野三山、熊野本宮、熊野速玉《はやたま》、熊野那智《なち》の大社の祭神、すなわちスサノオ、イザナギ、イザナミの神々なのだ」

民治丸は義貫の話に耳を傾けた。

後に民治丸はこの三神と一緒に剣神として祀られることになる。

神になるのだ。

麓に吹き降ろす山の風がザワザワと騒ぎ始めた。四人は神の鎮座する奥の院で半刻ほど過ごして、来た道を引き返した。

昼前に戻ると民治丸は着替えて道場に向かった。

その夜、志我井に熊野明神奥の院の話をした。志我井も奥の院のことは民治丸から聞くまで知らなかった。

「ずいぶん山奥のようですが？」

「はい、大旦川の源流ですから山奥と言えば山奥ですが、一刻少々で行けますから近いともいえます」

「そうですか、一刻ならそう遠いとはいえませんか？」

「また、行ってみたいと思います」

「そうですか、気をつけて……」

志我井は自分より背が高くなり、日に日にたくましくなる民治丸を見るのがうれしい。

数日後、民治丸は釜ヶ沢の奥の院の神に呼ばれるように、林崎熊野明神に参拝後一人で山に向かった。

甑岳の紅葉が散り始めている。

祠官の藤原義貫に教えられた小道を登って、石城嶽の釜ヶ沢に下り岩窟の広場まで登って行った。

サワサワと秋の山風が紅葉を散らし雑木《ぞうき》の梢《こずえ》の葉が散り終わっている。民治丸が岩窟に入ると先日供えた供物がきれいに消えていた。山の獣たちが来て食べたのだろうと民治丸は思う。

木の枝で掃き清めて参拝すると広場に出た。

「ここには神がいる」

民治丸は二字国俊の鞘口を握り、ゆっくり柄を握り少し腰を落として身構えた。鞘口を切って静かに刀を抜いた。風の中で刀身が輝き微かに震えている。息を整えて上段に刀を上げた。

山から吹き下ろす風を斬り裂くように、静かにゆっくりと太刀を振り下ろし、一歩右足を踏み込んで、二字国俊を中段で止め、瞬時に横一文字に斬り、もう一歩踏み込んで逆袈裟に斬り上げ、二字国俊を素早く腰に引いて次の攻撃に備えて身構えた。

剣は瞬息の間合いだ。

民治丸は腰を沈めると再び横一文字に斬った。

瞬間、舞い降りてきた紅葉の葉を斬り下げた。だが、斬り損なった。しまったと一瞬棒立ちになった。

眼を瞑ると刀を握ったままうなだれた。

「未熟……」

二字国俊をゆっくり鞘に戻す。

その時、ガサッと風とは違う気配を感じて振り向いた。四、五間先の灌木の間に獅子が来て民治丸を見ている。

「未熟な剣を笑っているのか？」

獅子をにらんだ。

すると獅子はガサッと動いて山の上に駆けて行った。

「獅子に笑われるようではまだ駄目だ」

鞘ごと二字国俊を抜いて巨岩の段に腰を下ろし、傍に刀を置いていつもの結跏趺坐ではなく半跏趺坐《はんかふざ》にし、法界定印を結んで座禅を組んだ。眼を半眼に呼吸を整え静かにゆっくりと随息観に入る。

風の音が遠ざかっていく、静かだ。

いつの間にか民治丸は風に溶け込み、山を下る風になり、山を上る風になっていた。

フッと半眼の前に誰かいると感じた。

今、ここで襲われたらどう対応する。

二字国俊は左側にある。

鞘ごと握って刀を抜けるか。後の先を取れるか。敵より後に動いて先を取る後の先は難しい。体が緊張するのを感じる。

法界定印が崩れ前のめりになりそうだ。斬られる。

民治丸はゆっくり眼を開いた。

目の前五間ほどのところにまた獅子が来ていた。民治丸は法界定印のまま深く息を吐いて半眼にした。

背筋を伸ばし頭で天を突く、再び随息観に入ろうとする。

いつの間にか風の中の獅子の気配が消えた。あの獅子は自分を見に来た神ではないかと感じた。

上洛

雪が降る前に民治丸は熊野明神の奥の院に二度登った。

奥の院に行けば神に会えると民治丸は思う。深山幽谷の静けさの中に熊野明神の神々がいる。

雪が降り、年が明けて民治丸は十五歳になった。

林崎熊野明神に民治丸は母志我井、孫助、小兵衛、小梅と元朝の参りに出た。雪は上がって道端は掃き清められている。

この辺りの雪は少なく三寸ほどしか積もっていない。これからドカッと一晩で雪が降るかもしれない。

菊池家の門前に民治丸を待つ深雪が立っている。

「おめでとうございます」

「おめでとう」

深雪が志我井に挨拶して民治丸の傍に寄って来た。

「おめでとう」

「うん、十八になっちゃった」

深雪が民治丸の耳に口を近付けてつぶやいた。深雪は民治丸の許嫁だが既に妻だと思っている。

人々が参道で列をなして境内に入って行く。熊野明神には林崎村だけでなく周辺の村からも人々が集まってくる。

民治丸一行は熊野明神から祥雲寺に回って屋敷に戻ってきた。

東根刑部太夫の道場は元日だけが休みで、二日には早くも初春の稽古が始まった。

一日稽古を休むと取り戻すのに三日かかるという。

初春の稽古には休みがちな不真面目な門弟も全員参加する。年の初めの稽古にも出てこないようでは門弟として認められない。

百人を超える門弟が勢ぞろいした。

正月の挨拶が済むと全員が東西に分かれて座る。

道場の床は真ん中に二間半ほどの隙間しかなくなった。次々と名前が呼ばれ、この場にいない者は門弟から抹消される。この日はそれだけで終わった。

民治丸が席を立つと呼び止められた。

「浅野殿、師範が奥でお待ちだぞ」

「奥へ？」

「急いだ方がいい」

「承知！」

民治丸が奥へ急ぐと刑部太夫と氏家左近が待っていた。

「おう、来たな！」

刑部太夫と左近は緊張した面持ちだ。民治丸は二字国俊を右側に置いて二人の前に座った。

「民治丸、そなたを城の因幡守さまがお呼びだそうだ」

「殿さまが？」

民治丸に呼ばれる心当たりはない。

「明日、登城するようにとの仰せであった」

左近も呼ばれた理由を知らない。硬い顔で民治丸に伝える。左近は悪い呼び出しではないだろうと思っていた。

「明日の朝、辰の刻に大手門で待っている」

「承知いたしました」

民治丸の初登城だ。

その民治丸は六十五石を頂戴する因幡守の家臣だ。呼ばれて因幡守のご用に預かるのは当然である。驚くことではない。

道場から帰ると母の志我井にお城の因幡守に呼ばれたことを話した。

志我井にも登城を命じられる心当たりがない。傍に座っている小梅も心配そうな顔で民治丸を見る。

「母上、登城の支度をお願いいたします」

「分かりました」

翌朝、民治丸は卯の刻に起きて、小梅の整えた朝餉を取ってから熊野明神に走った。屋敷に戻って冷水を浴び、身を清め、志我井が新調した小袖を着ると、槍を担いだ小兵衛を連れて城に向かった。

大手門に左近が立っている。

「ご苦労!」

「よろしくお願いいたします」

初めての登城に民治丸は緊張している。

城内に入ると小兵衛は玄関横の控の間に入り、民治丸は二字国俊を小兵衛に渡して広間に向かった。

「殿が面を上げろと言うまでは駄目だぞ」

「はい!」

弟のように可愛がっている民治丸に左近はあれこれと作法を教える。

広間には筆頭家老の奥山弥左衛門と次席家老の岩崎惣兵衛だけが座っている。主座の正面に民治丸が座り左近は岩崎惣兵衛の隣に座った。

「浅野民治丸殿をお連れいたしました」

「大儀!」

筆頭家老の奥山老人は眠そうな顔で言う。

「ご家老の奥山さまと次席の岩崎さまだ」

「浅野民治丸にございます。新年おめでとう存じまする」

「うむ、浅野は幾つだ」

「十五歳になりましてございます」

岩崎次席家老に平伏したまま答えた。そこに因幡守が現れて主座に座る。同時に因幡守の馬廻り望月源太左衛門《もちづきげんたざえもん》が入って来て左近の隣に座った。

「民治丸だな？」

「はい！」

「面を上げろ」

「はッ！」

祥雲寺で時々会う因幡守が眼の前でにらんでいる。

「左近、数馬が亡くなって何年になる？」

「はッ、九年にございます」

「そんなになるか、早いものだな。ところで民治丸、父数馬の仇を討つ覚悟はあるか？」

「はいッ、坂上主膳を必ず討ち果たす覚悟にございます」

はっきりと仇討の意思があることを因幡守に告げた。

「そうか。ずいぶん腕を上げたと左近に聞いたが？」

「まだまだ、未熟にございます」

「なるほど。それで今日、登城を命じたのは他でもない。その坂上主膳の居場所が判明したからだ」

広間の空気が緊張して凍り付いた。

家老の奥山も岩崎も左近すらも知らなかった。

民治丸は緊張して因幡守を見上げる。岩崎と左近も因幡守を見たが奥山老人は眠そうで知らぬ顔だ。

「昨年暮れに、京の勧修寺さまに伺った望月源太左衛門が、偶然にも四条の辻で主膳を見かけたということだ。そうだな？」

「御意ッ！」

末席の源太左衛門が返事をした。

岩崎と左近が源太左衛門を見ると、眼を瞑っていた奥山老人がハッとした顔で源太左衛門をにらんだ。

坂上主膳が生きていたことは重大なことだ。

それも京にいたという。源太左衛門が出会った様子を話す。

「四条の辻で見かけましたので、気付かれぬように後を追いましたところ、六波羅蜜寺に近い道場に入りました。翌日、道場を訪ねましたところ坂一雲斎《ばんいちうんさい》と名乗る人物と判明いたしました」

「坂上主膳ではないのか？」

次席の岩崎が聞き返した。

「おそらく名を変えているものと思われます」

「人違いではないのか?」

怒るように岩崎が言って咎《とが》めた。

「次席ッ、それがしはまだ四十前です。人の顔を見間違えるほど惚《ほう》けてはおりません!」

「さよう惚けてはおらぬな」

突然、惚けている奥山老人が言い訳するようにうなずいた。岩崎が吹き出すように苦笑した。

座が急に和《なご》んで民治丸に視線が集まった。

「名を変えていることは充分に考えられる。惣兵衛、そうは思わぬか?」

「御意ッ!」

「なるほど、御意にございます」

奥山老人はどこまでもとぼけている。

憎めない老人なのだ。

それでいて話だけはちゃんと聞いている。間抜けとか狸とか大ぼけとかいわれているが、つかみどころがないのだ。

それでも因幡守の信頼が厚いのだから家臣も首をかしげる。

数日後、望月源太左衛門は京で主膳の後を追ったのだが東山で見失った。

あまり主膳に接近すると気付かれて討手と思われ、逃げられる危険があると思い、無念だが追跡をあきらめてその時は戻った。

「民治丸、確かめに行くか？」

「はいッ、是非にも！」

「一つだけ、余と約束しろ」

「はい！」

「今のそなたの腕ではおそらく主膳を倒せないだろう。余はそなたに仇の顔を見せれば、修行にいっそうの力が入ると考えた。よってこの度の上洛は仇討ではない。民治丸、これを守れるか？」

「はいッ、肝に銘じて分別もなく襲いかかるようなことはいたしません」

「うむ、よく言うた。もしそなたが返り討ちにあえば、殿の名に傷がつくのだぞ。分かるな民治丸！」

眠っているような筆頭家老がカッと眼を開いてそういうと、民治丸を叱るようににらみつけた。

「はッ、決してご命令に違背《いはい》することはございません」

「よしッ、望月源太左衛門と浅野民治丸の二名に、京にいる坂上主膳の所在を確かめるよう命ずる」

「はッ、有り難く存じまする」

民治丸が平伏、源太左衛門も民治丸の傍に来て並んで因幡守に平伏した。

「出立は十日の朝とする。良いな？」

「はッ、畏まってございます」

源太左衛門と民治丸が因幡守に平伏して御前から下がった。二人が広間から消えると次席家老の岩崎惣兵衛が口を開いた。

「殿、二人だけでは主膳に気付かれて返り討ちになりかねません」

「いかにも……」

奥山老人も同意した。

「うむ、余もそう思うが、護衛をつけるか？」

「はい、大袈裟にではなく二、三人ほど……」

奥山老人が答えた。

因幡守は秘かに近習の氏家左近と、馬廻りの大石孫三郎に二人を追わせようと考えていた。

「左近どうか？」

「はッ！」

「道場の兄弟弟子だからな。惣兵衛、左近と大石孫三郎でよいな？」

「結構でございます」

岩崎次席が賛同し奥山老人がうなずいた。

あの闇討ち事件では、城から討手を出したが逃げられた。以来、城では、その覚悟があるなら何年かかっても民治丸に仇を討たせるべきだと決めている。そのための支援を惜しまない。

坂上主膳は主人の因幡守の顔に泥を塗った男だ。

許しがたいが逃げられた仇を探して、討ち果たすのは口で言うほど簡単ではない。追う方も必死なら逃げる方はそれ以上に必死で逃げる。もし、仇がどこかで死んでいても、そうとは知らず生涯追い続けることにもなりかねない。

仇討の難しさは優曇華《うどんげ》の花ともいう。

それで因幡守は断腸の思いで上意討ちをあきらめた。それが九年目にして偶然にもその消息が判明した。

稀有なことだ。

すぐ左近たち腕の立つ刺客を数人放って殺すことはできるが、それでは民治丸の苦労が水の泡になる。

因幡守は何年も祥雲寺で修行する民治丸の健気《けなげ》な姿を見てきた。

そこで民治丸を一度上洛させると決断する。城から下がって屋敷に戻った民治丸は、母の志我井に因幡守からの話をすべて伝えた。

志我井は突然のことに驚いたが、この上洛は主膳を探しに行くだけで、見つけてもすぐ斬りつけたりはしないと聞いて安心した。

京に姿を現したということは、追われる主膳も修行をして、返り討ちにする自信があるのだろう。

そうでなければ何かと目立つ京には近付かないはずだ。

民治丸も志我井もそう思う。それは因幡守も同じようにそう思ったことだ。

翌朝、暗いうちに民治丸は笠をかぶり、蓑を着て熊野明神に参拝し、雪道を奥の院に向かって走った。

「父上、間もなくその時がまいります。お守りください」

民治丸は黙々と山を上った。

雪は止んで辺り一面が真っ白な世界だ。夜が明けると光を浴びてサーッと銀世界に変身した。

仇の顔

雪の斜面を滑って転がりそうになる。

木の小枝を摑んで民治丸は尾根まで登って行った。

周囲の山々は雪に覆われ、山頂の神の座が荘厳に輝いていた。

民治丸は一気に山を滑り降りると、谷川を飛び越えて、獅子のように巨岩の広場に飛びあがった。

笠を取り、蓑を脱いで岩の上に置き、威儀を正して岩窟の中に入り、吹き込む雪と冷気の中に鎮まる神にひざまずいて、腰の二字国俊を鞘ごと抜いて捧げた。

「スサノオさま、京へ行ってまいります」

深く息を吸った。いつもここに来ると神の気配を感じる。

外に出ると岩の段の雪を払いそこに座った。傍に二字国俊を置き半跏趺坐を組んで法界定印を結んだ。

山々の朝の冷気が民治丸に集まってくる。静かだ。微かに風の音がする。その風に揺られて雑木の枝に積もった雪が舞い散る。

半眼にしてゆっくり呼吸を整えて随息観に入り、心が熱くなってやがて夢かうつつか静かな世界に落ちていった。体が凍結するかもしれない。寒さが五体に染み込んでなんと清浄な世界なのだ。

雪は万物を清らかに包み込む。四半刻で法界定印を解いた。

二字国俊を握って立つと枝からサラサラと雪が舞い落ちてくる。雪に覆われた谷川から微かに春の音がした。

彼方の山々まで見える世界一面が白く輝いて美しい。

民治丸はゆっくり二字国俊を腰に差して、少し腰を落とすと素早く抜いて横一文字に冷気を斬った。

山の冷気がピリッと割れたように思う。

その刀を上段に上げてゆっくり中段まで斬り下げ、ピタッと止めて下段から右上に逆袈裟に斬り上げ、素早く左下段に斬り下げてから身構えた。

二字国俊に枝から降った雪片が触ってツッと消える。

上段に構えてスッと前に出て、ゆっくり下段まで斬り下ろし、振り向きざまに左上段へ逆袈裟に斬り上げた。

「おう、来ていたのか？」

民治丸が刀を鞘に戻した。

獅子が首をかしげて民治丸を見ている。あの日以来、民治丸がここに来るとどこからともなく現れる獅子だ。

「京へ行ってきます」

ニッと民治丸が微笑んだ。

するとサッと身をひるがえして、獅子が雪の山に駆け上がって行った。笠をかぶり蓑を着て神に一礼すると獅子の後を追うように山を登った。

未明、旅支度をした民治丸と小兵衛が、伝左衛門、志我井、孫助、お民、小梅に見送られて屋敷を出た。

熊野明神に向かうと菊池家の門前には半左衛門、深雪の父、深雪の三人が立っている。

「行ってまいります」

立ち止まって民治丸が挨拶した。雪明りだけでまだ真っ暗でどこも寝静まっている。

「京までは遠い。気をつけて行きなされ」

「はい！」

泣きそうな顔の深雪を見てうなずいた。

民治丸は深雪にも京へ行く理由をすべて話している。

二人が境内に入って行くと、拝殿の前に祠官の藤原義貫と、ともに京へ行く望月源太左衛門、望月家の小者が待っていた。

「民治丸殿、拝殿へ……」

「かたじけなく存じます」

民治丸と源太左衛門が拝殿でお祓いを受けた。境内には深雪たち三人も来て立っている。

「望月さま、お気をつけて……」

「おう、菊池殿、行ってまいる。来月の末には戻れるだろう」

「そうですか……」

「急ぐゆえ御免！」

四人は羽州街道に出て南に下った。

しばらく行くと道端に伝左衛門、志我井、孫助、小梅が立っていた。

「高森殿、行ってまいる」

「望月殿、ご苦労に存ずる。それがしがまいらねばならぬところだが」

「いやいや、こういう仕事はそれがしが向いておるのだ。気になさるな。民治丸殿は必ず連れて戻りますから……」

「よろしくお願いいたします」

「浅野殿のお母上、ご心配あるな。来月には必ず戻る」

「よしなに……」

「心配ない、心配ない。浅野殿、まいろうか？」

四人がチラチラ雪の降る中を歩き出した。

その頃、お城の広間に因幡守と氏家左近、大石孫三郎がいた。

二人が京に行く名目は勧修寺尹豊に初春のご挨拶をし、献上品をお届けするということだ。

左近と孫三郎は民治丸たちより半刻ほど遅れて城を出た。だが、左近たち二人と小者二人は米沢へ着く前に民治丸たちに追いついた。

八人になった一行は雪のない東海道に出るべく、常陸鹿島神宮に参詣してから箱根を越えようと考えた。

常陸、下総、武蔵、相模、駿河と海沿いに伊勢に出て、東海道を近江の湖東に出て京に入る予定だ。

民治丸たち八人が米沢から雪の栗子峠を越えて相馬に向かった。

栗子峠を越えると世界が一変する。

全く雪のない春が広がっていた。

この頃、鹿島の塚原土佐守六十八歳は、養子の彦四郎に塚原城を譲り渡し、三度目の廻国修行に出立しようと支度をしていた。

土佐守の旅は八十人もの弟子を連れ、大鷹三羽と土佐守の替え馬三頭が一緒の、武芸者としては実に豪華なものだった。

塚原城の城主としては当たり前の陣容である。

諸国をうろつく痩せ浪人の武芸者とは違う。鹿島新当流という流派を立て、一之太刀を秘伝としている剣豪だ。

後に塚原卜伝翁は剣聖と呼ばれる。

その弟子には流派を開いた雲林院《うじい》出羽守、師岡平五郎《もろおかへいごろう》、真壁安芸守《まかべあきのかみ》、斎藤伝鬼坊《さいとうでんきぼう》のほか、将軍足利義輝、伊勢の国司北畠具教《きたばたけとものり》、幕臣細川藤孝《ふじたか》、信玄の軍師山本勘助《やまもとかんすけ》などもいる。

その頃、京から追い出された将軍義輝は朽木谷にいた。

三好長慶が三好政権と称して京を支配している。大きな武力を持たない将軍は、実力者が京に入ってくると妥協して傀儡になるか、それが嫌なら京から退散するしかない。

足利将軍家はそんな哀れな状況にあった。

塚原土佐守はこの年、朽木谷を訪れ将軍義輝に一之太刀を伝授。その時、北畠具教や細川藤孝にも一之太刀を授けた。

民治丸たちは鹿島神宮から急いで京に向かう。

雪のない旅は道がはかどる。

伊吹山から湖西の比叡山まで真っ白だった。

一行が再び雪に出会ったのは近江に入ってからだ。湖東は雪が降っていて、湖北の伊吹山から湖西の比叡山まで真っ白だった。

左近と孫三郎は因幡守から預かってきた銀二貫を持っていた。勧修寺家に寄進する献上金で、こういう地方の大名家などから色々と、献上金や献上米がないと公家は生活が苦しい実情である。

一行が御所の宜秋門に近い勧修寺家に到着すると、尹豊は寒い季節に出羽から上洛したのに驚きながらも、すぐ座敷に上げて四人と対面した。

左近は数馬が因幡守の家臣になった時、因幡守の小姓だったから勧修寺邸で尹豊に会っている。

それを尹豊は覚えていた。

「おう、左近に源太、どうした、源太は秋に上洛したばかりではないか?」

「はい、大納言さまに新年の賀詞を申し上げるため、また、上洛いたしましてございます」

「そうか、左近もか?」

「はッ、さようにございます」

「ふん、二人とも嘘が下手だな。顔に嘘だと書いてあるわ。まあ、いいだろう」

「大納言さま、浅野数馬殿の嫡男にございます」

「数馬の？」

「浅野民治丸にございます」

ジロッと民治丸を見た尹豊は全てを理解した。

数馬が闇討ちされ殺されたことも、数馬に嫡男がいることも因幡守からの書状で知っていた。

「左近、仇は見つかったのか？」

「いいえ、見つかったというより、それらしき男がいるとのことで、それを確かめに上洛した次第にございます」

「そうか、そういうことか……」

尹豊は言いにくそうな左近を見て、敵に逃げられる危険があり、詳しいことを言えないのだろうと理解した。

「民治丸、そなたの父はわしの和歌の弟子であった。心のある良い歌を詠う若者でな。腕の立つ北面の武士でもあったのじゃ。その数馬を因幡守に会わせたのはわしだ。必ず、本懐を遂げろ！」

応仁の乱以来、いつも苦しんできた朝廷を支える五十四歳の老公家なのだ。眼光鋭く民治丸をにらんだ。

「はい、必ず、仇討の本懐を遂げまする」

「うむ、それらしき男は京にいるのだな。左近？」

「はッ、望月殿が四条の辻で見かけたそうにございます」

「四条……」

「東山で見失いましてございます」

源太左衛門がそう付足した。

「なるほど、それで確かめに来たか、仇だとわかってもまだ討たないのだな？」

「はい、確かめてから出羽に戻ります」

うなずいた尹豊は民治丸を一目見て、まだまだ未熟だと見抜いた。それ以上は何も言わなかった。

公家には珍しく尹豊は京八流の使い手なのだ。

そのことは左近と源太左衛門が知っている。大石孫三郎も挨拶して四人は勧修寺家を辞した。

四人と小者四人は五条東山の六波羅蜜寺に近い道場を見張れる宿を探した。六波羅蜜寺は大伽藍の建ち並ぶ大きな寺だ。

東山の建仁寺や清水寺などが近い。

あまり六波羅蜜寺に近すぎては危険で、五条大路を西に歩いて室町小路との辻に近い旅籠を見張りの本陣にした。

主膳の顔を知っているのは左近、源太左衛門、孫三郎に小兵衛である。

小兵衛はあの夜、松明に照らされた主膳の顔を覚えている。忘れようとしても忘れられない、夢に出てくる顔だ。

八人は二人一組で朝の五つ辰の刻から一、二刻ずつ、暮れ六つ酉の刻まで交代で道場を見張ることにする。

主膳に絶対気付かれてはならない見張りだ。顔を知られている左近、源太左衛門、孫三郎はほおかぶりをして笠をかぶることにした。

「主膳に気付かれると逃げられる。それだけは避けねばならぬ。主膳だと確認したら速やかにその場を離れること。このことを厳守してもらいたい。深追いすると気付かれる。主膳も必死で逃げていることを忘れるな」

指揮を執るのは氏家左近だ。

「承知！」

「明日の朝、まずは望月殿から見張りを頼もう。どこで見張ればいいか、見張り場所を探してきてもらいたい」

「承知した」

「次にそれがしが行く、その後は大石殿、最後に……」

「はい、承知いたしました」

「顔の知られている者はあまり外を出歩かないように、ここに幽閉ということだ。軟禁だな。酒も夜だけだ」

「それが一番つらいわ」

酒豪の大石孫三郎が冗談ぽく言うが、軟禁で禁酒では地獄だ。だが弟弟子の仇討のためということで甘受する。

「飲み納めだ……」

孫三郎は夕刻からたらふく酒を飲んで早々に寝てしまった。

民治丸は清水寺に行きたいと思ったが、左近たちが禁足なのだから、いくら主膳に顔を知られていないといってもうろうろ出歩くことは遠慮した。

近くに父の仇、坂上主膳がいるからか民治丸は興奮している。必ず倒さなければならない相手だ。

力が漲るのを感じる。だが、その時は今ではない。

翌朝五つ、辰の刻に望月源太左衛門が小者を連れて旅籠を出て行った。数ヶ月前に源太左衛門は主膳の顔を見ている。

五条大路を東に歩いて、大橋を渡ると左手に六波羅蜜寺の大屋根が見える。大橋から一町ほど東に主膳が入ったという道場があった。

その道場は吉岡《よしおか》道場という。

後に、今出川兵法所を開くことになる剣術の名門だ。

吉岡流は初代吉岡直元《なおもと》が京八流に工夫を加えた無敵の刀法で、足利将軍家の剣術師範となった流派である。もう隠居している。

今は二代目の直光《なおみつ》が道場主だった。

二代目吉岡直光も非常に強い剣客で将軍義輝の剣術師範だった。その将軍義輝は三好長慶との権力闘争に敗れ朽木谷に亡命している。

吉岡家は代々京の染物屋だった。その吉岡家に剣豪直元が生まれた。

吉岡道場と五条通りを挟んだ反対側に、丹波屋という大きな味噌屋があった。

東山では少ない二階建ての店だった。その二階から吉岡道場の玄関が丸見えだと望月源太左衛門は判断した。

「御免！」

源太左衛門が薄暗い味噌屋の土間に立った。

「主はおるか？」

「はい、主の丹波屋藤平衛にございます」

「そうか、丹波屋殿、そなたに内密の頼みがある。耳を貸せ……」

「へい……」

「実は、向かいの吉岡道場に出入りしている者を調べたいのだ」

源太左衛門が丹波屋の耳に小声で話した。

「お役人さまで……」

「うむ！」

「承知いたしました」

「すぐ使えるか？」

「へい、物置部屋でございますので……」

「十日ほど借りたい。くれぐれも内密に頼むぞ、家人にも話してはならぬ、喋れば首が飛ぶ。いいな！」

「へい、承知してございます」

丹波屋が源太左衛門の形相に怯えた。

「朝の五つから暮れ六つまでだ。一切の世話は無用だ。誰も上に来るな！」

「へい……」

「このこと、左近殿に伝えろ！」

源太左衛門は小者を旅籠に走らせ、自分は丹波屋と二階に上がった。やはり吉岡道場の玄関が丸見えだった。

「味噌の匂いと、少々、黴《かび》臭いな？」

「へい、申し訳ございません」

源太左衛門は昨年暮れ、主膳を四条で発見してそこの吉岡道場まで追ってきた。その時は半刻ほどで主膳が出てくると、東山に向かったのを追ったが、気付かれてまかれたわけではないが見失い、探すのは危険だと判断して引き返した。

味噌屋を拠点に、すぐ八人が交代で見張りを始める。

三日、五日と見張りを続けたが坂上主膳は現れない。遂に十日が過ぎ、源太左衛門はあの時に気付かれて、逃げられたかと不安になった。

「いや、必ず現れる。ここは辛抱だ。主膳は京に住み着いているはずだ」

左近は坂上主膳が京にいると確信している。それが的中した。

雪が降りそうな京の空が重い日の昼前、旅姿の坂上主膳が一人で吉岡道場に入ったのを源太左衛門が捕捉した。

「すぐ、旅籠に走って浅野殿を呼んでまいれ、急げ！」

若い小者が急ぎ足で五条大橋まで行くと、そこから室町小路まで一気に走った。

「来たッ！」

小者が旅籠の部屋に飛び込むと皆が立ち上がった。

「来たか？」

「はいッ、浅野さまを呼んでまいれとッ！」

「よしッ、すぐ行って主膳の顔を見て来い！」

「はいッ！」

民治丸は二字国俊を握ると、旅籠を飛び出して五条大路を丹波屋まで走った。

仇討が仇の顔を知らないでは話にならない。

「浅野殿ッ、主膳はまだ道場にいる。白髪交じりの髭面の大男だ。髪も白髪交じりで総髪だ。まだ四十ぐらいだが白髪の多い男だ。道場に出ていれば、あの子どもが覗いている窓から見える。見るか？」

「はいッ！」

「見たら、そのまま旅籠に戻られよ」

「承知しました」

民治丸は丹波屋を出ると通りを横切って道場の窓に近付いた。

子どもが二人、背伸びをして道場を覗いている。

その子らと民治丸が覗くと、源太左衛門が言った髭面の総髪の男が木刀を握って、道場の真ん中に立って門弟に稽古をつけている。

「あの髭面、強いな？」

「あいつ、一雲斎っていうんだ！」

「へえ、お前、詳しいな？」

「間もなくここへ入門するんだよ」

「そなた、あの方の住まいを知っておるのか？」

民治丸が子どもに聞いた。

「うん、清水さんの方らしいよ」

「そうか……」

民治丸は主膳の顔を目に焼き付けて窓から離れた。

窓から稽古を見て坂上主膳は強いと思った。ただ立っているだけで殺気が張り隙のない佇まいだ。

未熟では斬られると民治丸は思う。

民治丸が修行している間に、逃げる主膳も必死の修行をして、追ってくる者をみな返り討ちにする覚悟なのだ。

このままでは駄目だと民治丸は衝撃を受けた。追われる主膳は必死で逃げている。剣の腕も想像した以上に相当なものだ。民治丸はあまりの衝撃にボーッと五条大橋の上に立っていた。

「浅野殿ッ、まいろう！」

源太左衛門が民治丸の後ろに来て立っている。

「どうした。主膳の顔を見たか？」

「はい、見ました」

「いつもあの道場にいるようだ。兎に角、宿へ帰ろう」

「はい……」

民治丸は鬼のような形相の主膳を見て、自分はまだまだ未熟だと打ちのめされた。

「主膳を見たか？」

旅籠でも左近に聞かれた。

「はい……」

「よし、その顔を忘れるな。今回は見るだけでいい。一旦、出羽に戻るぞ」

翌日には左近と大石孫三郎が、間違いなく主膳だと確認する。出羽にいる頃とは見違えるほど白髪が増え、顔も痩せて恐ろし気に変貌していた。

だが、間違いなく坂上主膳だった。

民治丸一行は旅支度をすると旅籠を出て出羽に向かった。

三章　開　眼

初代信国

一行八人は二月の季節外れの大雪の中、全身雪まみれで楯岡城下に戻ってきた。

そのまま民治丸たち四人は登城して、因幡守に京で見た坂上主膳のことを詳細に復命した。

左近の話を因幡守は身を乗り出して聞いた。

「民治丸、そなたが必死で主膳を追えば、主膳は死に物狂いで逃げるのだ」

「はい！」

「だが、天は必ずそなたに味方すると余は信ずる。慌てることはない。おそらく主膳は京から動かぬ。そなたを待って返り討ちにするつもりなのだ。腕に自信があるのだろう。数馬のため、そなたのため、母のため、必ず主膳を仕留めろ！」

「はいッ！」

「大儀であった。修行に励め、孫三郎、民治丸を頼むぞ！」

「はッ！」

因幡守は左近の口ぶりから主膳は相当強いと感じた。

坂上主膳が何を考えて京にいるかもはっきり分かったように思う。

京にいれば目立つはずなのに逃げないのは、間違いなく返り討ちにする自信があるからに違いない。

そうでなければいくらでも山里や村里に隠れ住む方法はある。

その方が追われている者は目立たず安心なはずだ。それが逃げずに京の真ん中ともいえる五条の吉岡道場にいる。

危険な相手だと因幡守は悟った。

翌朝、民治丸は熊野明神から奥の院に走った。

山はまだ腰まで雪がある。そろそろ堅雪《かたゆき》になってもいいはずなのに遅い雪がずいぶんと降った。

この辺りでいう堅雪とは一度溶けかかった雪が、夜の冷え込みで凍り付いて雪の表面が硬くなることだ。

吹き溜まりに入ると体が雪に埋もれてしまいそうだ。

その雪をかき分け山に登り、石城嶽の巨大岩の前に転がり込んだ。谷川はまだ雪に埋もれている。

雪の多い年だ。

奥の院は入ることを拒むように雪で入口が塞がれている。手で雪をかき分け奥の院に滑り込んだ。

雪の上にひざまずいて民治丸は号泣した。

「未熟だ。今まで何をしていたのだ。愚か者が！」

狭い奥の院に民治丸の泣き声が充満する。

名を呼ばれた気がして顔を上げて祠を見た。

「ミンジマル……」

「スサノオさま、父上……」

祠の前に民治丸はうずくまった。悔しいのか、無念なのか、悲しいのか、頭が混乱して涙が止まらない。

「未熟者……」

うずくまって四半刻も経ったか、着ている雪まみれの蓑を引っ張る者がいる。

民治丸はうずくまったまま肩越しに後ろを見た。そこには体を洞窟に半分入れた獅子が、蓑の菅《すげ》を食べようと口にくわえて引っ張っていた。

「お前か、食う物がないのか？」

獅子は逃げようとしない。民治丸は暗い中で蓑を脱ぎ獅子に与えた。

チラチラと雪が降っている。

ここにいれば確実に死ぬ。民治丸は外に出ると腰を少し下ろし、二字国俊を抜いて上段から中段に振り下ろし冷気を斬った。

驚いた獅子が飛びのいたが逃げない。よほど菅蓑が美味いらしい。何もない雪山で枯れ菅は獅子の餌として貴重だ。

「お前はこの雪の中で命がけだな。わしはまだ命がけじゃなかった」

二字国俊を鞘に戻すと、奥の院に一礼して「また来る！」と獅子に伝え、雪の中を駆け出した。

山はいつ雪崩《なだ》れるか分からない危険なところだ。

雪山は登りも下りも厳しい。

蓑を脱いだ民治丸は笠だけを被って、腰までの雪をかき分けながら何んとか村里に辿り着いた。

疲れきってか寒さのためか、百姓家の雪囲いの傍にうずくまりそのまま意識を失った。

目を覚ました時、民治丸は囲炉裏の傍に寝かされていた。

「お武家さま、眼を覚まされたか？」

「ここは？」

「山の下だよ」

老人が炉端に座っている。

「温かい白湯だ。これを持ちなせえ……」

老婆が茶碗を民治丸に渡す。

「ご迷惑をおかけします」

「この雪の中、山に行ってきたのかい、危ないことをしなさるお方だ」

「熊野明神さまの奥の院へ……」

「奥の院？」

老婆が驚いた顔で民治丸を覗き込んだ。

「冬はあんなところに行くもんじゃねえですよ」

老人がボソッと言った。

奥の院には村人でも滅多に近付かない。冬になれば春まで誰も行かない場所なのだ。山歩きの修験者でも冬は近付かない。

「困ったことがあっても、あんなところに行くもんじゃねえよ。なにか頼みごとがあるんだろうが、神さまには頼んじゃ駄目だ……」

民治丸は驚いて老人を見た。

「神さまには頼むもんじゃねえ、こうするから見ていてくださいっていうんだよ。頼むと神さまはどうしていいか困ってしまうんだな」

老人は何んで民治丸が奥の院に行ったか分かっている。それは大切な頼みごとがあるからだと思う。

「立派なお武家さまなのに……」

民治丸は二人の話を炉端に起きて聞いていた。

手足に力が蘇ってくると、老人の焼いた丸餅を一つ貰い懐に入れ、礼を述べて百姓家を出た。

この日も民治丸は道場に出た。

最早、死に物狂いの修行をする以外、坂上主膳を倒すすべはないと民治丸は覚悟を決めた。

その夜、民治丸の部屋に珍しく志我井が、背丈ほどもあろうかという大太刀を持って現れた。

「母上、その太刀は？」

「見覚えがありますか？」

「はい、お父上の太刀です。どこにありましたか？」

「この太刀は数馬さまの浅野家に代々伝わる初代信国《のぶくに》三尺二寸三分の大太刀です。これを腰に差しても未熟な人は抜くことができません。それをお父上は抜きました。一度拝見しました。美しい技です」

「はい……」

「大切な太刀に錆が入るといけませんので、高森の兄にお預けして手入れをお願いしておりました。京で主膳を見てきたのですから、数馬さまに代わってこの大太刀でその主膳を斬り捨てなさい」

「母上……」

「この大太刀にはそなたのお父上の魂が込められています。抜いてみますか？」

「はい！」

民治丸は立ち上がると、志我井から大太刀を受け取って腰に差した。重く長い。これは半端な太刀ではない。差しただけで腰を取られ大太刀に振り回されそうだ。

いつものように少し腰を落とし、大鍔を少し押して鞘口を切った。ゆっくり初代信国を引いた。

いくら引いても太刀の切っ先が鞘から出てこない。

どうしたことだ。鞘口に太刀が引っかかって抜けない。

強引に引けば鞘が割れる。

鞘の中に切っ先が五、六寸以上残っている。抜けない。民治丸はあきらめて太刀を鞘に戻した。

それを見ていた志我井がニッコリ微笑んで黙って部屋から出て行った。

「父上！」

初代信国を前に置き拳を握って民治丸はうずくまった。「未熟だ……」とても抜けそうな太刀ではない。

どうすればいいのか見当もつかない。

抜けない太刀で何を斬ると言うのだ。

民治丸はあまりの未熟さに叩きのめされた。

父数馬に振り出しに戻された気持ちになった。父は仇討の前に、家代々の初代信国を抜いてみろと言っている。

刀身三尺二寸三分、柄九寸九分、ほぼ一尺の柄で鞘に入ると四尺五寸にもなる。腰に差す前にどうして持ち歩くかだ。とても腰に差しては歩けない。大太刀に腰を取られて酔っ払いのようにまともに歩けなくなる。

父数馬が亡くなって以来、ようやく民治丸の刀架に、大太刀初代信国と大脇差二字国俊が揃った。

信国は刀匠来国俊の一門である。

大太刀初代信国と大脇差二字国俊一尺八寸五分は兄弟の太刀なのだ。

民治丸の修行は振り出しに戻ってしまった。自信喪失、どうすれば初代信国三尺二寸三分を抜くことができるのか分からない。

どんな技を使えばこんな大業物《おおわざもの》で斬れるのか、眼の前が真っ暗になった。

それでも修行を止めることはできない。立ち止まれば足が前に出なくなってしまう。躊躇することはできない。

刀架の前にうずくまって民治丸は考え込んでしまった。

迷う刀

初代信国を抜けないまま日が過ぎた。

その異変にいち早く気付いたのが氏家左近だった。弟のように可愛がってきただけに、道場で立ち合いその気迫の無さに驚いた。

「どうした？」

「いいえ、格別には……」

「困ったことでもあるのか、力になるぞ」

「かたじけなく存じます」

左近が誘っても民治丸は屈託を話そうとはしない。もう一人異変に気付いたのが深雪だが、どうしていいのか分からずただオロオロする。

「殿、少々、お聞きいただきたいことが……」

民治丸の様子を見かねた左近が因幡守と二人だけの時に話を切り出した。

「どうした。左近から相談とは珍しいな？」

「恐れ入りまする」

「何んだ？」

「浅野殿のことで、京から戻って以来、何か屈託ができましたようで……」

「様子がおかしいか？」

「御意！」

左近は率直に因幡守に話した。

「それはな左近、京を見て、主膳を見て、自信喪失したのじゃ、民治丸が越えなければならぬ峠が見えたということだ」

「はッ！」

「いくら神童でもまだ十五歳だ。これまでが順風に過ぎたのだ。これしきの事を乗り越えられないようでは仇討など笑止だろう」

因幡守がうれしそうにニッと笑った。

「心配には及ばぬ。今度の鷹狩りに連れて行くゆえ呼んでまいれ、気晴らしになろう」

「はッ、有り難き仰せ、必ず連れてまいります」

「案ずるな。半年もすれば、一皮むけてたくましくなる」

「畏まりました」

因幡守は民治丸ならこの程度の迷いはすぐ打開すると信じている。

祥雲寺で一炷後の経行の時、痺れた民治丸が土間に転げ落ちたのを、因幡守は今でも鮮明に覚えていた。あの時、わずか六、七歳の子どもだった。

あの子ならやりきれる。

どんな大雪の年でも二月半ばを過ぎると不思議なほど雪は降らなくなる。雪が徐々にしまって堅雪になり、雪の上を人が走れるようになる。

そんな時の鷹狩りは獲物が多い。

鷹狩りへは城で育てられているハヤブサ、ハイタカ、因幡守自慢の白いオオタカなど十羽を連れ、鳥見の足軽二百人ほどを率いて城を出た。小規模な鷹狩りだった。兵の訓練を兼ねた大規模な時は三千とか五千人の足軽が参加する。

大規模な訓練は一日だけでなく、野営しながら三、四日も続けられる。

左近は近習として、大石孫三郎は馬廻りとして因幡守の傍にいる。民治丸は足軽大将の阿部五郎八と伯父の伝左衛門と一緒に鳥見の中にいた。

馬に乗った因幡守は最上川沿いに鴨や鶴を追って下流に向かう。

民治丸は足軽たちと一緒に鳥を探して川筋を走り回った。

鴨や雉や鶴や山鳥や兎などが見つかると、因幡守の腕から白いオオタカが、音もなく飛び立って獲物に襲いかかる。

オオタカが押さえた獲物を取り上げる者が、雪に足を取られながら駆けて行って、その獲物を持ってくる。

鷹匠が次々とオオタカ、ハヤブサ、ハイタカを放つが、鳥を摑んで川の対岸におりるタカもいて大慌てで足軽たちが舟で追って行く。

民治丸は足軽数人と川下に鳥を探しに向かった。

「あ、浅野さま、鶴、鶴がいますッ！」

「どこだ？」

「川、川岸！」

「あれは鷺《さぎ》か？」

足軽がからかうように言う。

「馬鹿ッ、鶴だ。鶴！」

「騒ぐな、誰か本陣にお知らせしろッ！」

民治丸は六十五石の立派な家臣なのだ。その命令にサッと足軽一人が駆け出した。

鍋鶴はことに汁にすると絶品なので好まれる。

丹頂鶴はめでたい鳥であるが、少々肉が硬く美味いとは言えない。

だが、滅多に獲れない貴重な獲物だ。民治丸たちは雪に腹ばいになって鶴を見張る。

川岸に鶴が三羽いた。

すると民治丸たちの後方から白いオオタカが、鶴をめがけて矢のように飛んで行った。その後から三羽のオオタカが飛んで行った。

オオタカは勇敢な鳥だ。

訓練されたオオタカは自分より大きい鶴に果敢に襲いかかって行く。民治丸たちが一斉に飛び出して川岸に走った。

足軽一人が足を滑らせて川に落ちた。

「助けろッ！」

「舟だッ、舟を呼べッ！」

「鶴を押さえろッ！」

「逃げられたぞッ、追えッ！」

「馬鹿者ッ、逃げた鶴を追えるかッ！」

「浅瀬に回れッ！」

左近たち近習と孫三郎ら馬廻りが駆け付けて大騒ぎになった。

舟は間に合わなかったが、浅瀬に先回りした足軽たちに、川に落ちた足軽が引き上げられた。

大騒ぎだが白いオオタカが鶴を放さず格闘している。

そこに民治丸らが駆け付けて鶴を取り押さえた。オオタカは一羽を捕まえたが二羽に逃げられた。

昼には河原に大鍋が据えられて、獲れた鴨など獲物が集められると、野趣にあふれた鳥鍋ができて全員に振る舞われる。

「浅野殿、殿がお呼びだ!」

「はいッ!」

呼びに来た大石孫三郎と民治丸は因幡守の御前に走った。

「民治丸、鴨鍋は美味であろう?」

「はッ、初めて食しましてございます」

「これを食うと癖になる。鶴は生きたまま城に運ばせた。汁にすればそれまでだが、城で飼えば余を楽しませてくれる。怪我もしていないようだからな」

因幡守は一年ぶりの鷹狩りに上機嫌だ。

傍に岩崎家老や高木兵馬、倉田治右衛門、横山監物、青木玄蕃、松本掃部、西村隼人正、氏家左近らがずらりと控えている。

その後ろには鷹匠の腕にとまって、精悍なオオタカやハヤブサが並んでいた。

「民治丸、迷うな。何も恐れるな。真っ直ぐ行けば良いのだぞ」

「はい！」

雪の上に平伏して民治丸は因幡守に励まされる。

夕刻には大量の獲物を持って鷹狩り一行が城に戻った。

春の気配が山にも川にも満ちあふれている。山では黄色い万作の花がもう咲き始めているかもしれない。

あの日、雪の中で意識を失い、老人に助けられて以来、行っていない奥の院に行きたいと思った。もう山にも雪は降らない。

数日後、民治丸は二字国俊を腰に差し、初代信国を紐で背負って熊野明神の奥の院に向かった。

母の前で抜こうとして抜けなかったとき以来、刀架に置いたまま初代信国を抜いてみようとは思わなかった。

未熟な腕では抜けそうにない。

堅雪を踏んで山を登り石城嶽に入り、雪解けの谷川を越えて巨岩の前の広場に駆け上がった。

巨岩の根方や岩窟の入口の雪は消えている。中に入って参拝し外に出ると、背負っていた大太刀の紐を解いて、長く重い初代信国を腰に差した。

サワサワと春風が山を登ってくる。

大太刀を抜く構えをして鞘口を切り、ゆっくり抜いたがやはり鞘の中に切っ先五、六寸が残る。

腕の長さしか鞘から出てこなかった。

腰を引いてみたが切っ先が抜き切れない。鞘口に大太刀が引っかかって剛力で引いても抜けないだろう。

「どうすれば抜ける……」

刀身三尺二寸三分に柄九寸九分の大太刀の重さと長さは尋常ではない。

通常五尺五寸ほどの背丈の男であれば、三尺の大太刀は抜けると言うが、それも鞘口に引っかからずに抜き切るのは難しい。

身の丈と刀の長さは微妙に関係がある。

民治丸は大太刀を鞘に戻し二度、三度と抜こうとして、ことごとく失敗した。鞘ごと抜いて岩に立てかけると二字国俊を腰に差した。

二字国俊は抜けても初代信国が抜けないのでは情けない。

行き詰まったまま春が過ぎ夏になった。

民治丸の異変に気が気でないのが深雪だった。民治丸は初代信国のことを誰にも何も喋らない。

だが、民治丸の傍にいる人たちは異変に気付いていた。左近も刑部太夫も祥雲寺の楚淳和尚も、もちろん志我井もである。

それは因幡守が言ったように、民治丸が自らの力で登り切らなければならない険しい峠なのだ。

その先に何があるかは誰にも分からない。

苦悩こそが民治丸を大きく成長させるのだと、因幡守や心ある者たちにはわかっていたが、何年かかるのか、どこでどう変貌するのかわからない。

ただ、民治丸の激しい修行は続いている。

秋になり冬が来た。

相変わらず、父数馬の初代信国三尺二寸三分が抜けない。こんなことではそのうち、鞘口が割れてしまう。時々、伯父の伝左衛門が来て大太刀の手入れをしてくれる。

「こういう太刀は手入れが大切だ。錆が入るといざという時に折れるからな。まだ抜けないようだな？」

「はい……」

「この太刀は化け物だ。重くて長いだけではない。この化け物に負けない技量と心を身につけないと、この大太刀は抜き切れないということだ。これを持つ者の技量と心を信国はジッと見ている。それがこの太刀の凄みだな。手入れをするたびにそれを感じるよ」

「伯父上、この民治丸に抜けましょうか？」

「抜ける。必ず抜ける。数馬殿が抜いていたのだから、こんなふうだ……」

伝左衛門が素手で左腰から右上に逆袈裟に空間を斬り上げた。

「それはのびのびと美しい型であったな……」

「そうですか。その父上にはまだまだ遠く及びません」

「民治丸、焦るな。お前なら必ず抜けるから、この初代信国はお前が抜いてくれるのを待っているのだ。見事に抜いてみろ、数馬殿のようにな」

「伯父上……」

「また来る」

伝左衛門と入れ替わりに志我井が部屋に入ってきて民治丸の前に座った。

「兄上と何を話しましたか？」

「格別には……」

「そうですか」

ニコリと笑って志我井が座を立った。

志我井は無理に何かを聞こうとしたり、何かを強いることは決してしない。民治丸を信じて何年でも待つ構えなのだ。

十六歳の春が過ぎグンと背丈も伸びて、徐々に初代信国を腰に差しても、刀に振られたり腰を取られたりしなくなった。だが、相変わらず、大太刀の切っ先、四、五寸が鞘の中に残って鞘口に引っかかり抜けない。

太刀を抜く方に腰を少し回しても、大きな鍔に手の甲が引っかかる。鞘口から切っ先が出てこない。色々な工夫をしてもやはり抜けなかった。

どんなに足掻いても抜けないものは抜けない。

未熟という迷いに落ち込んで一年が過ぎた。

百日参籠

暑い日だった。

弘治三年（一五五七）夏、十六歳の民治丸は遂に追い詰められた。

父の仇、坂上主膳と戦って勝つ自信はない。刀を抜き切れないのだから戦いようがないのだ。

情けない気持ちになる。

京に出て返り討ちにあうかもしれない。それなら、幼い頃から信じてきた熊野明神のスサノオさまに、一身を任せて潔く死のうと覚悟を決めた。

万に一つの活路があるか。

最後にスサノオさまと過ごす百日参籠をする。

その上で一人、京に向かい坂上主膳と尋常に勝負をする。もし、返り討ちにあっても未熟であれば仕方のないことだ。

朝、卯の刻、腰に二字国俊を差し、大太刀初代信国を握って熊野明神に走った。

夏の夜明けが白んでいる拝殿に祈りを捧げ、大太刀を抱いてその場に立ち、祠官の藤原義貫が現れるのを待った。

杉や欅や松の大木に囲まれた境内に朝から蟬の声がしている。

拝殿の階に大太刀を立てかけ、いつものように二字国俊を抜いた。無言で横一文字に斬り払い上段から中段まで斬り下げた。

一歩前に踏み込んで突きを入れ、二歩、三歩と敵を追い詰めて逆袈裟に斬り上げる。

四半刻ほど剣を振ると静かな動きでも汗がにじんでくる。一息ついていると義貫が境内に姿を見せた。

「浅野殿、どうなされた？」

「宮司さま、お願いの儀がございましてお待ちしておりました」

「お上がりなさい。中でお聞きいたしましょう」

拝殿の扉を開けた義貫に誘われ、民治丸は大太刀を握って拝殿に昇った。

「どのようなことか？」

藤原義貫も民治丸の様子がおかしいことには気付いている。いつも早朝に聞く民治丸の気合に張りも気迫も無いと思っていた。

「なにとぞ、百日参籠をお許しいただきたいのです」

「ほう、百日参籠を……」

義貫が民治丸を見て、その苦悩の深さを感じ取った。

浅野数馬がこの熊野明神の参道で坂上主膳に闇討ちされ、無念の最期を遂げて以来、義貫はその数馬の息子の民治丸を見続けてきた。

幼くして神を信じ、ただひたすら父親の仇を討ちたいという一心で祈り続けて十年近くになる。

それを見てきた義貫は遂に、民治丸が修行に行き詰まったと感じた。

「いいでしょう。承知いたしました。神と寝食を共にし、その満願の日までお付き合いいたしましょう」

「かたじけなく存じます」

「ただいまから？」

「はい、お願いいたします」

民治丸は神前に大太刀初代信国三尺二寸三分と大脇差二字国俊一尺八寸五分を供え、祠官藤原義貫のお祓いを受けた。

拝殿が締め切られ浅野民治丸の命を賭けた百日参籠が始まった。

神前に座り眼を瞑ると涙が滂沱《ぼうだ》と流れ、父との思い出が脳裏を駆け巡った。何も見えず何も聞こえない。

父数馬と遊ぶ民治丸の楽しい世界が広がった。忘れてしまいそうな遥かに遠い日々だ。

昼過ぎ、浅野屋敷に藤原義貫が現れ志我井と会った。

「浅野殿が百日参籠にはいりました。全ては神の御手にお預けくださいますように……」

それだけ言うと驚く志我井に頭を下げて帰った。

志我井は我が子民治丸が、百日参籠に失敗するようなことがあれば、腹を切る覚悟だと咄嗟に悟った。

その時は志我井も生きてはいられない。

自害して母子で死ぬことになる。

孫助や小兵衛に決して熊野明神に近付いてはならぬと命じ、深雪にも民治丸を心配して見に行ったりしないよう厳重に申し付けた。

夕刻になれば騒々しいほど蜩《ひぐらし》が鳴いたが、拝殿の中は静寂そのもので、義貫が夕餉を神に供えそれを下げて民治丸がいただいた。

真夜中、子の刻に民治丸は二字国俊を腰に差し、初代信国を紐で背負って拝殿を出ると奥の院に走った。

真夜中の山道を、松明も無くただ星明かり月明かりだけを頼りにゆく。

山の尾根まで登り石城嶽に踏み入り、山を下り谷川を飛び越えて巨岩の広場に出る。

岩窟の祠に参拝して岩の段に半跏趺坐で座り、法界定印を結び左右揺振、調息、丹田で呼吸をして座禅を組む。

無念無想、風の音、水の音が遠ざかって随息観に入る。

半刻が流れ、座禅を解くと腰に大太刀を差して鞘口を切ったが、刀身が長すぎて鞘に引っかかり、やはり抜けなかった。

民治丸は丑の刻には林崎熊野明神に走って戻った。

参籠とは三日参籠、七日、九日、十四日、二十一日、三十三日、百日参籠、千日参籠など様々だが、方法も礼拝、読経、護摩焚、水垢離《みずごり》、断食などがある。

最も知られているのが京の六角堂に百日参籠した親鸞上人だ。

安倍晴明が那智大社に千日参籠し、塚原土佐守が鹿島神宮に千日参籠したことなどはあまり知られていない。

人は自らに艱難辛苦を与え今の有り様から脱しようとする。多くの人々が願いを成就するべく参籠を行った。だが、神夢や霊夢を授かることは滅多になく困難である。

民治丸は徐々に断食に入っていった。たちまち痩せ衰え、五十日もすると凄まじい形相になった。その鬼気迫る姿を知るのは義貫だけだ。わずかな水と粥のみが命の綱だ。民治丸が奥の院に走ると、後ろから民治丸の骸《むくろ》を食おうと鬼どもが追い駆ける。夢か幻かこの世か魔界かそれとも地獄なのか。七十日、民治丸は生きているのか死人《しびと》なのか。生死を確かめることすらできない。

義貫ただ一人が付き添っている。

「殿、七十日目にございます」

左近の眼には涙が浮かんでいた。

「そうか、七十日まできたか……」

因幡守が眼を瞑った。

「後三十日、地獄に引きずり込まれるぞ」

百日参籠の過酷さを因幡守は聞き知っていた。あまりの苦しさに舌を噛み切って死んだ僧は数知れず。

修験者も断崖から身を投じると言う。

もう、奥の院まで行く力さえ残っていない。

神前にうずくまり、寝ているのか起きているのか、死んでいるのか、生きているのか。生身の人間が生と死の狭間にいて神仏の示現をまつのみ。

神の息吹がその体に宿った時、民治丸はこの世に帰ってくる。

八十日、生きた体から死臭が漂い始めるといよいよ死が近付いてきた。

骨と皮だけになって小便も糞も出なくなった。

藤原義貫は傍にいて民治丸の呼吸を見ている。止めることはできない。神と出会えるかそれとも死ぬかなのだ。

もう虫の息だ。

「う……」

時々、意識が戻るのかピクリと体が動く。

神に愛されるか、それとも死を賜るか、民治丸は唇をわずかに濡らすだけになった。

藤原義貫が時々民治丸を覗き見る。

志我井や深雪は「民治丸を助けてほしい……」と数馬の仏前で祈るしかない。気が気でない孫助も小兵衛もお民も小梅まで食が進まず痩せてきている。

最早、民治丸を助けられるのは父数馬しかいない。

九十日を過ぎ、遂に、民治丸の命の尽きる時が来た。虫の息も途切れ途切れになってきた。義貫は祈った。

「この命を救い賜え、この命を救い候え……」

藤原義貫が祈る。誰もが必死で民治丸の無事を祈った。

「左近……」

「あと二日にございます」

「生きているのか？」

「わかりません。林崎明神には誰も近付けません」

楯岡城内だけでなく、城下でも浅野民治丸の百日参籠の話でもちきりなのだ。

「もう、駄目らしいな……」

気の早い弥次馬はあきらめ顔だ。無責任な弥次馬は悲劇が好きだ。

「馬鹿野郎ッ、てめえッ、あのお方が死んでたまるかよッ！」

酔った留次が啖呵を切る。

「人買い、おめえ、知っているのか……」

「知ってるかだと、あのお武家さまはこの留次のお師匠さまだ。馬鹿野郎が……」

留次がグッと酒を飲んで泣き出した。

「馬鹿野郎め、死んでたまるかよ……」

「そうか、人買い、悪かったな……」

みな心配なのだ。

近くの神社で若い武家が、生死の戦いをしているのだから、酒飲みでも気が張り詰めている。その戦いが親の仇討につながっていることを人々は知っている。

遂に九十九日が過ぎた満願の日、民治丸の息の根が止まった。神前でうずくまったまま動かなくなった。

「駄目か……」

義貫は民治丸の傍にうずくまって唇を水で濡らしながら泣いた。無念だ。

「浅野殿、浅野殿！」

静かな顔だ。

全てが終わったという顔だ。だがこの時、民治丸は夢想の中でスサノオと出会っていた。武神スサノオが現れた。

その手に大太刀初代信国を握っている。

「ミンジマル、このように抜け……」

民治丸はスサノオの所作を見ていた。

「このようにだ……」

神が易々と信国を抜いた。

「見たか？」

「スサノオさま……」

「ミンジマル、剣は鞘の内であり、鞘から出た剣は瞬速に、これを居合と知るべし」

「はい……」

「居合は心身修養、臨機応変、当意即妙、変幻自在、破邪顕正、これが秘剣だ。極意は人を斬らずに勝つことだ」

「はい……」

「立て、ミンジマル」

「はいッ！」

ガバッと起き上がった民治丸が初代信国を腰に差すと、片膝立ちで逆袈裟に斬り上げ神を斬った。パッとスサノオが消える。

目を瞑った神々しい静かな顔だ。

「抜いたッ！」

藤原義貫がのけぞって叫んだ。

死んだ民治丸が瞬間蘇生した。大太刀三尺二寸三分を鮮やかに抜き放った。そのまま神前に崩れ落ちた。

「浅野殿ッ！」

藤原義貫が民治丸を抱きかかえると、用意した重湯で民治丸の唇を濡らし、数滴を口の中に垂らした。

「助かる。死んでたまるか！」

これできっと助かると義貫は確信した。神と出会ったのだ。

死ぬはずがない。

この時、民治丸がスサノオから神伝されたのは、純粋抜刀表二十二本と秘剣万事抜《まんじぬ》きである。

「左近、民治丸が生きているのか、確かめろ！」

因幡守が厳しい顔で左近に命じた。

「すぐ、使いを林崎明神に走らせます！」

城から使いが出され半刻後には生存が確認された。

熊野明神では義貫と義祐が、民治丸を蘇生させる戦いを始めていた。餓死寸前の人間にいきなり物を食わせると死ぬ。

重湯から徐々に半粥、七分粥にしていくのがよいと言われる。

小兵衛が参道を走って拝殿の前に現れた。

「宮司さまッ！」

「おうッ、無事だぞ！」

「南無大明神さまッ！」

いきなり小兵衛が顔を覆って大声で泣いた。

踵を返して駆け去った。

民治丸は眼を覚ましては重湯を舐め、眼を覚ましては重湯を舐めて二日間眠り続けた。若いということは奇跡を呼び寄せる。

回復は目覚ましく速い。

三日目には半粥を食べ境内に下りると、二字国俊を抜いて二度、三度と朝の空気を斬り裂いた。

百日参籠を始めた時は夏だったが、もう、秋が過ぎようとしていた。

「宮司さま、お世話になりました。雪が降る前に奥の院へお礼にまいります」

「うむ、それはいいこと、だが、まずは体を回復させてから……」

「はい、そういたします」

藤原義貫に礼を述べ、民治丸は二字国俊を腰に差し、初代信国を握って拝殿を出た。

夢うつつで大太刀を抜いたことは義貫から聞いている。それはスサノオからの神伝であると民治丸は自覚していた。

神から授けられた神技である。

屋敷に戻った痩せ衰えた民治丸を見て、玄関で深雪が腰をぬかしひっくり返りそうになった。

さすがの志我井も仰天して声が出ない。

目の前に立っているのは、あの愛らしい民治丸ではなかった。痩せ衰え老人のような顔の、神に愛された剣客がそこに立っている。

「み、民治丸殿か……」

「ただいま戻りました」

民治丸は獲物を狙うように眼光鋭く、何も言わず、お民の支度した湯に入るとそのまま昼前に寝てしまった。

翌朝、目を覚ますと小梅の用意した朝餉を食べてから熊野明神に詣で、走って石城嶽の奥の院に向かった。

あの夏の日以来の奥の院だ。

周囲の山々は既に秋色に染まり冬の気配がしている。

北国の黄金の葉が散ると間もなく雪が降り出す。

民治丸は岩窟の奥の院に参拝、スサノオに神伝の礼を述べて洞窟を出ると、紐で鉢巻をして二字国俊の下げ緒で襷《たすき》をかけた。

初代信国の大太刀をゆっくり腰に差す。

鞘口を握ると鞘を少し手前に倒し足の位置を決める。

膝を緩め、柄を握ると堅からず緩からず、手首の力を抜いて一歩踏み出し、一気に大太刀を抜ききった。

三尺二寸三分の初代信国が、中段から上段へ走って深々と秋の山風を斬り裂いた。

その切っ先が朝日にキラキラと誇らしげに光る。

それをゆっくり鞘に戻した。

その瞬間、腰を沈め民治丸がスルスルとまた大太刀を抜いた。

「少し引っかかったな……」

鞘に戻して、瞬間、また大太刀を抜いた。

わずかに引っかかりを感じる。四度目も少し引っかかったが、上段から中段へと真っ直ぐに斬り下げた。

瞬時に刃を反して左下段から右上段に斬り上げる。

信国の切っ先がグッぐっと二段に伸びて、切り裂いた空が残心に降りかかってくるようだ。

一剣を持って大悟する。

ゆっくり一つひとつ神伝の技を確認した。それは純粋抜刀表二十二本と秘剣万事抜きである。

一刻ほどかかって汗だくになった。

裸になって谷川に下り冷たい水で体を拭いていると、細い川の対岸に獅子二頭が現れた。

「おう、お前か、久しぶりだな。そなたの子どもか？」

獅子は首を傾げ上唇をモグモグしながら見ている。警戒しているふうもない。雪が降れば野生も生きるのが厳しくなる。

民治丸が広場に戻ると獅子の親子がついてきた。

「食べ物はないぞ」

民治丸は大太刀を背負うと奥の院に一礼して帰り道を走った。

この年九月五日に後奈良天皇が崩御した。

困窮に苦労された天皇で、宸筆を扇面に認めてわずかな銭で売り朝廷の費用にした。父帝の崩御で諒闇践祚したのだが、即位の礼の費用が整わず十年間も高御座《たかみくら》に立てなかった。宝算六十一歳で崩御された。

次に諒闇践祚したのは正親町《おおぎまち》天皇だが、やはり朝廷の困窮でこの後三年間、即位の礼が行われなかった。

神伝荒波

翌弘治四年（一五五八）二月二十八日が永禄元年二月二十八日に改元された。

民治丸は、あの老人に「行くもんじゃねえ……」と戒められたことを守り、冬の奥の院には行かなかった。

生死をさまよった百日参籠で、民治丸が神伝を授かったのではないかと、藤原義貫は感じていたが誰にも言わない。

もちろん民治丸も誰にも話さなかった。

ただ、道場の仲間たちはあの日以来、変貌した民治丸の太刀筋が変わり、一段も二段も三段も腕が上がったと言う。

そんな噂が広がると因幡守は民治丸の腕を見たいと思った。

「左近、そなた、民治丸に勝てるのか？」

「このところ、道場ではほとんど勝っておりません」

「そんなに強くなったか？」

因幡守がうれしそうだ。

「あの百日参籠後、人が変わったようになりまして、不思議な太刀筋を使うようになりましてございます」

「不思議な太刀筋？」

因幡守が主座から身を乗り出した。

「本人は居合と申します」

「居合？」

「こちらの攻撃する呼吸を察知するのか、どんな体勢からでも反撃してきます。その動きは鋭く必ず先を取られます」

「そうか、やはり民治丸は峠を越えたようだな？」

「御意、峠の上から何が見えているのか？」

「百日参籠で何か悟ったのであろう。余の前で立ち会ってみるか？」

「はい、よろこんで！」

左近はこのところ民治丸に勝っていない。

急に強くなって、誰も近付けない威厳のようなものが剣先から伝わってくる。

真剣であれば間違いなく斬られている迫力だ。

それは大石孫三郎、柏倉宗兵衛、阿部五郎八も同じで、剣術師範の刑部太夫でも勝てないのではと言われている。

「槍との立ち合いも見てみたいものだ」

「それでは正式に御前試合というのはいかがでしょうか？」

「やってみるか？」

「はい、家中には腕自慢が多いのでよろしいかと思います」

「よし、惣兵衛と相談して推挙する名前を出せ。あまり多くても困る。十四、五人がいいだろう。対戦は余が決める」

「承知いたしました」

数日後、大手門に張り出されたのは十六人八組の対戦だった。民治丸の対戦相手は西村隼人正だった。四十前の重役である。

最も注目されたのは氏家左近と高木兵馬の対戦だ。

双方とも相当に強い。

「若殿、対戦相手は西村さまです」

小兵衛が大手門まで走って字が読めないから聞いてきた。

「隼人正さまか……」

十七歳の民治丸には父のような存在だ。数馬が斬られた時、いち早く討手に出た若き重臣だった。

それでも民治丸はやりにくいとは思わない。

因幡守が自分の試合を見たいのだと思い当たったからだ。

西村隼人正は槍の使い手として広く知られている。因幡守は民治丸の難敵と思える槍の隼人正を、いきなり民治丸の初めての試合にぶつけてきた。

当日、家臣団が続々登城して、馬場に陣幕が張られ、試合の場所が設えられて、数百人の家臣が東西に居並んで見つめる。

ドーンッ！

大太鼓が鳴って東根刑部太夫が東西から対戦する相手を呼んだ。

一番に出てきたのは厩衆《うまやしゅう》の寺山又五郎《てらやまたごろう》で、あまり知られていないが知る人ぞ知る剣の達人だった。五十歳ほどの老人だ。

その相手が暴れん坊の足軽高尾喜平次で、民治丸の伯父伝左衛門の配下だ。道場では剛力無双の喜平次として恐れられている。

二人は東西から出てくると因幡守に並んで頭を下げてから向き合った。

「始めッ！」

刑部太夫の声で対戦が始まる。

互いに中段に構えてから、喜平次が二歩、三歩と下がって、「ウオーッ！」と上段から踏み込んで行った。

迫力満点だ。

喜平次得意の強引な押し潰し戦法だが、又五郎は静かに立って喜平次の木刀をカツンと弾いた。

つんのめった喜平次を又五郎は追わない。体勢を立て直すのを待って喜平次の構えた木刀を跳ね上げ、飛び込んで胴を貫き喜平次の右脇に立っている。

「それまでッ！」

一瞬にして喜平次は横一文字に胴を斬られた。呆然と喜平次が立っている。力の差が歴然だ。

「寺山又五郎殿一本ッ！」

刑部太夫の判定に二人が因幡守に一礼して陣幕の裏に下がった。

「次ッ、西村隼人正殿ッ、浅野民治丸殿ッ！」

二番目の出場だ。

呼ばれて民治丸が陣幕から出て、隼人正と並んで因幡守に頭を下げた。

隼人正の槍を知っている家臣団は、噂の民治丸がどう戦うのか興味津々で見ている。民治丸が勝てるとは思っていない。

二人が向き合った。

槍の穂先には分厚く布を巻いて刺さらないようにしている。

「浅野殿、遠慮なくまいれよ」

「はいッ！」

木刀を中段に構えて隼人正の動きを見ている。

槍を二度、三度としごいてから、上段に持っていって構え、頭上で大きく振り回し始めた。

唸りを生じて回る槍は恐怖だ。

民治丸はこのままではやられると判断、ジリジリと左に回り始めた。

狙いは隼人正の右胴だ。

後の先、槍の動きに負けないことだ。頭上で回転していた槍が、ピタッと上段に止まると瞬間突いてきた。

布を巻いた槍の穂先が民治丸を襲う。

逃げずに民治丸が千段巻きを叩いたが、槍の名手隼人正は槍を引くのが速い。サッと引いて素早く民治丸の胸を狙ってきた。

その槍先を捕らえようとしたがまたサッと引く。

何んとも素早く槍先を引く動きだ。槍は引く速さが勝負だ。

達人の槍は突きも鋭いが引くのが速い。だが、民治丸は四度目の突きで千段巻きを木刀で抑えた。

ススッと素早く隼人正に体を寄せる。

短槍が民治丸の木刀から逃げられない。すると、隼人正がドンッと民治丸に体をぶつけて撥ね飛ばした。

「アッ!」

誰もが民治丸がやられると思った。

戦場で鍛えた敵を倒す実践の槍だ。隼人正の槍が民治丸を追う。その時、隼人正に隙ができた。

民治丸は突き飛ばされて転がったが、素早く片膝立ちで先を取った。隼人正の槍を跳ね上げ右胴に猫のように飛び込んでいた。

「それまでッ!」

一瞬息を呑んだ。誰からも声が出ない。何んとも早い剣の動きだ。

「浅野民治丸殿一本ッ!」

「有り難うございました!」

木刀を前に置いて民治丸は西村隼人正に平伏した。

「見事だッ、ついていけなかったわい……」

「恐れ入りまする」

「良い剣だ。立て……」

二人が因幡守に一礼して東西に分かれた。

床几に座った因幡守は、民治丸の動きと剣さばきが、左近に聞いた以上の腕だと戸惑って見ていた。

試合は五郎八、孫三郎、宗兵衛が順調に勝ち進んで、因幡守の気に入りの近習氏家左近と、家臣団には鬼より怖い目付、横目の高木兵馬の番がきた。

誰もが見たい勝負だ。

楯岡家中で一、二と言われる剣の使い手だ。

兵馬はもう五十を超えた次席家老の次に並ぶ老将だ。左近は因幡守の身辺を守る近習だ。呼ばれて陣幕から出てきた。

二人の勝負はほぼ互角で若い分だけ左近に有利だ。

刑部太夫が引き分けにしようとした瞬間、飛び込んだ左近の木刀が兵馬の脇の下に入って決着がついた。

試合が進んで民治丸は阿部五郎八を倒して勝ち残った。

残った四人は民治丸、大石孫三郎、寺山又五郎、氏家左近だった。

次の組み合わせは民治丸と孫三郎、左近と又五郎だ。ここで番狂わせが起きた。民治丸は孫三郎に勝ったが、あろうことか左近が又五郎に負けたのだ。

寺山又五郎は因幡守の推挙で、その剣の本当の力量を誰も知らない。

厩衆という因幡守の馬を世話している地味な仕事だが、寺山又五郎と遠乗りをしてきた因幡守だけは隠れたその力を知っていた。

因幡守は又五郎が家中一だろうと思っている。

この出場も又五郎は、歳ですから若い方々でと辞退したのだが、因幡守が命令だと強引に引きずり出したのだ。

又五郎の腕前を知る人は厩衆にもほとんどいなかった。

結局、最後の戦いは最も若い十七歳の浅野民治丸と、誰もその歳を知らない五十歳を超えた寺山又五郎の勝負になった。

どこに優れた腕の人がいるか分からない。それが剣士だ。

民治丸は時々、通りすがりに寺山又五郎を見たことはあったが、城で何をしている人なのか名前も知らない人だった。

黙々と因幡守の愛馬の世話をしている。

遠乗りには必ず又五郎が因幡守の傍にいた。厩衆でありながら因幡守の護衛を務めていた。不思議な人物だ。

二人の立ち合いは静かに始まった。

老剣客は中段の構えから数歩下がって、少し間合いを取り、木刀を少し下げて誘いの隙を見せた。

民治丸の剣筋を知らない又五郎は慎重だ。

だが、西村隼人正と大石孫三郎を破った力量が、どんなものか又五郎にはわかっている。

その寺山又五郎は老獪《ろうかい》な剣を使う剣客だ。

民治丸はそれを感じて誘いに乗らず構えを崩さない。

寺山又五郎が動いた瞬間に先を取る。それをピリピリと感じている又五郎は動けない。

この子は強いと感じた。

この若い子がどこでこんな技量を身につけたのだ。グイグイと押してくる気迫は何んだと思う。

又五郎がゆっくり右に回る。それに合わせて民治丸も動くが双方に隙がない。

「打ち込んだら瞬間、斬られる……」

剣気が満ちて家臣団が静まり返っている。

一足一刀の間合いで、動けば一瞬で勝負がつく。

民治丸が放つ殺気は勝とうというのではない。動きに合わせようとする殺気だ。それに又五郎が気付いた。

若いのに何んと品のある、力の抜けた堂々たる構えか。一点の迷いも曇りもない。

美しい剣だ。無心にこっちの動きを待っている。動きに合わせてくるのだ。

この子は神だ。

瞬間、誘われるように又五郎が、右上段に刀を上げて飛び込んだ。ところが先に動いたはずの又五郎が遅れた。

民治丸の方が遅れたかに見えたのだが、一瞬の動きで後の先を取った。民治丸の木刀がスッと又五郎の右胴に入って斬り裂いていた。

速い、剣は瞬速なり。

民治丸の木刀が美しい残心で天を突いている。又五郎は斬り下げたが、木刀を握ったまままたたらを踏みガクッと崩れて膝をついた。

「まいった……」

見ていた家臣たちが仰天して立ち上がる。民治丸の木刀の動きが見えなかった。

「そ、それまでだ……」

刑部太夫にも衝撃の一撃だった。民治丸が因幡守に披露したのは、自ら神夢想流と名づけた秘技だ。

あの日スサノオから授かった。

神伝居合抜刀表一本荒波《あらなみ》、相手の胴を真っ二つにする怒濤の斬撃である。

誰もがその場に凍り付いた。

四章　決闘

元服

民治丸と又五郎が因幡守の御前に呼ばれた。

「良い勝負であったぞ！」

因幡守は珍しく興奮していた。

「殿、浅野殿の剣は神の剣にて、それがしの遠く及ぶものではございません。良いものを見せていただきました」

そう又五郎が褒めた。

「そうか。民治丸、あの技は何んという」

「神夢想流の技にございます」

「神夢想流？」

「益々修行をし、そう名乗りたいと存じます」

「うむ、相分かった。精進いたせ！」

「はい！」

民治丸は神伝の技をより美しく、無敵に仕上げていきたいと考えている。

その頃、九州肥後八代に生まれた丸目《まるめ》長恵《ながよし》が十九歳になって上洛してきた。後のタイ捨流の祖丸目石見守である。丸目蔵人佐《くらんどのすけ》ともいう。

京には新陰流の上泉伊勢守がいた。

丸目は肥後天草の天草伊豆守のもとで兵法の修行をして上洛、上泉伊勢守の弟子になり三年で新陰流四天王になる天才だ。

この後、苦難の道を歩いて槍術、馬術、忍術、薙刀術、手裏剣術、和歌、書、笛、舞などの名手となり、肥後に戻りタイ捨流を立てる。

後年、民治丸が出会うことになる。

その民治丸の通う道場には、御前試合以来入門を希望する若い者が押し寄せた。

民治丸の技を見たい、民治丸と稽古をしたいという者たちで、刑部太夫も無下に断ることができず苦笑いをするしかない。

そんな中でも民治丸の修行は日々変わることなく続いた。

有り難かったのは、左近たち四天王だけでなく、寺山又五郎が道場に顔を出すようになったことだ。

左近や又五郎らと、以前に倍する激しい稽古が続いた。

その民治丸の剣への情熱は神夢想流居合に結晶していくことになる。

林崎熊野明神に通い石城嶽の奥の院に走り、人知れず神伝の技を磨く日々が続いた。

民治丸が初代信国三尺二寸三分を抜く時、そこには必ずスサノオがいる。神が降臨する剣なのだ。

神の気配を感じさせる美しい剣だ。

永禄元年の秋も紅葉が散り雪を待つだけになった。

その朝も民治丸は奥の院にいた。

いつもの獅子が遊びに来て民治丸の剣技を見ている。子獅子は母獅子から離れても姿を見せることはない。

時々、猿も姿を現すが悪戯をしたいらしく、獅子のようにはなじまない。獅子は深山の仙人のように黙って民治丸を見つめている。

眼が四つあるように見えることがあった。不思議な神のようだ。

大太刀を岩に立てかけ、二字国俊を腰に差してその場に座ると、瞬間、片膝を立てて刀を抜いた。

襲いかかる敵を横一文字に斬り捨てる。

刀を鞘に納め正座すると、瞬間、刀を抜いて敵の心臓を一突きにした。

その時、獅子が逃げ去り人の気配がして民治丸が立ち上がった。

「変わった技だな？」

雑木の中の獣道を歩き、繁みから下りてきたのは、この辺りの山回りをしている山伏だった。

「吹越峠の白山神社から、ここの熊野権現さまに回ってきた。おもしろいものを見た」

「ご坊は三山の修験を？」

「そうだ。ここから葉山の白磐神社に行き羽黒山まで行く。冬は羽黒山だな」

「間もなく雪が来ます」

「そうだ。拙僧と勝負をしないか？」

「勝負？」

「いい相手を見つけた。真剣でいいぞ」

「いいえ、真剣はまだ使いません」

「ほう、なぜだ。親の仇でもいるのか？」

「はい、京におります」

「なるほどな、それなら木刀にしよう」

山伏は腰から鉈《なた》を抜いて木立を切って「これを使え！」と民治丸に渡した。自分は槍のように長い特製の錫杖《しゃくじょう》を握っている。

「長い杖ですが？」

「これは護身用に自分で作ったものだ。金剛杖でもいいのだが、これにしているのよ。錫々《しゃくしゃく》鳴ると熊も蛇も逃げる」

「そうですか……」

「いいか、いくぞ！」

二人は奥の院の巨岩の広場で対峙した。

広場と言っても数坪しかなく動きが制限される。民治丸は中段に構えて山伏の動きを待っている。神夢想流の構えだ。

錫杖の遊環《ゆかん》が錫々と鳴って民治丸に迫ってくる。

人の気配を伝える遊環の音は、野山を遊行する山伏を、怖い禽獣《きんじゅう》や毒蛇から守っている神の音だ。

遊環の音が民治丸から集中を奪う。

それでも民治丸は山伏の動きを冷静に見ている。いつもの静かな佇まいだ。

山伏が動いた瞬間に合わせて、必殺の勝負に出るのが狙いだ。それに気付いたのか山伏が少し錫杖を引いた。

その分、民治丸が前に出て追い詰める。瞬間、地面から土を蹴って、跳ねるように錫杖の石突が飛んできた。

不意を突かれた民治丸が錫杖を跳ね上げると反対の遊環が飛んできた。

それを跳ね返して半間ほど下がった。それを錫々、しゃくしゃくと遊環が追ってくる。その遊環を素早く民治丸の木刀が抑え込んだ。

剛力で木刀を跳ねのけようとした瞬間、遊環を放すと同時に民治丸が山伏の左胴に飛び込んでいた。

神伝居合抜刀表一本水月《すいげつ》、山伏の左胴をザックリと真っ二つにした。

「まいったッ！」

サッと民治丸が一間半ほど身を引いた。

「見事な技だ！」

「恐れ入りまする」

水面の月をさざ波一つ騒がさず、真っ二つにする神技の水月だ。

「何んとも美しい静かな剣だ。なにとぞ、拙僧にご伝授いただけないだろうか？」

山伏が錫杖を脇に置いて民治丸に平伏した。

「どうぞ、お立ちください。神夢想流のただいまの型を伝授いたします」

「かたじけない」

民治丸は神から授かった神伝を、自分だけのものにしようとは考えていない。むしろ、求める人々に広く知って欲しいと考えていた。

山伏が安座で座り直すと、その前で二字国俊を腰に差して神技を披露した。それを立ち上がった山伏が木刀で繰り返し民治丸に指南してもらう。

「拙僧は羽黒山の修験者覚浄坊《かくじょうぼう》と申します。ただいまよりお弟子にしていただきたく、師の尊名をお聞かせくださいまするよう」

民治丸は四十を過ぎただろう山伏の申し出に驚いたがそれを素直に受け入れた。人に害を及ぼす山伏には見えない。

「それがしは楯岡城主楯岡因幡守さまの家臣浅野民治丸と申します」

「浅野さま、さきほど、神夢想流とお聞きいたしましたが？」

「はい、ここの熊野明神さまに授かりました」

「では流派を？」

「はい、そうしたいと思います」

「畏まりました。ではまた、来春もこちらへお訪ねいたします」

覚浄坊は礼を述べると山を下って行った。それから数日後には甑岳に雪が来て、その数日後には城下も里も真っ白になった。

年が明けて永禄二年（一五五九）、十八歳になった民治丸は、因幡守以下多くの人々に祝福され元服した。十八歳の元服は遅い方だ。

本来であれば十三、四歳から元服できるが、民治丸は父数馬の仇持ちで厳しい修行中だったために延びた。

そんな事情もあって元服が十八歳までのびのびになっていた。

許嫁の深雪は二十一歳になっているが、仇討の本懐を遂げるまで二人は夫婦にはなれない。

そんな深雪は民治丸を一途に愛している。

その民治丸が元服し浅野甚助《あさのじんすけ》源《みなもとの》重信《しげのぶ》と名乗った。

春になって、羽黒山から覚浄坊が蓮覚坊《れんかくぼう》と蒼覚坊《そうかくぼう》という、二人の若い山伏を連れて石城嶽の奥の院に現れた。

雪が解けて奥の院に行くと三人が焚火に温まって待っていた。

「お師匠さま、お待ちしておりました」

三人が広場に片膝をついて頭を下げた。

「どうぞ、お立ちください」

「この二人は蓮覚坊と蒼覚坊という羽黒山の修験者にございます。是非、神夢想流のお弟子にと申しますので連れてまいりました」

「そうですか。この春、元服しまして浅野重信と名を改めました。よしなに……」

「蓮覚坊にございます。ご指南を願います」

「蒼覚坊と申します。なにとぞ、お弟子の末席に……」

「一ヶ月ほどお教えいただきたいと存じます。この下の細野村に寝泊まりいたします」

「承知いたしました」

山伏は諸国の霊山を踏破し難行苦行の末に、山の霊力を身につけ六根清浄《ろっこんしょうじょう》に至ることを実践する修行僧である。

その仕事は様々で加持祈禱をしたり、霊山への参拝者の道案内をしたり、中には諸国の大名家の間者のような仕事をしている者もいる。

「では、早速に蓮覚坊殿……」

「承知ッ！」

重信が指名して蓮覚坊と立ち合った。木刀を握って中段に構えた重信に蓮覚坊が錫杖を握って挑んだ。

遊環が錫と鳴った瞬間に上段から、蓮覚坊が攻撃を仕掛けたが、やはり重信の動きが一瞬速かった。

後の先を取って重信の体が沈んだ瞬間、木刀が蓮覚坊の錫杖を擦り上げ、切っ先が蓮覚坊の左脇の下にピタッと入った。

神伝居合抜刀表一本止心《ししん》、心臓を一突きにして息の根を止める。

蓮覚坊が棒立ちになり動けなくなった。

「参りましたッ！」

ススッと数歩下がって重信が中段に構える。重信の息はいささかも乱れていない。

ゆっくり止めていた息を吐いた。

「蒼覚坊殿……」

「はッ、では！」

立ち上がるとシャリーンと錫杖で地面をついて前に出た。

「いざッ！」

錫々としごきをすると、錫杖を槍のように頭上に構え、その錫杖をゆっくり振り回す。頭上で回転する遊環が錫々錫々と鳴る。

重信の眼の前一尺ほどを遊環が回ってきても構えを崩さない。いつ錫杖が飛んでくるか分からないがその動きの変化を重信は見ている。

回転していた錫杖が一瞬、動きを変えて頭上から重信を襲った。だが、その動きの変化を見逃さない。

重信が錫杖をカツンと跳ね返すと同時に、木刀の切っ先が蒼覚坊の左肩を抑えていた。ガクッと蒼覚坊が崩れて膝をついた。

神伝居合抜刀表一本金剛、戦いであれば蒼覚坊の肩の骨を砕き、半身を削ぎ落とすように斬っている。

「まいったッ！」

サッと木刀を引いて重信が一間ほど下がった。

「お願い申すッ！」

錫杖を握って覚浄坊が立ち上がった。

重信は中段に構え隙のない佇まいだ。一度、立ち会ったことのある覚浄坊は警戒して、錫杖を中段に置いて右へ右へと回る。

蓮覚坊や蒼覚坊のように迂闊な攻撃はしない。

覚浄坊は重信が動きに合わせて先を取ってくると分かっている。分かっているのだが攻撃したくなる。

攻撃を待っている姿があまりに静かなのだ。

その重信の姿の中に防御と攻撃が表裏になっている。

防御即攻撃、攻撃即防御こそが神夢想流の神髄なのだ。一瞬の動きだ。

それが難しい。

相手の攻撃を待つことは、自己を意識せず疎《おろそ》かにすることであり、己が己であり続け、決して心の自在を失ってはならない。

瞬間に動いて陰陽、遅速、緩急、強弱の一撃を仕掛ける。断魔、居合の剣は残心に威厳、美、風格、品位を映す。

覚浄坊はジリジリ間合いを詰めて攻撃の体勢を作る。重信は動中に静、静中に動の構えで攻撃の瞬間を待っている。

その覚浄坊が錫々と槍のように、二段、三段と突いてきたが重信は間合いが遠いと思う。

警戒している錫杖の動きだ。

攻撃の隙を見いだせない覚浄坊は、錫杖を引いて中段に構えてまた右へ右へと回る。

瞬間、重信が動いた。

錫杖を擦り上げると二歩三歩と踏み込んだ。

覚浄坊が素早く後ろに下がったが巨岩が迫った。下がれなくなる。それを察知したのか途端に錫杖が反撃してきた。

横に払った錫杖が錫々とせわしなく急場を告げて鳴る。

それを跳ね上げた重信が一瞬の踏み込みで、左胴から右脇の下に逆袈裟に斬り貫いた。覚浄坊が後ろにひっくり返った。

神伝居合抜刀表一本石貫《いしぬき》、覚浄坊の胴が袈裟に真っ二つになった。

「クッ、まいった！」

山伏三人との稽古は激しいものになった。

三人とも諸国回遊で鍛えたそれなりの腕を持っていて、重信の神夢想流を身につけようと貪欲だった。

これまで見たことのない神夢想流の剣の動きに三人は夢中になった。

麓の寺に泊まって夜明け前に石城嶽に登ってきて、重信が現れるのを待ち昼近くまで激しい稽古をする。

それが終わると山を下り麓の村々を回って加持祈禱などをする。

そんな修行を一ヶ月余りすると、信濃の黒姫山と加賀の白山へ行くと言い残して旅立っていった。

背中炙峠

甚助重信は父数馬の仇討だけでなく、林崎熊野明神から授かった神夢想流を、諸国に広めようという新たな使命を感じていた。

神伝を広めることは神の意思だと思い始めている。

重信の強さは城下随一だと誰もが認めるところだ。

出羽一と言っても過言ではないほど、その技は冴えに冴えわたっている。道場ではもちろん、家中でも重信に勝てる者は一人もいない。

重信は神伝の技である純粋抜刀表二十二本を、確実に自分のものにするため毎日その型を確認した。

繰り返し、繰り返し技に磨きをかける。

太刀を抜いたら迷うことなく相手を斬らなければならない。

楯岡家中に若いが凄腕の剣士がいると、噂がより大きな噂になって周辺の城や城下に広がっていった。

春が過ぎて暑い夏が四方を山に囲まれた盆地によどんだ。

この盆地は冬寒く夏が暑い。

そんな時、浅野屋敷に近所の子どもが一通の書状を届けてきた。宛名は浅野甚助重信殿とあり、差出人は中津川童鬼斎《なかつがわどうきさい》となっていた。

子どもから書状を預かった孫助が奥の志我井に持って行った。

「若さまに近所の子が書状を届けてきましたが、差出人の中津川という人に全く心当たりがありませんので……」

「中津川？」

志我井にも心当たりのない名だった。

「中津川童鬼斎とは武家でしょうが、どのようなお方でしょう」

二人が顔を見合わせた。僧侶の名前のようでもある。

童鬼斎という仰々しい名前に志我井は何か不安なものを感じた。果たし合いではないかと思ったのだ。

「戻りましたら甚助殿に渡しましょう」

志我井が書状を預かった。

道場で重信は四天王より格上という意味で若師範と呼ばれている。

東根刑部太夫の養子になったわけではないが、知らず知らずのうちに若い者たちがそう呼ぶようになった。

夕刻、重信が道場から戻り、母に「ただいま戻りました」と挨拶すると、志我井が例の書状を出して重信の前に置いた。

「これは？」

「近所の子が届けて来たそうです」

「近所の子？」

書状を受け取って差出人を見た。

「中津川とは聞かぬ名だが？」

重信が封を切って書状を取り出した。

そこには越後春日《かすが》山城下で山伏の覚浄坊と出会い、出羽楯岡城下に神夢想流を開かれた、浅野甚助重信という剣士がいると聞いたと書かれていた。

その覚浄坊から、是非にも会うようにと紹介されたので、武芸者として一手ご指南いただきたい。

背中炙峠で真剣にて一対一のお手合わせを願いたい。もし命を落とすようなことがあっても恨みには思わない。後見の者を連れてくるのは差し支えないと、いたって丁重な物言いだが重信に対する決闘申入状なのだ。

差出人は若狭浪人《わかさろうにん》中津川童鬼斎とある。

「何か？」

「噂を聞いた武芸者が指南を願う書状です」

「武芸者が？」

「若狭浪人とありますから、諸国を巡っている修行者でしょう」

「それでどのように？」

「折角、越後からまいられたようですから指南したいと思います」

「そうですか……」

志我井は重信を信じている。

急に強くなったと噂に聞いて、志我井は重信が熊野明神のスサノオさまから神伝を授かったのだと思っていた。

決闘状には三日後の夜明けに背中炙峠でお待ちするとあった。

この頃、乱世の中にあってあちこちで戦いが絶えず、浪人や武芸者には諸大名への仕官を求めて廻国している者が多い。

ほとんどが名の知られていない武家で、中津川童鬼斎もそうした大名家に仕官したい一人と思われる。

「どのような方か分からないのですから気をつけるのですよ」

「はい……」

重信は志我井に一礼して書状を持って部屋に戻った。

覚浄坊が悪人を紹介するとも思えず、果たし合いに応じることにしたのだ。覚浄坊に続いて二度目の立ち合いになる。

翌朝、道場に出た重信は寺山又五郎と稽古をした。

「寺山さま、後ほどご相談を聞いていただきたいのですが？」

「それがしでよろしいのか？」

「氏家左近さまにも……」

「うむ、それならお聞きいたしましょう」

又五郎は厩衆で馬の世話ばかりしているからか何事も遠慮がちだ。

因幡守の近習氏家左近をないがしろにはできないと思う。だから何んでも左近の次にというのが又五郎だ。

そんな控えめなところが道場の若い者にも好かれている。

「後ほど、奥へおいでいただきたいのですが？」

「承知いたしました」

重信は中津川との勝負に立会人を左近と又五郎と考えている。

道場の奥の刑部太夫の部屋に、刑部太夫、氏家左近、寺山又五郎それに重信の四人が集まった。

「実は、浅野殿に果たし合いの申し込みなのだ」

刑部太夫が重信から預かった果たし状を出した。

「読みますか？」

「よろしいのか？」

左近が重信に聞いた。

「どうぞ……」

左近が書状を読んでいる間、部屋に緊張が広がり沈黙が支配した。読み終わると左近が書状を又五郎に渡した。

「若狭浪人中津川童鬼斎とは聞かぬ名だが？」

「仕官を求めている武芸者であろう。書状を見るとそれなりの見識がありそうだ。浅野殿は申し込みを受けると言われる」

刑部太夫が説明した。既に重信の果たし合いを許していた。

「それで立会人を？」

「うむ、左近殿と又五郎殿がよいだろうということだ」

「槍とあるが？」

「真槍で立ち合いたいということであろう」

四人の話し合いで当日の立会人として、氏家左近と寺山又五郎が背中炙峠に同行することになった。

重信は因幡守の家臣だから許可が必要だ。勝手な振る舞いはできない。左近が果たし状を届けて因幡守の許しを得る手続きだ。

「そうか、甚助に果たし状が届いたか？」

因幡守は複雑な心境だ。強い剣士であれば当然ともいえる。

「それで誰が立会人なのだ？」

「師範とも相談しまして、それがしと寺山殿の二人です」

「そうか、これからはあちこちから色々な武芸者が現れるだろう。甚助が受けると言うのであれば止めるわけにもいくまい？」

「御意！」

「左近、神夢想流を余も見たいものだ」

「はッ！」

「数馬の仇討が済むまでは出仕には及ばぬが、いつ頃、京に発つつもりなのだ。聞いておらぬのか？」

「はッ、浅野殿は慎重になっておられるものと思われます。もう、十中八、九は本懐を遂げること間違いなしかと……」

「うむ、よもや主膳を討ち漏らすようなことのないよう、万全の支度が整うまで見守ってやってくれ、急ぐことはない」

「はッ、畏まってございます」

「その童鬼斎という者は、越後春日山城下からわざわざ訪ねてくるようでは、相当、腕に覚えがあるのだな？」

「そのように思われます」

「背中炙峠か、あの辺りは足場が悪いぞ」

「そのように、浅野殿に伝えます」

因幡守は少々心配そうな顔だ。

重信が後れを取るとは思っていないが、どこにどんな強い剣客がいるかわからない。それが乱世だ。

それも戦場で鍛えられた歴戦の豪傑が少なくない。

重信は因幡守の家臣だから、果たし合いなど許さないと言えば中止されるが、重信を信頼している因幡守は許可した。

当日、重信は腰に二字国俊を差し、大太刀初代信国は持たず、木刀と松明を持たせた小兵衛と屋敷を出た。

刻限は真夜中の丑の刻だ。

城下はまだ寝静まっている。重信は熊野明神に参拝してから、街道との追分で左近と又五郎に合流した。

「では、まいろう」

背中炙峠は延沢銀山に向かう街道の峠だ。街道といっても荷駄が通れるように整備された一間ほどの幅の細い道だ。

九十九折《つづらお》りの山道で峠は高さ二百間と言われている尾根道だ。

峠近くには街道を見張る延沢城の楯が置かれている。それだけ重要な銀を運ぶ街道で砦より大きな楯だ。

背中炙峠は街道を行き来する旅人、馬、荷駄の休憩地になっていて、弘法清水が湧き出し人々の喉を潤した。

峠には姥地蔵《うばじぞう》堂、万年堂が建ち、湯殿山、馬頭《ばとう》観音、山の神の石仏などがあり、土地の者の信仰心が背中炙峠に集まっている。

四人が松明を消して峠に登って行くと、東の奥羽の山々の稜線が夜明けで白くなり始めていた。

中津川童鬼斎は姥地蔵堂の前に座って槍を抱えている。

「お待たせしたようだが？」

左近が声をかけた。

「まだ夜明け前でござるよ」

童鬼斎が槍を杖に立ち上がった。

微かな明かりの中、童鬼斎の顔は五十を超えていると思う。

「それがしは楯岡城主楯岡因幡守が家臣にて氏家左近、こちらは寺山又五郎殿と申す。立会人としてまいりました」

「ご苦労さまでござる。よしなに願いたい。するとお若い方が浅野殿？」

「はい、それがしが浅野甚助でござる。木刀でお相手いたします」

「真槍だが？」

「結構です。真槍で構いません」

「では、支度を……」

双方が広場の南北に分かれて身支度に取り掛かった。広場と言っても姥地蔵堂と万年堂の前に二十坪ほどしかない。

「変わった槍だな？」

「左近さま、あの槍は奈良宝蔵院《ほうぞういん》の十文字槍《じゅうもんじやり》にございます。聞いたことがございます」

又五郎は見るのは初めてだが十文字槍を知っていた。

「宝蔵院？」

「そうです。あの槍を使うということは、大和の奈良興福寺の宝蔵院で修行をしたということです」

「突いたり、引っ掛けて搔っ斬ったりする？」

「おそらく、そのように使うのでしょう」

二人は初めて見る武器に驚いている。

重信は袴を引き揚げ、襷を締めて紐で鉢巻をすると、小兵衛に二字国俊を渡し、木刀を受け取って広場の中央に出て行った。

木刀一本の勝負、一撃の勝負だ。

「わしは宝蔵院流の十文字鎌槍だがよろしいか？」

「はい、それがしは神夢想流です」

「覚浄坊殿から神伝と聞いております」

「では、お願いします」

二人は三間ほどの間合いで対峙した。

小梅の恋

夏の早い夜明けが奥羽の山に輝いた。

お天道さまを背にされては戦いにくい。重信は広場の南に足場を取った。北と南であれば双方に五分の条件である。

それを悟った童鬼斎は東に回らない。堂々と戦う構えだ。

十文字槍が重信の眼の前でせわしなく挑発するが、その動きに引き込まれる重信ではない。中段に構えて一瞬の隙に飛び込む間合いを見ている。

朝日をキラリと弾いて十文字槍が重信に襲いかかった。鎌に引っかかると足でも腕でも掻っ斬られる。

恐怖の槍先だ。

重信は千段巻きを抑えたがすぐ放した。

槍を引いた時に鎌に引っ掛けられる危険がある。戦いにくい鎌槍だ。

童鬼斎が頭上で十文字槍を振り回し、キラキラと朝日に光る鎌に引っ掛けようとまた突いてきた。

その槍を重信の木刀が激しくガッと弾き返す。

わずかな隙に重信は下がらず逆に押し込んでいく。その瞬間、童鬼斎が槍を弾かれて二歩、三歩と下がる。

槍は前への攻撃は強いが、後ろに下がる時が危険だ。そこに隙ができた。

一瞬の先の先だ。重信が十文字槍の下に飛び込んで、槍の柄を摺り上げると同時に童鬼斎の右腕を斬り、木刀の切っ先が右脇の下に深々と突き刺さった。

神伝居合抜刀表一本稲妻《いなずま》、腕を斬り落とされた童鬼斎が槍を杖に膝をついた。

「まいったッ！」

重信は右に回り込んでいた。もちろん、木刀が突き刺さってもいないし腕を斬り落としてもいない。だが、明らかに童鬼斎は斬られた。

「恐れ入りました！」

童鬼斎が槍を置いて重信に平伏した。

十文字鎌槍は槍先が重い。そこにわずかな隙ができる。その瞬間を重信は見切った。

重信の速い剣の動きに童鬼斎の槍がついていけない。

「どうぞ、お立ちください。見かけない珍しい槍ですが？」

「これは奈良宝蔵院の胤栄《いんえい》さまから賜りました十文字鎌槍にございます」

「戦場では恐ろしい武器になる？」

「はい、突き刺し、掻っ斬る恐ろしい槍にございます」

そこに左近と又五郎が近付いてきた。

「童鬼斎殿、いかがであろうか。急ぐ旅でなければ、城下の道場で槍のご指南をいただきたいが？」

「それがしに？」

「はい、戦場の槍と拝見しました。若狭浪人とは若狭武田家？」

左近が聞いた。

「若狭浪人ですが、本来は奈良郡山の筒井にて、勝手に中津川と名乗っております」

ニッと笑った童鬼斎はどことなく愛嬌のある顔だ。

若いころ好き勝手をして筒井家から勘当されたのだ。唯一、槍が好きで宝蔵院で修行をして身を立てようとした。

中津川童鬼斎はよろこんで槍の指南を引き受ける。

戦場では剣より槍だ。

勝負の結果は昼前に城へ戻った左近から因幡守の耳に入った。戦いの様子を聞いた因幡守は大いに満足だ。

ただ、これから重信がどうするのか、仇討がいつなのかが心配だ。

坂上主膳に後れを取るとは思えない。

重信の神夢想流居合は神の流派として整いつつある。それは重信の日々の精進があるからだ。

そんなある日、お民が小梅の様子がおかしいのに気付いた。

「小梅、あんたどうしたの。この頃、ボーッとして仕事に身が入っていないようだけど？」

「あッ、御免なさい！」

「困ったことでもあるの？」

「ううん、ありません」

泣きそうな眼だ。

そんな小梅の様子を小兵衛が土間に立って見ている。

「小兵衛、裏から薪を運んでくれ……」

「へい……」

孫助に頼まれて小兵衛が台所から出て行った。

気が抜けたような小梅の様子が、いつまでも変わらないので、秋口になってお民が志我井に相談した。

「お民、それは小梅が恋をしているのですよ」

「こ、恋？」

「そうですよ」

「だ、誰にです？」

「それは小梅を見ていれば分かります」

「ま、まさか、殿さまに？」

「さあ、小梅に聞いてみますか、おそらく死んでも言いませんから……」

「まあ、強情な！」

「小梅はもう十七歳ですよ、人を好きになるのは当たり前のこと、なにも驚くことではありません」

「そうですか？」

お民は不満顔だ。色気づいて仕事不真面目では困ると思う。

「叱ってはいけません。小梅はどうしていいのか迷っているのです。母親のつもりで話を聞いてあげなさい」

「奥方さま、も、もしもです、殿さまだったら……」

「そんな心配はありません。小梅は甚助殿を大好きですが、その辺りはわきまえていますよ。きっと好きな人は他にいるのです」

志我井には心当たりがあった。

「それなら、しっかり見張っていれば……」

「そう、すぐ分かります」

志我井の言う通り数日で小梅の相手が判明した。お民は夫の孫助に相談してから志我井に知らせた。

すぐ、小梅が志我井に呼ばれる。

「小梅、そなた、好きな人がいるのですか？」

「奥方さま……」

「いいのですよ。年頃なのですから、好きな人がいても……」

小梅は顔を赤くして泣きそうになってうつむいた。志我井に知ってもらったという安堵感もある。

小梅はどうしていいのか分からず悩んでいたのだ。

実は小兵衛が小梅を好きになり、嫁になって欲しいと打ち明けられたのだが、どう返事をしていいのか分からずにいた。

小梅も小兵衛を嫌いではなかった。

「小兵衛がお嫁になって欲しいと？」

「はい、どうしていいのか……」

「そなたは小兵衛と一緒になってもいいと思っているのですか？」

小梅がコクッとうなずいた。

「それなら、一緒になりなさい」

「奥方さま……」

「そうしなさい」

気の早い志我井の判断でサッサと二人の結婚が決まった。結婚と言っても同じ屋敷内のことで、簡単な祝言で小兵衛と小梅が一緒に住むだけだ。

志我井から二人のことを聞いた重信は、よろこんで二人の結婚に同意した。陰日向なくよく働いてくれる二人だ。

「小兵衛は幾つになりましたか？」

「二十七だそうです。小梅は十七ですからちょうどよいかと……」

「そうですか、母上のよろしいようにしてください」

秋が過ぎ、冬になって小兵衛と小梅が一緒になった。

刑部太夫の道場では童鬼斎が槍を振るって、連日、実践向きの猛稽古が続いている。

兵は戦場に出れば槍だけが頼りだ。

家中には槍の得意な家臣が多く、童鬼斎の宝蔵院流を学ぼうとそれらの家臣が続々と集まってくる。

槍は戦いに最も役に立つ、誰でも強くなりたい武術だ。

左近は重信と童鬼斎の立ち合いを見て、その強さだけでなく人柄の良いことに眼をつけて誘った。

その期待に応えて童鬼斎の槍稽古は激しかった。

重信は雪が降るまで毎朝、石城嶽の奥の院に通い神伝の技に磨きをかけている。大太刀初代信国を抜くのにもう全く違和感がない。

一瞬で鞘走りググッと剣先が伸びる。美しい剣筋だ。

林崎熊野明神のスサノオが示現して授けた、秘剣万事抜きを繰り返し修練して重信は身につけた。

四方、八方、十六方、三十二方と無限に斬り抜き乱舞する秘剣だ。

まさに無敵の万事抜きである。

この年の春、永禄二年二月二日に、尾張をほぼ手に入れた織田信長が、包囲している岩倉城を柴田勝家《しばたかついえ》に任せて上洛した。

信長の初上洛は秘密裏に行われた。

美濃の斎藤義龍《さいとうよしたつ》と交戦中で道を塞がれ、信長は尾張から伊勢に入って、鈴鹿の八風《はっぷう》峠《とうげ》を越えて近江の湖東に出て上洛した。

信長の狙いは将軍義輝に尾張の統治者として認めてもらうことだった。

だが、謁見した義輝は信長の尾張統一をまだ認めない。

その理由は尾張の上四郡を支配している、岩倉城の織田伊勢守が信長に激しく抵抗していたからだ。

乱世は各地に有力大名がいて領地を争っている。

出羽でも山形城に生まれた白寿丸《はくじゅまる》が元服、将軍義輝から義の一字を賜り、最上源五《げんご》郎《ろう》義光と名乗った。

義光はまだ十三歳だったが、大男でやがて五貫目近い鉄の棒を振り回し、凄まじい勢いで出羽を統一していくことになる。

その腕力は鉄の棒で武将を、馬ごと叩き潰したというから恐ろしい。

そんな乱世に民治丸こと浅野甚助が飛び出そうとしていた。

神伝を授かった重信は、神夢想流居合に自信を持ち、いよいよ京に上って、父の仇である坂上主膳を討つ覚悟を固める。

年が明けて重信は十九歳になり、因幡守と会って上洛の許しを得ることにした。

重信は俸禄六十五石をもらう因幡守の家臣であり、勝手に楯岡城下を離れて京に上ることはできない。

「氏家さま、殿さまにお会いしたいのですが？」

「うむ、殿に？」

左近は道場で重信から因幡守との面会を頼まれ、いよいよ本懐を遂げるその時が来たかと悟った。

もう東根刑部太夫の道場で重信に勝てる門弟は一人もいない。

「承知した。殿がお会いできる日が決まり次第、すぐ知らせる」

「よしなに願いまする」

このことは左近から因幡守にすぐ伝わった。

「左近、長かったがいよいよだな？」

「御意！」

「甚助が後れを取るとは思えぬが？」

「殿、浅野殿の神夢想流は今や無敵にございます。主膳に後れを取るようなことは決してございません！」

「うむ、明日の夜に会おう」

「承知いたしました。早速に……」

因幡守は浅野数馬が坂上主膳に闇討ちされてから、その子の民治丸が成長して仇討をするのを待ってきた。その間、十三年になる。長い長い月日だったと思う。

翌日、その夕刻に因幡守が会うと左近から重信に伝えられた。待ち望んでいたことで早い面会が実現した。

早めに道場を出た重信は屋敷に戻り、志我井に因幡守に会うことを告げた。

「そうですか、では登城の支度をしましょう」

志我井もいよいよ重信が上洛するのだと分かった。もちろん、その目的は坂上主膳を討ち取る以外にない。

身支度を整えると重信は小兵衛を連れて登城した。

「甚助、来たな。寄れ、寄れ……」

因幡守は遂にその日が来たと思うと上機嫌だ。

重信が左近に案内された部屋は本丸御殿の奥、因幡守と正室千谷《ちや》の方の部屋だった。

左近に促され重信は因幡守の近くまで寄って平伏した。

「いよいよだな？」

「はい、京へまいりたいと思います」

「面を上げよ」

「はッ！」

「そなたにとっては初陣だ。祝いの酒だ。取れ！」

「はい、有り難く頂戴いたします」

因幡守が出した盃をいただいた。そこへニコニコと千谷の方が酒を注ぐ。重信が生涯で初めて口にする酒だ。

「頂戴いたしまする」

三度に分けて飲み、盃を懐紙に包んで懐に入れた。

「甚助、わらわからも祝いをしましょう」

「恐れ入りまする」

千谷の方と重信は初めての対面だった。

御殿の奥にいて家臣が千谷の方を見ることは滅多にない。侍女が着物の入った乱れ箱を千谷の方の前に置いた。

「これは、殿さまの小袖じゃ。これを着て京へ行きなさい。本懐を遂げられるよう祈っております」

「はッ、勿体ないことにございまする」

重信が千谷の方に平伏した。

「まだ寒いですから、体に気をつけるのですよ」

「はい！」

優しい千谷の方の言葉で重信は泣きそうになった。

「左近、又五郎でいいのだな？」

「御意ッ、寺山殿は主膳の顔を覚えておりましたので適任かと存じまする」

「そうか、甚助、京へ寺山又五郎を同道させる。よいな？」

「はッ、有り難く存じまする」

因幡守は腕の立つ又五郎に、重信の仇討の後見人を命じるつもりなのだ。

「して、いつ発つのか？」

「四、五日のうちには、出立いたしまする」

「そうか、すると京に入るのは二月になるか？」

「はい、東海道を西にまいりますので、二月三、四日頃になるかと思います」

因幡守が満足そうに何度もうなずいた。

「じっくり腰を据えて、必ず、主膳を討ち取ってまいれ！」

重信は因幡守と千谷の方に励まされ、父数馬の仇を討つため京へ向かうことになった。屋敷に戻って千谷の方から拝領した因幡守の小袖を志我井に渡す。

「奥方さまが？」

志我井が小袖に頭を下げた。千谷の方から小袖をいただくなど家臣には決してないことなのだ。

その日から重信と小兵衛が京に上る支度が始まった。

小梅はお民に手伝ってもらい小兵衛の持ち物を整える。志我井と深雪も旅の手甲脚絆や下着を縫うなど忙しい。

間もなく雪の降らなくなる時期である。

それでも春の気配はまだ遠く、夜は深々と冷え込んだ。重信は熊野明神の祠官藤原義貫に願って三日参籠を行った。

箱根八里

断食の三日参籠で重信は神と向き合った。

重信の運命は神の手の内にある。神伝の秘技を持って坂上主膳に挑むだけだ。重信に迷いはない。

本懐の成否は神のみが知る。

旅立ちの朝、重信は腰に二字国俊を差し、大太刀初代信国を紐で背負い木刀を握って屋敷を出た。

伝左衛門、志我井、深雪、菊池半左衛門、小梅、孫助、お民が見送った。

「甚助殿、水に気をつけろ。出羽の水と京の水は違うからな」

半左衛門が心配そうに言う。

「はい、気を付けて行ってまいります」

泣きそうな深雪が重信に小さくうなずいた。

「行ってまいる」

「うん……」

重信と小兵衛は道場に回った。そこで氏家左近、大石孫三郎、寺山又五郎たちと合流した。

「もう、雪は降らないようだな」

そう言いながら刑部太夫が道場に現れた。

「そろそろ南風が吹きましょう」

「うむ、ぼちぼち行こう」

刑部太夫が促して全員が道場を出た。

京へ向かうのは重信と寺山又五郎に小兵衛の三人で、刑部太夫と氏家左近、大石孫三郎は見送りだ。

六人は羽州街道を南に向かった。

城下を出て六田に向かうと騎馬が二騎、雪を蹴って六人を追い駆けてきた。騎馬武者は因幡守と西村隼人正だった。

「どう、どーうッ！」

一行が止まった騎馬に頭を下げた。

「甚助ッ、これを持って行けッ、余の陣羽織だ！」

「はッ、有り難き幸せにございまする」

「吉報を待つぞ？」

重信に陣羽織を渡すと馬腹を蹴って因幡守が城に戻って行った。

「気をつけて行け！」

隼人正も馬腹を蹴って因幡守を追って行った。

重信は蓑を脱ぐと因幡守の陣羽織を着て、二騎が駆け去った北に頭を下げた。珍しく前夜に降った名残の雪道が長く続いている。

微かな春の気配の雪だ。

重信は因幡守に感謝した。父数馬の死後、重信は母と一緒に因幡守に見守られてきたように思う。

因幡守がいなければ今の自分はいなかった。そう思うのだ。

刑部太夫たちは六田まで見送って重信たちと別れた。六田を過ぎると不思議なほど街道に雪がなくなった。

この辺りが雪の降る境なのだ。

雪のない道は歩きやすく先がはかどる。

天童、山形、上山、米沢と三人は南下し、以前、重信が上洛した時の道をたどって常陸に入り武蔵に向かう。

この頃、鹿島の新当流塚原土佐守は七十歳を超えて廻国修行の途次にいた。天下一の剣客として兵法家としての名声は不動のものになっている。

土佐守は隠居して卜伝と名乗り、将軍義輝に一之太刀を伝授、甲斐の武田信玄に兵法を説くなど誰もがその力を認めている。

多くの弟子を連れて廻国修行を続けていた。

後に剣聖と呼ばれる老剣士だ。

まだ十九歳の重信は旅の途中でも、又五郎と一刻半ほどの稽古を欠かさない。重信が考えているのは居合抜刀の一撃を躱された時、二撃目をどうするかだ。

一撃目を躱されれば反撃される。

重信は神夢想流の完成に生涯を捧げようと考え始めていた。

三人は武蔵から相模に入り、北条家の小田原城下を通って箱根に向かった。

小田原から箱根宿まで四里八町、箱根宿から三島まで三里二十八町、一里が三十六町でちょうど八里となり、箱根八里と言われる。

朝、まだ薄暗いうちに小田原宿を出た三人が一里半ほど山に入ったところで、馬を引いた子どもが十人ほどの馬方たちに囲まれているのに出会った。

まだ人通りはほとんどない。

子どもが馬子の仕事に出てきたのを咎めているようだった。

仕事の縄張りがあるのか、馬方たちが子どもをいじめているように見える。子どもも強情で馬方たちをにらみ返していた。

その場を通り過ぎようとして重信が立ち止まった。

「小僧ッ！」

大男の馬方が子どもを殴り倒したのだ。

「おい、子どもに手荒なことをするな！」

「何ッ、邪魔するなッ！」

「子どもを殴るなと言っているのだ」

重信が大男を叱った。

「うるせいッ！」

大男が手にした棒切れを振り上げて重信に襲いかかった。その瞬間、重信の木刀が大男の胴をしたたかに打ち据えていた。

「グエッ！」

奇妙な悲鳴で大男が道端に転がる。

「この野郎ッ！」

馬方たちが一斉に重信を取り囲んだ。

「こらッ、うぬら死にたいかッ？」

又五郎が太刀を抜いて重信の前に出た。

「抜きやがったなッ！」

「斬るぞッ！」

中段に構えて又五郎が馬方たちをにらんだ。だが、箱根で人や荷を運んでいる馬方は気が荒い。

時には雲助と呼ばれ盗賊の真似もする荒くれどもだ。

「洒落臭せいッ、刀が怖くて箱根の馬方はできねえッ！」

「やっちまえッ！」

棒や山刀、脇差を差している者もいる。

「お前たち、いい加減にせんかッ！」

重信が叱った。

「浅野殿、ここはそれがしに任せて下され、こやつらは痛い目に合わないと分からぬ馬鹿者のようだ」

ぽつぽつと旅人が集まってくる。

「この野郎ッ！」

いきなり馬方が棒を振り上げて又五郎に叩きつけた。

その棒を擦り上げると又五郎が馬方の腕を峰打ちにした。「ギャーッ！」という悲鳴で握っていた棒がガラッと道に転がった。

「こいつできるぞッ、気をつけろ！」

「この野郎ッ、ぶっ殺してやるッ！」

若い馬方が腰の脇差を抜いた。

「そなた死にたいのか？」

「うるせいッ！」

そこに通りかかった武家が乱暴な馬方に声をかけた。

「こら若いの、そなたの腕では相手にならぬ。刀を引けッ、それがしは小田原城の氏政さまの家臣だ」

通りかかった武家が若い馬方を叱った。

「ほ、北条さまのご家来で……」

「そうだ。仲裁を聞かぬと、そなたらは明日から仕事ができなくなるぞ」

「ご、ご勘弁を……」

「さっさと行け、山で悶着を起こすな！」

小田原城の武家に叱られて、馬方たちは馬を引いて小田原に下りて行った。箱根では北条家が圧倒的な力を持っている。

「それがしは小田原城の北条氏政さまが家臣、松田《まつだ》憲秀《のりひで》と申す。お二人はまことにお強い。ご浪人とも思えぬが？」

仲裁に入った武家が名乗った。若い供を二人連れている。

「ご迷惑をおかけいたしました。それがしは出羽楯岡城主楯岡因幡守の家臣、浅野重信と申します」

「同じく寺山又五郎と申します」

「出羽から……」

「京へまいります」

「浅野殿の鋭い太刀筋は？」

「はい、神夢想流と申します」

「神夢想流とは聞かぬ名だが、いつかゆっくり拝見したいものだ」

武家が興味を示した。

「いずれ……」

「うむ、京までは遠い。気をつけて……」

重信はなかなかの人物と見た。

「お侍さん、馬に乗ってよ」

手綱を握っているいじめられた子どもの馬方が松田憲秀に言う。

「いいだろう。箱根宿までだぞ」

「うん！」

「では、浅野殿、御免！」

この北条氏政の家臣と数年後、重信は再会することになる。

子どもの引く馬に乗った松田憲秀と家臣二人が先で、重信と又五郎が後ろから箱根山に登って行った。

宜秋門

箱根山は旅人にとって難所中の難所だ。

古い東海道は芦ノ湖の北方、金時山の北、足柄峠を越える道だった。

延暦年間（八〇〇頃）に富士山が噴火してその道が使えなくなり、芦ノ湖の南方の屏風山麓を通って箱根峠を越える道が開かれた。

この芦ノ湖は古くに噴火によって、早川が堰き止められてできた湖だが、九頭竜《くずりゅう》が棲んで人々を苦しめていた。

天平宝字元年（七五七）に奈良から来た万巻《まんがん》上人が、九頭竜を調伏して本宮を建立、芦ノ湖は穏やかな湖になったという。

重信一行は一気に箱根山を越えるべく、松田憲秀たちと箱根宿で別れて、芦ノ湖を右に見ながら箱根峠に登って行った。

まだ冬の富士山は真っ白で芦ノ湖の北天に聳えている。

箱根峠を越えて三島に下り始めてすぐだった。一行の前にバラバラと十二、三人の男たちが立ち塞がった。

「おい、おいッ！」

又五郎が立ち止まった重信の前に出た。

「おぬしら山賊かッ？」

どこから見ても質の悪い盗賊だ。槍や薙刀など獲物はバラバラで弓を持っている者もいる。

「うるさいッ、身ぐるみを置いて行けとは言わぬ。わずかばかりの酒代の銭を出せッ！」

「うぬは馬鹿か、武士を襲うとは身の程知らぬ愚か者がッ！」

「何ッ！」

又五郎と盗賊の頭がにらみ合った。

馬方との喧嘩を小田原城の家臣という武家に仲裁され、中途半端な気持ちの又五郎は盗賊を挑発した。

大暴れしないと収まらない気配になった。重信と小兵衛は二間ほど下がって見ている。

「やっちまえッ！」

「この野郎を叩き殺せッ！」

盗賊たちが三人を取り囲んだ。

乱世であちこちに戦いがあるのだから、相模の北条でも甲斐の武田でも、駿河の今川でも仕官すれば仕事になるだろうにと重信は思った。

盗賊が楽な仕事とは思えない。

「わずかな酒代でいい、出せば通す、どうだ？」

又五郎が太刀を抜きそうなのに怯えたのか盗賊の頭が少し弱気になった。

「黙れッ、二、三人斬ってからだ！」

いつもは穏やかなのだが、怒っている又五郎が太刀を抜いた。

「うぬらは人のためにならぬ悪人だ。その首を刎《は》ねてやるッ！」

「うるせえッ！」

いきなり薙刀が又五郎を襲った。

薙刀をガツッと弾いた又五郎の太刀が男の逆胴を一瞬に斬り抜いた。血飛沫が飛び散って男が道端にドタッと倒れる。

その途端、槍が突いてきた。体勢を崩さず又五郎が槍を跳ね上げた。

その又五郎の太刀が男の首に突き刺さる。

「くそッ、爺ッ！」

もう一人の男は槍を叩きつけてきた。

その槍の千段巻きを又五郎の太刀が抑え、ススッと体を寄せて行くと槍の柄を摑んで盗賊の胸を一突きにした。

又五郎の動きが速い。歳を感じさせない見事な動きだ。なまくら盗賊の腕では五人、十人でも倒せないだろう。

骨まで斬る戦場の戦いだ。

一瞬に三人を倒した又五郎が囲みの中央に戻って中段に構えた。

「まだやるかッ！」

「こ、この野郎！」

又五郎のあまりの強さに囲みが広がった。

「やるかッ、何人でも来いッ！」

「ま、待て！」

盗賊の頭が又五郎に凄まれて二歩、三歩と後ろに下がった。

「斬ると言ったはずだッ。死にたい者はまだいるかッ！」

盗賊たちは固まって言葉もない。

血振りをしてから布で太刀の血を拭きとり、鞘に戻すと又五郎が重信を振り向いた。

「浅野殿、まいろう……」

重信は合掌してその場を離れた。

このような乱世でなければ生きられた命なのかもしれない。

明らかに、又五郎に斬られても仕方ない者たちだが、重信は少し重い気持ちで三島宿に入った。

この頃、三島宿から十四里ほど西の駿河、駿府城では重大なことが決定されていた。

それは駿河の国主今川義元が、幕府の苦境を見かねて支援のため、大軍を率いて上洛しようとしていたのだ。

今川義元は足利将軍家の一族である。

上洛は義元の夢でもあった。

その頃、相模の北条氏康と甲斐の武田信玄、それに駿河の今川義元の三人が乱世では珍しい三国同盟を締結した。

東の武蔵に領土を広げたい北条氏康、北の信濃や上野に領土を広げたい武田信玄、西の尾張に領土を拡大して、上洛したい今川義元の利害が一致しての三国同盟である。

乱世では珍しい三国平等の同盟だった。

この同盟は、氏康の娘が今川に嫁ぎ、義元の娘が武田に嫁ぎ、信玄の娘が北条に嫁ぐと言う完璧さだった。

そこで背後に心配のなくなった今川義元が、上洛を目指して西進しようと支度を始めていた。義元は駿河、遠江、三河と手に入れ七十万石の大大名に成長している。海道一の弓取りともてはやされていた。

その今川義元の大軍を迎え討つのが、尾張を統一しようとする織田信長だった。

義元は四十二歳で今川家はかつてないほど充実していた。

西進すれば間違いなく信長と激突する。

その信長は二十七歳で大うつけ変じて怖いもの知らず、尾張統一を目前にして勢いに乗っていた。

義元の大軍だからといって易々と尾張を通過させる男ではない。

既に数年前から今川と織田の間では戦機が高まり、織田信長は尾張と三河の国境に、幾つかの砦を築いて今川を警戒している。

そんな不穏な空気が漂っている駿河を、重信一行は三島宿から西に向かった。

箱根を超えると東海道には春の風が満ち溢れていた。温暖な駿河は北国の出羽とは別天地だ。

雪の富士山が徐々に後ろに遠ざかっていく。

駿河から遠江、三河、尾張の熱田神宮、宮宿から海上を船で渡って伊勢の桑名に入る。重信一行は鈴鹿を越えて近江に出て大きな湖を見た。

湖畔の草津は東海道と中山道の追分で、草津から京までは六里余りしかない。

三人は京へ入る前に草津で一日の休養を取った。

既に二月に入っている。草津宿をまだ暗いうちに発って、大津宿を通り京の三条に到着したのは昼過ぎだった。

三条から五条まで来て旅籠に入り、旅装を解いて重信は一人で御所の宜秋門前の勧修寺家に向かった。

勧修寺尹豊は昼前に禁裏から下がって早々に昼酒を始めている。酒豪で京八流の使い手でもあり、紫式部の一族でもある尹豊は和歌の名手だ。

琵琶を弾き、笛を吹き、思索と酒を愛する風流人でもあった。正親町天皇のもとで内大臣を務めることになる。

勧修寺家は代々、後世のため朝廷の先例を書き留めておくことで天皇に仕えてきた。

代々の当主が多くの日記を残し、日記の家と言われている。

孫の晴子は正親町天皇の皇子、誠仁《さねひと》親王の女房に上がっていて、やがて後陽成天皇を産み国母となる。

尹豊は正親町天皇に信頼される老公家だ。

「おう甚助、来たか？」

因幡守から民治丸が元服したことを知らされ、仇討のため重信が上洛するのを待っていたのである。

「よく来た、よく来た！」

重信が奥に案内されると尹豊が傍に手招きした。

「挨拶などよい、まずは一つやれ！」

「大納言さま……」

「分かっておる。みなまで言うな。取れ！」

「はい……」

重信が盃を賜った。

「神夢想流というそうだな。因幡守が知らせてきたが、その大太刀を抜くのか？」

「はい、神伝居合抜刀と申します」

「居合とは立合に対する居合ということか？」

「はい、そのように考えております」

「わしは京八流の鞍馬流を少々やる」

尹豊がニッと小さく笑った。

「鞍馬流といえば……」

「うむ、義経流ともいう。鞍馬山の鴉天狗の流儀などという者もいる。甚助、その大太刀をここで抜いてみろ！」

「はい、庭を拝借いたします」

重信は初代信国を握って座を立つと庭に下り、大太刀を腰に差して下げ緒で襷がけをしてから、懐から紐を出して鉢巻を締めた。

わずかに腰を落とし柄に手を置いて鞘口を切る。瞬間、一気に三尺二寸三分を引き抜きその大太刀を、上段から中段まで斬り下げ横一文字に斬り払った。

「お見事！」

縁側に立って見ていた尹豊は大太刀の見事なさばきを褒めた。重信は大太刀を鞘に戻して尹豊に一礼、布で足を拭いて座敷に戻った。

以前の未熟さはどこにもないと尹豊はその上達に大いに満足だ。

「ところで、数馬を斬ったのは誰なのだ？」

尹豊は因幡守からも名前を聞いていなかった。

「父を闇討ちにしたのは坂上主膳といいます」

「坂上？」

「はい、四年前、五条の吉岡道場にて顔を確かめましてございます」

「五条の吉岡とは染物屋だな。そこに出入りしていたか。京で坂上というと清水の坂《ばん》だが……」

尹豊の言う清水の坂とは、坂上田村麻呂《さかのうえのたむらまろ》を祖とする坂上一族で坂一族ともいう。

坂上主膳は京に逃げて来てから坂一雲斎と名乗っていた。清水の坂とはその坂一族のことを尹豊が言ったのだ。

昔、征夷大将軍の坂上田村麻呂は、妻高子の病に鹿の血が効くと聞き、京の音羽山に入って鹿を追った。

その時、山中で修行中の奈良興福寺の僧賢心と出会う。

そこで賢心の話に心打たれた坂上田村麻呂は、賢心の彫った千手観音像を安置する堂を寄進する。

これが清水寺の始めで寺が建立されると、坂上一族が代々清水寺の別当を務めた。

その坂上一族のことを尹豊が清水の坂と言った。

「清水の坂であれば五条の辺りにいても不思議はない。その坂上という男は今も染物屋にいるのか？」

「この度は上洛したばかりにてまだ確かめておりません」

「染物屋にいるとなると厄介だな」

尹豊が心配そうな顔をした。

「大納言さま……」

「実はな甚助、染物屋の吉岡は足利将軍家の剣術指南ということになっておる。もし、坂上という男が染物屋にいれば、門弟が二百人ほどはいる。それを敵に回すことになるのだ」

「仇討でも？」

「そういう話がわかるほどあの門弟どもは賢くない。五十や百の助太刀が集まるだろう。厄介なことになる」

「尋常な勝負は無理でしょうか？」

「そこだ。神夢想流を世に出すには正々堂々でなければならぬ。ここは兵法が必要だということだ」

「兵法にございますか？」

「坂上という男一人を呼び出す策だ。ぞろぞろと百人もの助っ人ではのう」

尹豊が困ったという顔でニッと笑った。

「その策は任せておけ……」

安請け合いをするように言って胸を張った。尹豊は結構な謀略好きでもある。

公家は天皇家を守るためには、ありとあらゆる謀略を使うが、それはすべて正義とされ罰せられることはない。

そのようにして皇統は千五百年を越えて守られてきた。

確かに寺山又五郎と二人で五十人も百人も斬るのは難しい。やってやれないこともないような気もするが、なんとも無謀と言えば無謀すぎる戦いだ。

「兎に角、その男の居場所を確認することだ」

「はい、明日から早速、五条の道場を見張ります」

「吉岡流は五条の染物屋吉岡憲法《けんぽう》直元が京八流から起こした流派だ。直元は高齢だが強い。その倅の直光も強いという噂だ。仇がそこにいるなら気をつけろ……」

「はい……」

「策は考える」

尹豊は同じ京八流の直元をよく知っている。

吉岡道場は五条の染物屋とか、六波羅蜜寺の染物屋と言われ、直元が考案した憲法染で知られていた。

黒褐色で憲法黒とか憲法茶などともいう。

重信は勧修寺家を辞し、室町小路を南下して五条の辻の旅籠に戻った。

坂上主膳の顔を知っている小兵衛は吉岡道場に見張りに出て、宿には又五郎一人だった。

信長登場

翌日から三人は五条の吉岡道場を中心に周辺の見張りに交代で立った。

寺山又五郎は顔を知られている可能性が高いため、笠をかぶって顔を隠すように鼻と口を布で隠した。

見張りは一ヶ月続いたが坂上主膳は現れなかった。

望月源太左衛門が京で主膳と出会い、坂一雲斎と名乗っていることは突き止めている。四年前にはその一雲斎が、吉岡道場に出入りしているところを重信も見た。

忘れもしない仇の顔だ。

一ヶ月も所在が確認できないと、坂上主膳はもう京にはいないのではないかと不安になった。

だが、粘り強く見張る以外、存在を確かめる方法がない。

三人は時々額を集めて考えた。道場に出入りしていないとなると、主膳がどこに行ったかわからなくなった。

「どうするかだ。一旦出羽に戻って出直しますか？」

「その前に一度、大納言さまにお話ししたいと思います」

「おう、それはいいことだ。この状況をお知らせしなければ、心配しておられるかもしれません」

主膳の存在を確認できないと知らせていなかった。

重信と又五郎が相談して、まず、何はさておいても、尹豊に状況を知らせるべきだと決まって重信が屋敷に伺った。

案の定、尹豊は一ヶ月も吉報がなく心配していた。返り討ちにあったとは思わないが、仇に逃げられたのではないか、などと考えていた矢先に、尹豊の前に重信が現れた。

「どうした、逃げられたか？」

「それが、ご心配をおかけしております」

「それは構わぬ。どうした？」

「この一ヶ月、道場を見張りましたが、坂上主膳が一度も現れません。見張りを気付かれたとも思えず、行方が分からなくなりましてございます」

「そういうことか……」

重信の話に尹豊が納得した。

「既に、四年の間に亡くなったとも考えられます。一旦、出羽へ戻ろうかということになりましてございます」

「待て、待て、そう早まるな。その坂上という男の所在を確かめる方法はある。それからどうするか考えればよい」

「これ以上、ご迷惑をおかけしましては……」

「甚助、わしも乗り掛かった舟だ。任せろ。どこにいるか所在を確かめてやる」

「恐れ入ります」

「いいか、必ず数馬の仇を討て、それがそなたの本懐だ」

坂上主膳を探すのに行き詰まっていた重信に、大納言の尹豊がよろこんで力を貸すことになった。

京における尹豊の力は絶大だ。

その人脈を使えば一人の男の所在を突き止めるなど容易《たやす》い。こういうことは尹豊の得意とするところだ。

公家と書いて地獄耳と読む。

「十日ほどしたらまた来るがよい。その男の生死を調べておく。坂上主膳と言ったな？」

「はい、坂一雲斎とも名乗っておるようでございます」

「坂一雲斎か、任せろ……」

「ご迷惑をおかけいたしまする」

「気にするな」

尹豊は主膳を探すのに自信があるというようにニヤリと笑った。

旅籠に戻った重信は又五郎に尹豊の考えを話し、出羽に戻るのを十日間ほど伸ばすことになった。

その間も道場の見張りが続いた。

どこに行ってしまったのか主膳は現れない。

その頃、尹豊は吉岡家と親しい公家を屋敷に招いて、坂一雲斎の所在を秘密裏に調べてくれるよう依頼した。

勧修寺家は藤原不比等《ふひと》を家祖とする藤原北家の一門で、勧修寺流は甘露寺、池尻、葉室、梅小路、万里小路、岡崎、中御門、穂波、坊城、堤、吉田、姉小路、芝山、清閑寺など分家や支流が多い。

山科の勧修寺を一門結束の柱として強い絆で結ばれていた。その総帥が勧修寺尹豊であり息子の中納言晴秀《はるひで》である。

七日ほどして尹豊のもとに知らせがあり坂上主膳の居場所が判明した。

尹豊の使いが室町小路の旅籠に現れ、重信に尹豊が待っていると告げて帰った。重信は支度をして大急ぎで勧修寺家に向かった。

「甚助、一雲斎は生きているぞ」

「はいッ！」

「ただ、京にはいない。近江の観音寺城にいる」

「観音寺城？」

「南近江、六角義賢《よしかた》の城だ」

近江は大きな湖のある国で石高が多く、その北近江を浅井家、また南近江を六角家が治めている。

七十万石を越える近江一国を半分ずつにしていた。

その六角家は近江源氏の佐々木一門で、鎌倉期から京に近いため中央政権にも影響力を持っていた。

坂上主膳はその六角家に吉岡流の剣術指南に招かれていたのだ。

「そろそろ京に戻る頃だというのだが、半年ぐらいというだけで、いつ戻るかまではっきりせぬ」

「半年にございますか？」

重信は待つには長いと思った。

「こういうことは明日かもしれぬし、半年後かもしれぬということだ」

「一年後かも？」

「うむ、まあ、一年ということはあるまいがな」

一旦、出羽に戻るべきではないかと重信は考えた。このまま京で待つことはできないと思う。

坂上主膳を観音寺城下で殺せば、六角家に招かれている客を殺すわけで、重信の主家である因幡守に迷惑をかける。

六角家と楯岡家の悶着に発展しかねないと考えた。

観音寺城は箕作城、長光寺城、和田山城など二十近い支城を持つ大きな城で、美濃に出る中山道や伊勢に出る八風街道、東海道などを見張ることのできる湖東にある。

「京に残ってその男の帰りを待つなら、東山に百姓家でも用意するぞ」

「大納言さま……」

「半年などすぐだ。修行だと思ってあちこちに出かければよい。見聞を広げることも修行の一つだ。天下は広いぞ」

「京での修行にございますか？」

「そうだ」

尹豊が言った天下とは京を中心とする五畿内のことである。

この頃は五畿内を天下といいそれ以外は地方と呼んでいた。

重信は尹豊の言葉で京に残るかそれとも一旦出羽に戻るか迷った。

仇を討たないで出羽に戻ることはできないが、半年も京に滞在することはその賄《まかな》いが三人にとって厳しい。

又五郎もそれを心配している。

旅籠に戻った重信は尹豊の考えを又五郎に話して、どうするか話し合った。

「大納言さまがそのように仰せられたことは誠に有り難い。京に残って修行するのも良いと思うが、浅野殿はどう考えられる？」

出羽に戻れば上洛することはなかなか難しくなるだろう。又五郎は京での修行という言葉に魅力を感じ、急に出羽へ戻ることに消極的になった。

重信と背中炙峠で戦った童鬼斎の宝蔵院へ、是非にも行ってみたいと又五郎は思い始めている。

それと同じことを重信も考えた。

天下一と言われる十文字槍の宝蔵院胤栄に会いたい。

この時、胤栄は四十歳だった。

二人の考えが一致し、京に残って修行をすることにした。京にいれば出羽では経験できないことが起こりそうなのだ。

二人はその魅力に気付いた。

早速、重信は勧修寺家を訪ねて京に残って修行したい旨を尹豊に告げた。

「よし、よし、それでいい、東山に住まいを探そう。すぐ旅籠に知らせる」

尹豊は重信が京に残ることを喜び協力すると約束した。

何んとしても数馬の仇を討たせてやりたい。それが十九歳の重信の神夢想流を見た尹豊の思いなのだ。

「甚助、焦るな。仇は生きている」

「はい、肝に銘じまする」

「早ければ夏過ぎ、遅くとも年明けぐらいには一雲斎が必ず姿を現す。いいな?」

「はい!」

焦って坂上主膳を討ち漏らすことがあってはならない。

数日後、重信たち三人の住まいが東山の百姓家に決まった。五条の吉岡道場とは五、六町ほどしか離れていない。

その頃、三人が通ってきた駿河と尾張に、乱世の様相を一変させる大事件が起きようとしていた。

今川義元が五月に入って上洛戦に動こうと、大軍に出陣命令を出して支度を始めたのだ。

その今川軍は二万五千人を超える大軍団だった。

永禄三年(一五六〇)五月十二日、駿河の今川義元は二度と戻ることのない運命の上洛戦に出立した。

この時、義元は信長などひと揉みに潰してくれると考えていた。

その安易さが油断を招くことになる。

今川軍は続々と西進して三河と尾張の国境周辺に集結、義元の本隊六千の精鋭は五月十七日に沓掛城に入った。

歴史や時代が大きく動く時は想像を絶する奇跡が起きる。

五月十八日の夜、今川軍の松平元康《まつだいらもとやす》こと後の家康が、織田軍の砦が見張る大高城に大量の兵糧を入れた。

兵糧の動きは明らかに義元が沓掛城から大高城に移ることを意味している。

その義元の動きを織田信長は狙った。

夜半が過ぎた十九日の寅の刻、信長はわずか二千足らずの織田軍を率いて清州城から出陣。

織田軍は熱田神宮に集結すると戦勝祈願をし、攻撃を受けている味方の砦の煙を見ながら、義元の首一つを狙って今川本隊に接近して行った。

この時、天佑は信長にあった。

雹《ひょう》の降る大暴風雨が信長に味方する。

大雨が織田軍を今川軍の視界から消してしまう。後に熱田神宮の神々の配剤といわれた異変だった。

雨が上がった時、織田軍は田楽狭間で休憩していた今川軍の眼の前に現れた。

義元は信長の猛攻に逃げ遅れ、その首を取られてしまう。

後に鵯《ひよどり》越えの義経や厳島の毛利元就と並び、三大奇襲に数えられる信長の乾坤一擲の戦いである。

「今川義元が死んだぞ！」

「尾張の大うつけに首を取られたらしいな」

「誰だ、大うつけというのは？」

「信長だ！」

「信長とは誰だ？」

「馬鹿ッ、信長は信長だ！」

「どこの？」

「尾張の織田信長だ」

「知らん！」

足利幕府の一門で三管領四識に次ぐ、五識とも六識とも言われる名門今川義元の死は京でも大きな驚きだった。

大軍を率いた御大将が易々と首を取られた。

それも織田信長というまだ名も知られていない、尾張の弱小大名に野戦で首を取られたというのだから信じられない。

何がどうなっているのか、相当にまずい戦いをしたことは間違いない。

この衝撃は京だけではない。同盟者の甲斐武田信玄、相模北条氏康には青天の霹靂《へきれき》であった。

落雷を脳天に食らったようなものだ。

二万五千人を超える大軍を率いて、わずか二千人足らずの織田軍に、むざむざと首を取られるなど誰も信じられない。

急速に広がった義元死の噂は真実だった。

その戦いがどんなものであったか重信は考えた。どんな兵法を使えばそんなことができるのかだ。

「浅野殿、尾張の大うつけと言われる信長という男は、義経のような戦の天才かもしれませんな？」

「確かに、今川義元が敗れるとは……」

「乱世にはこういうことが起きても不思議ではないのですよ」

この時、後に剣神となり、スサノオと共に祀られることになる甚助重信は、乱世が終焉に向かって動き出したのではないかと思った。

その勘は当たっていた。

信長という天才の登場で、百年を超える乱世は、激痛を伴いながら終焉に向かうことになる。

重信はそんな激動の中で神夢想流居合を磨き上げ、水鷗《すいおう》流、無外《むがい》流など三百流を超える流派に取り入れられ広がることになる。

居合はこの国最大の流派となっていくのだ。

この時、わずか二十七歳の信長は乱世を薙ぎ払い、一気に天下人に昇り詰めていくことになる。

浅野甚助重信はこの時十九歳だった。

この互いに神となる二人の天才が果たして出会うことがあるのか。

神の剣士

乱世は終焉の激痛に悲鳴を上げつつあった。

時代を変える男が歴史の表舞台へ、彗星の如く飛び出してきたからだ。

近江の朽木谷に亡命していた十三代将軍義輝は、六角義賢の仲裁で三好長慶と和睦し京に戻っていた。

三代将軍足利義満以来、幕府は徐々に力を失い、応仁の乱以降は細川京兆家に権力を握られ、今は細川家の家臣三好長慶に握られている。

その権力を長慶から取り戻し、将軍親政を行いたいのが義輝だ。それでは困る者が将軍の周辺には多かった。

京にはいつも不穏な雰囲気が漂っている。

そんな中で、重信は東山の百姓家に落ち着くと、又五郎と鞍馬寺へ修行に行くことに決めた。

鞍馬山は京の陰陽師、鬼一法眼が八人の僧侶に刀法を伝えたと言われ、それが京八流となって剣術の源流になったと伝わる。

後に大野将監《おおのしょうげん》が開いた将監鞍馬流の二祖に重信がなり、その流儀の歌として「気は長く心は丸く腹立てず己小さく人は大きく」が残る。

その鞍馬は洛外である。

重信は道場を見張る小兵衛を東山の百姓家に残し、又五郎と二人で京の北の鞍馬寺に登った。

山岳の寺院で鞍馬山に伽藍が広がっている。

鬱蒼たる杉の大木の間を登って行った。

「義経公が修行された鞍馬山とはこのような深山であったか？」

又五郎は判官贔屓なのだ。

出羽国にも義経伝説があった。

兄頼朝に追われた義経、弁慶たち一行は最上川を遡り、山刀伐《なたぎり》峠を越えて鳴子に入り、その温泉で義経の妻郷御前が子を産んだという。その子の泣き声からその温泉は鳴子となったといわれる。

義経は鳴子から奥州平泉に入り衣川《ころもがわ》の館で、藤原泰衡《やすひら》に裏切られ最期を迎える。

そんな悲運の大将源義経を陸奥や出羽の人々は好きだ。

「浅野殿、この山奥であれば間違いなく鴉天狗が出るというものだ」

「いかにも、これは出ますな……」

重信がニッと笑った。

もし、鴉天狗が出るなら剣の奥義を教えてもらいたい。義経に剣技を教えた鴉天狗とは京八流の使い手たちだったのであろう。

会ってみたいものだ。

義経が愛用した一尺七寸五分の車太刀は、太刀というよりは中脇差というほどで、中条流小太刀ほどの長さだった。

小柄で非力な義経は長い剣を使わなかった。

背丈が高くなかった義経が、馬上で振り回すには、短い車太刀がちょうどよい重さで長さだった。

二人は寺に願い出て僧正ガ谷の不動堂で修行することになった。

この僧正ガ谷は杉などの巨木に囲まれ、鬱蒼たる林間で異界と繋がっていて鴉天狗が出る雰囲気だ。

深山幽谷は鬼などが棲む魔界でもある。

その昔、義経がまだ牛若丸といった頃、この僧正ガ谷で怪しげな鴉天狗と出会ったと言われる。

悲運の源氏の大将を飾る伝説だ。そんな魔界が僧正ガ谷には広がっている。

鞍馬寺は奈良唐招提寺の鑑真和上の高弟、鑑禎が宝亀元年（七七〇）に開基、毘沙門天を安置したのが始まりという。

近くには奥の院の魔王殿があり、確かに魔界の王が棲んでいる。その僧正ガ谷を下って西門を出ると貴船神社に行くことができる。

ざわざわと魔界の者たちの声が山風に流されてきた。

山岳寺院の鞍馬寺は、どの伽藍に行くにも長い階段を上ることになる。修験道のお山のように険しい寺だ。

「では、まいりますぞ！」

その不動堂の前で重信と又五郎の稽古が始まった。林間に気合声が響いた。

二人だけの稽古はいつ終わるともなく不動堂の前で続く。二人を魔界の者たちが確かに見ている。

そんな気配が山々に満ちていた。

木剣の音と気合声がその山々に木霊する。

二人の稽古が終わると重信は、不動堂から本殿金堂まで走り、九十九折れの参道を下って仁王門まで走る。

その後を又五郎が追う。

仁王門から引き返してくる重信は九十九折れで又五郎とすれ違う。時には西門から出て貴船神社に走った。二人の厳しい修行が何日も続けられた。雨の日も風の日も休まず。

必ず本懐を成就する。

東山に残った小兵衛は近くに畑を借り、時々、五条の吉岡道場まで走って窓を覗きに出かけた。

その足で小兵衛は六波羅蜜寺にも祈った。

「おんまかきゃろにきゃそわか、おんまかきゃろにきゃそわか……」

参拝人に小兵衛が教わった空也上人の祈りの真言だ。

祈っているとひょっこり坂上主膳が戻ってくるような気がする。もし主膳を見かけたら小兵衛は鞍馬寺まで走るつもりだ。

夏が過ぎると黒く日焼けした重信と又五郎が鞍馬山を下りて東山に戻ってきた。

二人が次に行きたいのは奈良の宝蔵院だった。

重信と又五郎は背中炙峠で中津川童鬼斎の十文字槍を見てから、奈良興福寺の僧宝蔵院覚禅坊《かくぜんぼう》胤栄が考案した十文字槍に恐怖を感じている。

槍先で突かれるだけでなく十文字の鎌に掻っ斬られると、足であれ、手であれ大怪我をすることは間違いない。

戦場で使えば恐ろしい武器だ。鎌が折れるまで何人でも倒すだろう。

二人は十日ほど東山の百姓家にいたが、坂上主膳がまだ京に戻っていないことを確認して奈良に向かうことにした。

その前に重信は一人で勧修寺家に向かった。尹豊に鞍馬寺のことや宝蔵院に行くことなどを報告しようとした。

ところが、尹豊は来客中で来訪だけを伝えて帰ろうとした。

「甚助、良いところに来た。そなたに会わせたい客が来ておる。上がれ、上がれ！」

酒が入って上機嫌の尹豊が現れて重信を座敷に招き入れた。

そこにいたのは北畠具教だった。

北畠は名門村上源氏で南朝の正統性を書いた歴史書、神皇正統記を著した北畠親房《ちかふさ》の三男北畠顕能《あきよし》を初代と数え具教で八代目になる。北畠親房は後醍醐天皇に仕え南朝のために戦った公家であり武将だ。具教は伊勢の国主である父晴具《はるとも》と南伊勢、北伊勢と支配範囲を拡大するのに尽力している。正三位権中納言という高い官位官職だ。

勧修寺尹豊に似て北畠具教も剣術を好んだ。尹豊と同じ京八流の使い手だが、塚原土佐守から将軍義輝や細川藤孝と一緒に、新当流の奥義一之太刀を伝授されるなど強い剣士でもある。

上泉伊勢守からも剣を学び柳生宗厳《やぎゅうむねよし》とも剣を通じて親交があった。修行中の武芸者や旅をする剣客を積極的に援助していた。

三十三歳の公家大名北畠具教は、上泉伊勢守や柳生宗厳に宝蔵院胤栄を紹介するなど剣客、剣豪たちの交流にも力を尽くしている。

この頃の具教は順風満帆だったが、やがて信長の台頭で苦しむことになる。

後に具教は信長の次男信雄《のぶかつ》を養子に迎えるが、それでも伊勢を支配したい信長に攻められた。

その時、具教の剣術を恐れた信長は、具教の家臣佐々木四郎左衛門《ささきしろうざえもん》に命じて、具教の刀が斬れないよう刃引きをさせたうえで攻める。

襲撃兵を相手に斬れない太刀を捨て、敵から奪った太刀を手に十九人の敵兵を斬り殺したという。

その上、百人を超える敵に手傷を負わせる壮絶な戦いをするが、具教は群がる敵の槍に囲まれて惨殺される。

この十六年後に起きる信長の具教暗殺だ

「甚助、北畠具教殿だ。挨拶せい！」

「はい！」

重信が具教に平伏した。

「初めて御意を得まする。出羽国楯岡城主楯岡因幡守の家臣、浅野甚助源重信と申します」

「ほう、出羽からの源氏とはのう」

「この甚助は土岐源氏じゃ。まだ十九だが剣の天才だ。塚原土佐にも上泉伊勢にも後れを取らぬ剣客だぞ」

尹豊が大袈裟に口添えすると具教が驚いた顔で重信をにらんだ。

「この若さで神夢想流居合を開いた神の剣士だ」

「神夢想流居合の神？」

「わしも初めて見た剣法だ。試してみるか？」

「是非にも……」

具教も将軍義輝と同じように剣豪と呼ばれている。公家では最も強い剣士だ。新剣法と聞いては易々と引き下がれない。十九歳の若者が使う神夢想流居合を確かめたいと思う。

「甚助、いいな？」

「はい！」

尹豊の独断で重信は権中納言具教と立ち合うことになった。

「木剣をお願いしたい」

「承知……」

具教が木刀での立ち合いを望んだ。

この時、具教は重信の大太刀初代信国を見て驚いた。

こんな大太刀を振り回されては困る。剣豪は若い剣客に慎重になった。尹豊が神の剣士などと最高の賛辞を言うことなど常にはないからだ。

重信は下げ緒で襷をして紐で鉢巻を締めた。

裸足で庭に下りて木刀を握ると、具教も庭に下りて木刀を中段に置いた。尹豊が立ったまま縁側から見ている。

具教が右へ右へとゆっくり回る。

中段に木刀を構えて重信もその動きについていく。

具教は重信の木刀の切っ先から放たれるピリピリする剣気に、若いが相当な使い手だとすぐ感知した。

だが、どんな剣を使うのか全く分からない。

具教がスッと木刀を上段に上げて誘ったが重信は踏み込まない。重信の居合抜刀は一撃で相手を倒す必殺の剣だ。

中段に構えて静かだ。剣先が動かない。

また、剣が上段に上がって具教が踏み込むかに見えたが間合いが遠い。スッと重信が一歩前に出て間合いを詰めた。

互いに誘うが応じない。具教も一歩前に出て間合いを詰めた。その瞬間、詰まった間合いから具教が踏み込んだ。

重信は具教の木刀を受け止めると左に流し、一瞬早く、重信の木刀が後の先を取って具教の左胸に飛び込み、左脇の下から背中へと深々と斬った。

神伝居合抜刀表一本五輪《ごりん》、左胴から左脇の下を背中まで斬り裂いた。

「まいった！」

「失礼いたしました」

重信が具教の足元にひざまずいて頭を下げた。

何んとも凄まじい斬撃で恐怖さえ感じた。剣豪北畠具教が驚いて重信を見ている。

こんな負け方をしたことがない。

塚原土佐守の新当流秘伝一之太刀を使う間もなく、一瞬で先を取られ具教は重信に斬り伏せられた。

見たこともも聞いたこともない剣法で、尹豊の言う神技としか思えない素早い技だ。

その上、重信の使う居合は瞬間で技も残心も美しい。驚愕の剣法だ。剣法の立合と言えばバタバタと左右前後に忙しいのが常だ。

重信の居合はその場に静かに立って、敵の剣の動きに合わせて技を出す。相手の力を吸い込むような不思議な剣だと具教は思った。

「神夢想流居合か？」

「はい、スサノオさまに授けられました技にございます」

「余は塚原土佐守や上泉伊勢守、宝蔵院胤栄にも学んだが初めて見る剣法だ」

「恐れ入りましてございます」

「甚助、万事抜きを見せてやれ！」

「はい！」

「万事抜きとは？」

「四方八方の敵を斬り伏せる居合抜刀の極意にございます。神から授けられました万事抜きの型をご披露申し上げます」

重信は木刀を縁側に立てかけると、大太刀初代信国を握って腰に差した。

庭の中央に出て行くと少し腰を落とし、呼吸を整えると大太刀の鞘口を切り一気に引き抜いた。

それだけでも美しい剣技だ。

その瞬間、前面の敵八人を斬り伏せ、反転すると後ろの敵八人を斬り伏せる。縦横無尽の剣の運びと体さばきと足さばきだ。

白拍子が舞い踊るような剣技で一瞬にして十六人を斬り伏せた。それでいて全く息を乱していない。尹豊の言う神技だと具教も認めた。

「見事だ！」

「気に入ったかな？」

「大納言さま、この神夢想流居合は天下一の剣になりましょう」

「この剣の美しさこそ、剣本来の姿だ。美しくないただ人を斬るだけの剣は邪剣だ。そうは思わないか？」

「誠に……」

この時の具教の予言は江戸期に入って実現する。

戦いのなくなった江戸期には、人を斬る必要がなくなり、美しい剣技を求めて神夢想流居合は天下一の剣になる。

時代を越えて伝わっていく。

宝蔵院

重信が北畠具教と出会ったことは幸運だった。

乱世を生きた名だたる剣客たち、塚原土佐守、上泉伊勢守、宝蔵院胤栄、柳生宗厳、丸目蔵人佐などを始め、多くが公家大名の北畠具教の世話になりその前を通って行った。その剣客たちと重信は会うことになる。

「浅野殿が宝蔵院に行かれるなら胤栄殿に紹介状を書こう」

「恐れ入ります」

「いずれ、伊勢にもまいられよ」

「はい、かたじけなく存じまする」

天正四年(一五七六)十一月二十五日に具教が信長に暗殺されるまで、重信と具教との交流は途切れることがなかった。

類は友を呼ぶという。具教が世話をした者はすべて上質な剣士ばかりだった。

勧修寺家で北畠具教と偶然に会った重信は紹介状を懐に入れて、翌日には奈良街道を又五郎と奈良宝蔵院に向かっていた。

途中から浄瑠璃寺に回って神夢想流の繁栄を祈願、奈良東大寺の大仏殿でも神夢想流が完成することを願った。

宝蔵院は奈良東大寺の隣、興福寺の中にある。

興福寺は藤原鎌足《かまたり》の夫人が鎌足の病気平癒を祈願して、天智天皇八年(六六九)に建立した山階《やましな》寺が起源で、その子藤原不比等が奈良に移して興福寺と名を改めた。

この頃、興福寺は絶大な力を持って大和国を支配、幕府は守護を置けないとあきらめるほどだった。

興福寺は南都北嶺の南都で、北嶺の比叡山延暦寺と並ぶ大寺だ。

その興福寺の僧兵である宝蔵院覚禅坊胤栄は、槍に鎌をつける十文字鎌槍を考案し槍術に画期的な戦いの道を開いた。

片鎌という槍もある。

柳生宗厳の仲介で上泉伊勢守から新陰流を学び、香取神道流も学ぶなど槍術だけでなく剣術にもその力量は現れていた。

胤栄は庭の石に摩利支天《まりしてん》を祀って、槍術の完成を祈願し猛稽古に励んだ。宝蔵院は興福寺の子院の一つで胤栄が院主である。

重信と又五郎は宝蔵院の稽古場に向かった。

稽古場の門には不似合いの大きな瓦葺きの開き門で威厳がある。既に、稽古場から気合声が響いていた。

大玄関に立って案内を乞うと白い衣に紫の指袴《さしこ》をはいた大坊主が現れた。

大坊主が無言で重信と又五郎をジロリとにらんだ。何だという顔だ。

東大寺南大門の仁王のような坊主ににらまれただけで、気の弱い修行者なら尻込みして帰りそうだ。

「出羽からまいりました浅野甚助と申します」

「同じく寺山又五郎でござる」

「出羽から何しに来た」

又五郎がムッとした顔で大坊主をにらむ。何しに来たはないだろう。槍の道場にきたのだからわかろう。

重信は冷静だ。挑発に腹を立てない。

「宝蔵院のご高名を中津川童鬼斎殿にお聞きし、一手ご指南いただきたくお訪ねいたしました。よしなにお願いしたい」

「童鬼斎だと？」

「はい、出羽の山中でご指南をいただきました」

「なるほど……」

大坊主が少し態度を変えた。

「こちらに北畠具教さまから院主さまへの紹介状を持参してございます」

「北畠さまだと？」

大坊主が少し慌てた顔になった。重信が具教の書状を大坊主に渡す。

「お預かりした。お上がり下され、道場にご案内いたす」

大坊主の言葉がガラッと変わった。

二人は草鞋を脱ぎ大坊主の案内で道場に入った。あまりにも立派な道場に驚いて重信は入口で立ち止まった。

「あちらの席でお待ちください」

大坊主が見物席を指さした。

正面に一礼して重信と又五郎は見物席の末席に座った。

道場は六間に十間の広さで、六寸角の太い柱で瓦葺きの屋根を支えている。

床は檜張りで能舞台のようにピカピカに磨き上げられている。道場の羽目板には稽古槍がずらりと並んでいた。

正面には唯心蔵と大書された額が掲げられ、院主の小座敷があり胤栄が座っている。

唯心蔵とはすべての事象は心の反映であるという意味だ。

法相宗興福寺の教えである。

八畳の見物席には恐ろしげな顔の武芸者がズラリと居並び、次の間にも数人の見物人が座っていた。

壮観を通り越して怖いほどだ。

稽古場の隅には愛宕《あたご》の勝軍地蔵《しょうぐんじぞう》と春日の赤童子《あかどうじ》が勧請され祀られている。宝蔵院ならではの道場だ。

大坊主が重信から預かった書状を胤栄に取り次いだ。

それを読んだ胤栄が末席の重信を見る。

書状には神の剣士とか天下一の剣とか、神伝の神夢想流居合の創始者など、大納言勧修寺尹豊の言葉が並んでいる。

権中納言具教が大納言尹豊のいうがままを書いたのだから大袈裟だ。書状の内容と全く釣り合わない。

明らかに驚いた胤栄の顔だ。見物席に座っているのは若僧だ。

だが、重信の佇まいに胤栄は殺気を感じた。

胤栄が大坊主に何かささやくとうなずいて、稽古の十文字槍を掴んだ大坊主が道場の稽古を止めた。

「止めッ！」

道場が震えるような大声だ。

慌てて稽古中の二組がサッと引いて、何が起きるのかと道場内が静まり返る。

「神夢想流居合ッ、浅野甚助殿ッ、立ちませいッ！」

「はいッ！」

重信は素早く下げ緒で襷をして鉢巻を締めると、大太刀と二字国俊を置いて愛用の木刀を握って道場に出た。

床に座ると正面の胤栄に平伏。無言で胤栄が小さくうなずいた。重信は立ち上がると木刀を握って大坊主から四間ほどに近付いた。

「拙僧は阿修羅坊胤鹿《あしゅらぼういんろく》と申すッ、一手仕るッ！」

「承知ッ！」

二人は道場の中央で対峙した。

阿修羅坊の稽古槍は腕ほどの太さでまるで丸太だ。当たれば即死しそうだ。

凄まじい気合声で、丸太のような稽古槍が阿修羅坊の頭上で唸りを生じ勢いよく回転を始めた。

中津川童鬼斎の槍とはだいぶ違う。

重信は中段に構えたまま動かない。いつものように心は静かだ。大槍の唸りで道場の誰もが震えあがっている。

若造が一撃で殺されると思う。

だが、胤栄はそうは見ていない。不思議な若者だと思った。

阿修羅坊が気合で重信を誘う。足で床をドンッと踏んで誘う。だが、重信はそんな誘いには応じない。

重信の木刀はピクリとも動かない。

その静かな佇まいに胤栄が驚き阿修羅坊がいらついた。丸太のような大槍に全く心を乱していない。

その胆力はただ者ではないと感じる。

怒りをあらわにした阿修羅の顔で「ウオーッ！」と叫ぶ。

まるで獣の雄叫びのような声がして、その怒りの大槍が重信の頭上から襲ってきた。

だが一瞬、重信の踏み込みが早かった。後の先を取った。

阿修羅坊の槍の下に入り左胴を貫き斬って、木刀が阿修羅坊の左肩を軽く叩いた。

大槍が床を突き大坊主の阿修羅坊がつんのめってガラガラと床に転がった。

神伝居合抜刀表一本山越《やまこし》、胴が真っ二つになり左肩の骨が砕けた。もちろん胴も肩の骨も無事だ。

一瞬の沈黙がどよめきに変わり、見物席の武芸者と胤栄の傍の僧兵たちが立ち上がった。

「静まれッ！」

胤栄の声が凛と響いて道場が静まる。

その時、阿修羅坊がムクッと起き上がって重信をにらんだ。

「まだだッ！」

「馬鹿者ッ、阿修羅坊、それまでだッ！」

「院主ッ！」

「引け、分からぬか！」

阿修羅坊は武者修行の者に初めて負けた。名前の阿修羅のごとく猛烈に怒っている。

頭は丸坊主だが怒髪天を突くとはこのような怒りだ。

瞬間、大槍が重信を襲った。

だが、大槍が再び床を叩いた。

「馬鹿者ッ！」

胤栄が叫んだ。

重信は不意打ちにも素早い対応をした。予期しない攻撃に対応するのは居合の独壇場だ。その場を動かず、大槍を弾いて阿修羅坊の眉間に重信の木刀が入った。

神伝居合抜刀表一本立蜻蛉《たちとんぼ》、眉間から頭蓋骨を真っ二つにする。

ドテッと後ろに倒れ、泡を吹いて阿修羅坊が昏倒、見る見る額に大瘤がふくらんだ。

「馬鹿者が、手当てをしてやれ！」

そう命ずると胤栄が座を立って重信に近付いてきた。

「浅野殿、ご無礼仕った。許されよ」

「こちらこそ、失礼いたしました」

重信は何もなかったように全く息を切らしていない。

「神夢想流居合を見せていただいた。お見事であった。何日でも当道場に滞在下され
……」

「かたじけなく存じまする」

「大納言さまと北畠さまには拙僧から返事をしておきましょう」

重信は四十歳の僧兵宝蔵院胤栄に気に入られた。宿泊の坊を与えられ興福寺に滞在することになった。

その夜、阿修羅坊を見舞った。

大坊主は院主の胤栄に厳しく叱られ悄気《しょげ》返っている。頭を白い布でグルグルに巻いていた。

「阿修羅坊殿、失礼仕った」

「何んの、拙僧こそ短気を起こして恥ずかしい限りだ。討ち殺されても仕方ないところであったわ……」

「未熟にて、許されよ」

「あれは何んという技です。見たことがない」

阿修羅坊は一瞬にして倒されたことが信じられないのだ。剣の動きが微かに見えたがその時は既に斬られていた。

「神夢想流居合という技でござる」

「居合、拙僧に教えてくれぬか？」

「はい、ご所望とあればよろこんで伝授いたします」

「頼む。これからでもよいですか？」

「恐れ入ります」

「構わぬが、その頭では……」

「こんなもの、大袈裟に巻きやがって、瘤ができただけだ」

ニッと笑って阿修羅坊が頭の布を取ってしまうと、灯りを持って立ち上がり道場に向かった。その後に重信がついて行った。

「まずはそこにお座り下され、技をお見せします」

重信は阿修羅坊が床に座ると、大太刀初代信国を腰に差して鞘口を切って素早く抜き放った。

そこから神夢想流居合の基本の型を阿修羅坊に見せる。

大太刀が夜の道場の空気を斬り裂く。

薄明かりの道場で重信の居合抜刀が続いた。緩急自在、臨機応変、懸待《けんたい》表裏、阿修羅坊が重信の動きを追う。

その時、音もなく道場の入口に胤栄が現れた。

「院主！」

阿修羅坊の声で重信が大太刀の動きを止めた。

「浅野殿、拙僧にも見せてくれぬか？」

「夜分にて、見えにくいと思いますが？」

「構わぬ。充分に見える」

「では……」

重信は夜半近くまで二人に神夢想流居合を伝授、重信の帰りがあまりに遅いのを心配した又五郎が迎えに来た。

丸目蔵人佐

秋が過ぎても坂上主膳は京に現れない。

小兵衛は気長に吉岡道場を見張っている。必ず六波羅蜜寺に行って真言を唱えて本懐成就を祈る。

その頃、重信と又五郎はまだ奈良の宝蔵院にいた。宝蔵院の稽古は激しく、試合を望む武芸者がいれば拒まない。阿修羅坊が相手をして確実に倒した。

重信も何度か武芸者と立ち会った。

阿修羅坊は槍を握ると恐ろしい坊主だが、常には蟒蛇《うわばみ》のような大酒飲みで陽気な興福寺の僧兵だった。

何んとも楽しい修行の日々だ。

二人はそろそろ京に戻るべきだと考えている。

宝蔵院の猛稽古は重信と又五郎を充分に鍛え上げてくれた。ことに又五郎と阿修羅坊は仲がよく兄弟のようだ。

その頃、出羽楯岡城から勧修寺家に贈る、献上品を持った一行が京に向かっていた。一行の奉行はいつものように望月源太左衛門だった。

「寺山殿、そろそろ京に戻るべきかと?」

「うむ、同じことを考えていた。京から知らせはないが、年が明ける前に戻るべきだと思っている」

「そろそろ近江の観音寺城から、主膳が動き出す頃かと考えています」

「そうだ。戻ろう」

京の小兵衛から知らせのないまま二人は戻ることを決断した。鞍馬寺の修行といい、奈良宝蔵院の修行といい、勧修寺尹豊が言ったように二人には得難い経験だった。

長い間の逗留を感謝し、胤栄と再会を約して重信は京に戻ることにした。

「浅野殿、また、必ず来てくれ、待っている」

「はい、必ず……」

重信は阿修羅坊に約束して宝蔵院を後にする。

古の王城の地は古刹の仏たちがいる清浄なところであった。

奈良街道を木津川沿いに京に向かい、宇治まで来て二人は平等院に立ち寄った。そこで、若い剣士が二十人を超えるだろう、野盗のような武芸者に囲まれているのを見た。

「浅野殿、助太刀いたそう！」

その重信は若い剣士の強さを見て、助太刀は必要ないのではと思ったが又五郎が走ったので一緒に走った。

二人が平等院の境内に飛び込んで、戦いの混乱の中に駆け込んだ。

「助太刀いたすッ！」

又五郎が太刀を抜いて若い剣士に叫んだ。

「おうッ、かたじけないッ！」

重信は木刀を構えて六人ほどを引き受けた。

三人になると敵が少し怯んだ。

真剣で襲いかかる敵の刀を弾いて左肩を叩いて倒し、次の敵の攻撃を受け止め左胸から脇の下を叩いて倒す。

重信の一瞬の剣技に驚いた野盗が槍や刀を構えて呆然としている。

「まだやりますか？」

「うるせいッ！」

薙刀で上段から袈裟に斬ってきた。

瞬間、重信が踏み込んで、敵の右脇の下を一突きにした。

神伝居合抜刀表一本止心《ししん》、悲鳴を上げて薙刀の男が池に吹き飛んだ。浅い池だが倒れるとそのまま溺死する。

「おぼれ死ぬぞッ、助けてやれッ！」

重信が呆然としている野盗を叱った。もう、戦意を失っている。

「クソッ！」

池に入って倒れた仲間を引きずり上げる。何んとも様にならない戦いだ。

又五郎が二人を斬り倒すと囲んでいた野盗が尻込みをはじめた。とてもかなう相手ではないと思ったのだ。

こうなれば戦いは終わる。

若い剣士は重信と同じ年格好で猛然と強い。襲いかかる敵を容赦なく次々と斬り倒すが、手加減しているようで誰も深手を負っていない。

生き残りが十人ほどになって野盗がバタバタと逃げ出した。

「まいろうッ！」

若い剣士が重信と又五郎を促して、平等院の境内から飛び出した。命まで取ったのは一人もいない。

野盗といえども命まで取ってはあまりにも哀れだ。

「何んとも恥ずかしいところをお見せしました。それがしは上泉伊勢守さまの弟子にて丸目蔵人佐と申す」

「出羽国楯岡城主楯岡因幡守の家臣にて浅野甚助と申します」

「同じく寺山又五郎です」

「お二人は誠に強い。なんとも驚きました」

丸目は戦いながら重信と又五郎の戦いを見ていた。三人は挨拶を交わすと走って奈良街道まで戻った。

この時、丸目蔵人佐は二十一歳で、二年前に九州肥後から上洛、京にいた上泉伊勢守に弟子入りしたのだ。

やがて上泉伊勢守の新陰流に工夫を加え、修行に専心して多くの弟子を抱えて、タイ捨流を創始し九州一円に広めることになる。

「助太刀、かたじけない。それがしはこれから柳生にまいるが？」

「それがしは京へまいります」

「それではここでお別れいたすが、いずれまたお会いすることもござろう」

重信は街道を下って行く丸目蔵人佐を見送って京に向かった。この時、二人はまだ互いの剣名を知らなかった。やがて二人は天下に名が知られるようになり再会する。

「丸目殿は強い……」

「天下にはどんなに強い武芸者がいることか、修行を怠り増長するとたちまち倒されるな」

「いかにも、その通りでござる」

　又五郎は重信の強さを知っているが、丸目蔵人佐の強さも戦っていて気付いた。

　二人が京の東山の百姓家に戻ってくると、出羽から出てきた望月源太左衛門一行が逗留していた。

　ちょうどいいところに重信と又五郎が戻ってきた。

　源太左衛門は勧修寺家に献上米を納め、重信と又五郎が東山にいると聞き、逗留して既に三日が経っていた。

「浅野殿、粗方は小兵衛に聞いたが、主膳はまだ京に戻っていないようだな？」

「ぼちぼち姿を現す頃と考え奈良から戻ってまいりました」

「うむ、もう暮れだからな……」

「年が明ける前か、年が明けてから戻るだろうと思っています」

「勧修寺さまもそのようにみておられた」

「殿さまから何か？」

「殿は何年かかっても必ず主膳を討てと仰せだ」

「上洛以来、殿さまにはご心配をおかけし申し訳なく思っております。有り難いお言葉にございます」

重信が最も気にしていたことだ。

「そんなことは気にするな。殿は全て分かっておられる。だから、何年かかっても主膳を討って帰れと仰せなのだ」

「はい、それがしは果報者にございます」

「うむ、戻ったら、殿に状況を申し上げておく、焦るな。主膳を仕留めることこそ本懐なのだから、それだけを考えろ！」

源太左衛門は重信と又五郎が元気なので安心した。仇討が長引いて気落ちしているのではないかと心配して来たのだ。

「これは、志我井殿から預かってまいった。小袖だ」

「母上は達者にしておられますか？」

「うむ、心配ない、達者だ。志我井殿にも状況はお知らせしよう」

「かたじけなく存じます」

「明日の朝、出立すれば、年が明ける前に戻れそうだ」

照れるように源太左衛門がニッと笑った。

「寺山殿も元気そうだな？」

「望月さま、国にいてはできない修行と経験をたくさんしております」

「そうか、それは何よりだ。殿にそう申し上げておく……」

その夜、源太左衛門と重信、又五郎の三人は遅くまで話し合った。

問題になったのは主膳に吉岡道場の者たちが助太刀に出て来た時だ。重信は闇討ちや不意打ちにはしたくない。

正々堂々と坂上主膳に戦いを挑みたい。

当然、吉岡道場の二百人を超える門弟の中には、仇討でも主膳の助太刀に出て来る者がいることは考えられた。
二、三十人なら倒す自信はあるが、百人となると厳しい戦いになる。
そうなれば、それも神の与える試練だ。負けるとは思っていない。その時は戦う場所が重要になる。

野原のような広い場所では包囲されて圧倒的に不利だが、数人でしか攻撃できない小路や、左右が閉ざされた道で、二、三人ずつしか攻撃できないところであれば充分に戦えるはずだ。

斬るより突きを多用すれば五十人や六十人は倒せる。

太刀は七、八人も斬ると脂がベタッと張り付いて斬れなくなる。

突きであれば槍と同じで何人でも突き伏せることができる。ただ、太刀は折れたり曲がったりすることがある。

重信は大太刀初代信国と二字国俊、それに愛用の木刀を使えば戦えると考えていた。

そうなれば又五郎も命を賭けて戦うことになる。

「望月さま、百人であれば浅野殿と二人ですべて倒します」

「そうか……」

「その時は槍を使います」

寺山又五郎は宝蔵院の槍修行で自信をつけている。

翌朝、重信と又五郎は出羽に帰る望月源太左衛門一行を瀬田の唐橋で見送った。

唐橋から湖東を二里二十町ほど、北に行けば主膳のいる観音寺城がある。だが、城下をうろつくことは危険だ。

唐橋の上で挨拶して重信は源太左衛門と別れた。

帰りに二人は湖西の坂本まで行き、日吉大社に参拝して雪の中の比叡山延暦寺に登って行った。

この延暦寺の末寺が天童城から近い出羽の山寺こと立石寺《りっしゃく》だ。

応徳三年（一〇八六）に八歳の堀河天皇に譲位した白河上皇は、院政を敷いて絶大な権力を握っていた。だが、「賀茂川の水、双六の賽の目、山法師、是ぞ、わが心にかなわぬもの……」と嘆いた。

山法師とは比叡山延暦寺の僧兵で、気に入らないことがあると日吉山王社から神輿を担いで京に押し出してくる。

これにはさすがの白河上皇でさえ手も足も出なかった。

だが、この傍若無人に怒った平清盛が神輿に矢を放ち謹慎を命じられたことがある。

それほど、山法師の強訴には手が付けられなかった。

そんな比叡山延暦寺は時の権力者と時々対立した。

応仁の乱後には管領細川政元と対立して、比叡山延暦寺は二度目の焼き討ちにあう。

だがその度に、大きな領地を持つ王城鎮護の北嶺として復活する。

重信と又五郎はその根本中堂に参詣した。

この後、比叡山延暦寺は堕落し、天下統一を目指し乱世を薙ぎ払う織田信長によって三度目、全山を焼き払われることになる。

雪の延暦寺に仇討成就を祈願して山を下りた二人は京の東山に戻った。

京にはまだ雪は来ていない。

小兵衛は毎日、五条の吉岡道場に行き、弥次馬に紛れ込んで窓から稽古中の道場を覗き込んだ。

いつも坂上主膳の姿はない。

遂に、年が明けて永禄四年（一五六一）になり重信は二十歳になった。

挨拶のため重信は宜秋門前の勧修寺家を訪ねた。正月の公家はどこも歌会など正月の行事があって忙しい。

重信を気に入っている勧修寺尹豊はいつものように「上がれ、上がれ……」と部屋に招き入れた。もう正月の酒に酔い、尹豊は上機嫌だ。

六道の辻

酔ってはいるが老公家の眼光は鋭い。

乱世の天皇家を支えてきた勧修寺尹豊には青公家にはない気迫が満ちている。

「甚助、この月末《つきずえ》には主膳が近江から戻って来るぞ」

「大納言さま！」

「間違いない。必ず討ち取れよ」

「はッ！」

尹豊は重信から名前を聞いた時以来、秘かに主膳の動きを捕捉していたのだ。

「染物屋の門弟が動けないように、わしが抑えておくゆえ一対一の勝負になる。決して後れを取るな！」

「はい！」

「立会人は双方から二人ずつでいいな？」

「結構です」

「場所だが、東山、清水寺の産寧坂《さんねいざか》でいいか?」

「はい、結構です」

「日にちは決まり次第知らせる」

「畏まりました」

「一献、どうだ?」

「はい、有り難く頂戴いたしまする」

重信は尹豊から正月の祝い酒を賜った。いよいよその時が来る。優曇華の花が咲く。

「奈良はどうであった?」

「宝蔵院胤栄さまより槍術をご指南いただきました」

「胤栄は十文字鎌槍というおもしろいものを、考案したと聞いたがまだ見たことはない。どんなものであった」

尹豊も胤栄の槍術には興味を持っていた。

「槍の穂先の両側に鎌をつけた十文字鎌槍にて、両鎌が重いようであれば、片鎌もあるとお聞きしました」

「槍に鎌がついていれば、突くだけでなく首を引っ掻くこともできるか?」

「はい、足であれ腕であれ、どこでも引っ掻きますので恐ろしい武器にございます」

「槍先が重いのではないか?」

「はい、短槍のように軽くはありませんので腕力を必要としますが、思ったほど使いにくくはありませんでした」

「そうか……」

重信は半刻ほど尹豊と話して勧修寺家を辞した。

翌日、勧修寺家から尹豊の使いが五条の染物屋吉岡家に向かった。吉岡道場の道場主吉岡憲法直元を呼び出す尹豊の使者だ。

使者の口上を聞いた憲法直元は勧修寺家に出向くことを了承する。

その日の夕刻、直元は供を連れず一人で五条大橋を渡って、宜秋門前の勧修寺家に向かった。

五十九歳になった尹豊と、六十歳を超えた憲法は五十年前からの知人で、ともに京八流を学んだこともある。

黒褐色の憲法染は直元の考案とも言われる。

吉岡流を創始した憲法直元は白髪だがまだ矍鑠《かくしゃく》としていた。今は亡き十二代将軍義晴に仕えた老兵だ。

現将軍義輝には吉岡流二代目の長男直光が仕えている。

「大納言さまにはご壮健のご様子にてお喜び申し上げます」

直元は勧修寺家の広座敷で尹豊に平伏した。既に正月客はみな帰って、尹豊と直元の二人だけだ。

「そなたこそ元気でめでたい」

「恐れ入ります」

　二人は久しぶりの対面だ。

「一献、どうか？」

「初春の祝い酒、喜んで頂戴いたしまする」

　尹豊が直元に盃を与え酒を注いだ。それを直元がグッと飲み干す。

「そなたに頼みがあって来てもらった」

「はい、それがしにできることであればお断りはできません」

「そう言ってもらえると有り難い。実は二十数年も前だが下北面に浅野数馬という武士がいた。知らぬか？」

「北面の浅野さまにございますか？」

「その数馬が美剣士ということで、衆道好みの青公家どもや御所の女どもが騒いだのを忘れたか？」

「そういえば確かにそのようなことがあったように……」

　直元はうすぼんやりとしか思い出せない。

「その浅野数馬を出羽国楯岡城主因幡守の家臣に推挙したのだが、数年後、ある男に闇討ちされて命を落とした」

「闇討ちとは卑劣な……」

直元は不快な顔をした。いかなる理由があろうとも、剣士たる者の闇討ちは卑怯な手段だ。

「その時、六歳の子がおったのだ」

「その子が長じて仇討に？」

勘の鋭い直元は尹豊の言わんとすることを悟った。

「その仇が吉岡道場にいると？」

「憲法、そなたの門弟の助太刀を止めてもらいたい。それが頼みだ」

「なるほど、容易いことでございます」

剣豪吉岡憲法直元は全てを悟った。

出羽国と聞いて仇の名が坂一雲斎こと坂上主膳であること。

その六歳だった子が仇討のため上洛していること、一雲斎が観音寺城にいて間もなく京に戻ることを尹豊が捕捉していることなどだ。

「尋常な勝負をさせてやりたい」

「分かりました。して、場所と日にちはどのようにお考えですか、一雲斎が観音寺城から戻るのは一月末と聞いております」

「うむ、場所は清水寺産寧坂、日にちは二月一日の明け六つでどうか？」

「承知いたしました」

直元はその六歳の子がどんな武士になっているか知らないが、尹豊がここまで肩入れしているということは相当に自信があるのだとみた。

一雲斎も吉岡道場の師範代を務められる腕前だ。易々と負けるとも思えない。

返り討ちもあると思ったが口にしなかった。尋常な勝負であればどのような結果でも受け入れる。

「立会人は双方から二人ずつだ。どのような結果であれ、手出し無用！」

直元がうなずいた。

一雲斎が正々堂々と戦うことは吉岡道場の名誉にもかかわることなのだ。

もし、卑怯な振る舞いをすれば京の笑い者になる。それだけでなく、一雲斎が仇持ちとわかっただけで不名誉だ。

それを尹豊が人知れず内々にしようとしていると憲法は感じた。なおかつ正々堂々の勝負であれば、一雲斎が負けても吉岡道場に大きな傷はつかない。

しかし、一雲斎が勝っても直元は破門を考えている。当然のことだ。闇討ちするなど剣客として、武家として許されることではないからだ。

吉岡道場に一雲斎をおいておくことは、勧修寺家に顔向けができないし、京童《きょうわらべ》が卑怯者を許さない。噂は必ず広まる。

道場に戻った直元は息子の直光に尹豊からの話をした。

将軍義輝の剣術指南をしている直光は驚いたが納得だ。だが、一雲斎が卑怯な闇討ちをしているとは考えにくい。

「父上、一雲斎に確かめてみる必要があるかと思いますが？」

「それは無用だ。一雲斎は少し足を引きずるだろ、あれが証拠だ。大納言さまが場所も日にちも決めておられる。父を殺されたと主人の許しを得て浅野某が上洛している以上、尋常に立ち合うしかない」

「返り討ちにすれば？」

「それでも、道場に残すことはできない。勝ったからといって卑怯な振る舞いが免罪されることはない」

「承知いたしました」

将軍の剣術指南の直光は塚原土佐守や上泉伊勢守など多くの剣客を見てきた。

それらの高名な剣客は決して卑怯な振る舞いはしない。下品な振る舞いをするのは三流、四流の武芸者だ。

一雲斎は強いが一流にはなれなかったのだと思う。

「それにな。大納言さまから門弟の助太刀はまかりならぬということだ」

「門弟の助太刀？」

「おそらく、卑怯者の助太刀をすれば、吉岡道場の恥になるぞと言っておられるのだ。吉岡流に傷がつかないようにとの大納言さまの配慮だ」

「なるほど、ですが、一雲斎を慕う門弟もいるかと思いますが？」

「助太刀を禁じ、従わぬ者は破門にするしかない。吉岡流は天子さまのお傍で創始した流派だ。どこまでも正義でなければならない。それを貫けないようでは将軍家にも泥を塗ることになる」

「はい、肝に銘じます」

「そのために憲法を名乗っているのだから……」

「はい……」

直光が納得して重信と坂上主膳の勝負は正々堂々と、勧修寺家と吉岡道場の管理のもとで行われることになった。

それも、高札を立てて煽るような派手なことはせず、仇討らしく人目につかないよう秘かに行われる。

どんな結果であれどこにも傷をつけない。

勧修寺尹豊と吉岡憲法の合意はすぐ東山の重信に知らされた。

坂上主膳との運命の決闘は二月一日明け六つ、場所は京の東山鳥辺野《とりべの》清水寺への参道産寧坂と決まった。

その日が決まりもう一ヶ月もないことから三人は緊張した。

「寺山殿、数日、近くの六道珍皇寺《ろくどうちんこうじ》で座禅をしてまいる」

「うむ、どうぞ……」

又五郎は重信が落ち着かないのだろうと思った。勧修寺尹豊と吉岡憲法が乗り出してきた以上、坂上主膳に逃げられる心配はない。

重信は楯岡の祥雲寺と同じ曹洞宗の寺院を探した。

京には天台宗や真言宗など古い寺が多く、そこに日蓮宗が入って来て繁栄したが、禅宗でも京は五山を始めほとんど臨済宗なのだ。

曹洞宗の開祖道元は京の伏見久我の生まれだったが、何があったのか京では認められておらず寺はほとんどなかった。

貧乏宗派と言われ同じ禅宗でも臨済宗のように寺院は多くなかった。その曹洞宗が日本最大の宗派に成長するのは江戸後期だ。

六道珍皇寺は鎌倉期には東寺の末寺だったが、南北朝期に臨済宗五山の建仁寺の末寺になった。

五条と建仁寺の間にあって重信たちの百姓家から三町ほどと近かった。

その辺りは鳥辺野の入口と言われ現世と冥界との境とも言われる。

遥かな昔に小野篁《おののたかむら》という従三位参議の公家がいた。

篁は昼には御所にあって仕事をし、夜になると六道珍皇寺の井戸から冥界に入り、閻魔大王と会っていたという。帰りの出口は嵯峨の福正寺にあるという。

鳥辺野の六道の辻がこの辺りだということから、六道珍皇寺は六道さんとも呼ばれている。六道とは六道輪廻のことだ。

千年の王城の地はいつも人口が多く、何よりも先に広大な墓地が必要だった。

そこで北の船岡山には蓮台野《れんだいの》、西の嵐山には化野《あだしの》、東の東山には鳥辺野という大きな墓地が作られた。

高貴な人以外は埋葬とか火葬という習慣がなく、遺骸を放置する風葬や鳥葬が多かった。そのまま死体を賀茂川に流すこともあった。

六道珍皇寺を六道の辻と呼び、清水寺周辺まで鳥辺野という冥界だ。

「では、行ってまいります」

重信は一人百姓家を出て六道珍皇寺に向かい境内に入った。

山門の前に立つと呼び止められ、振り返ると墨衣の僧が立っていた。六十歳ほどかと思える老僧だ。

「お呼び止めいたし、申し訳ございません。そなたはお若いが誠にお強いお武家とお見受けしました。六道さんにどのようなご用にございますかな？」

「それがしは浅野甚助と申します。座禅をさせていただきたくお訪ねいたしました」

「さようか。拙僧は妙心寺《みょうしんじ》の快川紹喜《かいせんじょうき》と申します。どうぞ……」

「御免……」

重信は妙心寺の快川と名乗った僧と山門を潜った。

「座禅をする僧堂は向こうだが、拙僧と少し話をしてまいりませんか？」

「恐れ入ります」

「本堂へ、どうぞ……」

重信は禅僧と一緒に本堂に上がった。禅僧は重信の異常な緊張を見抜いたのだ。二人は薄暗い本堂で対座した。

「北からまいられたお方とお見受けいたしますが？」

「はい、出羽からまいりました」

「禅を修行なされたか？」

「曹洞禅を少々にございます」

「なるほど、拙僧は臨済禅だが目指すところは大悟することで同じです」

禅僧は穏やかに話す。浅野甚助と聞いて、禅僧は自分と同じ美濃の土岐一族ではないかと思ったのだ。

「そなたは美濃の土岐一族をご存じかな？」

「はい、母から聞いております。父の祖先が美濃だったと聞いております」

「やはり、そうでしたか、実は拙僧も土岐一族なのです」

禅僧がうれしそうにニッと笑った。その笑顔につられて重信も笑った。緊張が一瞬ほぐれた。

「六道の辻でお会いしたのも何かの縁でしょう。禅の極意を伝授いたそう」

「有り難く存じまする」

重信が頭を下げた。

「本来《ほんらい》無《む》一物《いちもつ》をご存じか？」

重信は幼い頃に祥雲寺で聞いたような気がした。

「遠い昔に和尚さまからお聞きいたしました」

「うむ、菩提も無く、煩悩も無く、身も無く、心も無く、本来無一物、塵や埃すらつくことがない。一切空《いっさいくう》、絶対無である。無《む》一物《いちもつ》中《ちゅう》無《む》尽蔵《じんぞう》ともいう……」

「無一物中無尽蔵？」

「さよう……」

快川と名乗った僧が不思議なことを重信に伝授した。

この僧こそ勧修寺尹豊の禅の師である妙心寺の快川紹喜禅師である。

尹豊が出家すると紹可《じょうか》という法号を授け、後に臨済宗の二大徳と言われる名僧中の名僧でこの時六十歳だった。

やがて国師となり、甲斐の恵林寺で織田信長に焼き殺され、その信長の命運を決定づけることになる禅僧だ。

重信は四半刻ほど話を聞き、同族の禅僧に礼を述べ僧堂で座禅に入った。

産寧坂の決闘

憲法直元が勧修寺尹豊に言った通り一月二十五日に、観音寺城から坂上主膳が二人の門人と五条の道場に戻ってきた。

その主膳を見つけた小兵衛は又五郎のいる百姓家に走って戻った。重信は六道珍皇寺で座禅を組んでいた。

「来たかッ？」

「はいッ、道場に入りました！」

「間違いないな？」

「はいッ、間違いありません。坂上主膳でした！」

又五郎は立ち上がってウロウロしている。小兵衛も六道珍皇寺に走るべきか迷っている。

「六道珍皇寺へ？」

「いや、座禅を邪魔してはならぬ。夕には戻ってくる。いや、知らせるべきだ。それがしが行ってくる！」

慌てている又五郎が百姓家を飛び出した。

昨年からほぼ一年、待ちに待った主膳が遂に京に姿を現した。

六道珍皇寺に入った又五郎は僧堂に案内され、禅僧に摑まって重信と一緒に座禅を組むことになった。

その頃、主膳は直元と直光に観音寺城でのことを報告していた。

「ご苦労であった。ところで一雲斎、一つ聞きたいことがある。そなた、仇討をされる覚えはあるか？」

直元が真正面から主膳に聞いた。

不意を突かれた主膳が顔を歪ませて直元をにらんだ。

「覚えはあるかと聞いておるのだ」

強く迫られ主膳がうつむいた。

「あるのだな？」

道場主の直光が厳しく言った。

「この期に及んでは潔くいたせ。出羽の楯岡城下で、そなたに闇討ちされた浅野数馬という武士の一子が上洛して、一年前からそなたを待っているそうだ」

「一年……」

主膳が顔を上げた。

「そなたがその子の父を殺した時、まだ六歳だったそうだ。どのような若者か分からぬが、そなたに尋常なる勝負を挑むことになった。受けるであろうな？」

主膳がまたうつむいた。

「受けるであろうな？」

うつむいたまま主膳は答えない。

「一雲斎ッ、返答次第では、ここで斬り捨てるぞッ！」

「主膳ッ、お答えしろ！」

直光に叱られた主膳が顔を上げて直元をにらんだ。覚悟を決めた顔だ。

「返り討ちにしてくれる……」

「よし、二月一日明け六つ、場所は清水寺産寧坂だ。立会人は双方から二人ずつ、助太刀はない。一対一の尋常なる勝負だ。いいな？」

また、主膳が返事をしない。助太刀なしが気に入らない。助太刀を呼びかければ四、五十人を集める自信はある。

「道場の門弟は一人も助太刀には出さない。この命令に従わぬ者は斬り捨てる！」

坂上主膳が逃げるような、卑怯な振る舞いができないよう、直元は既に手配りを済ませている。

もし主膳が逃げれば、見張りが後を追い、勧修寺家に知らせて重信がすぐ追うようになっている。そうなれば道場からも討手がでる。

吉岡道場の名誉にかけて正々堂々の戦いをさせるつもりだ。

剣客としての憲法直元の覚悟であり矜持だ。

「一雲斎、ここで返り討ちにしても、そなたのしたことは、武道人として許されることではない。そのような振る舞いに及んだ理由のいかんは問わぬ。剣を手にする者は破邪顕正にのみ使うべきである。それが武士であり剣客の覚悟だ。分かるか？」

京に吉岡流を創始し、将軍家の剣術師範として天下を見てきた吉岡憲法が主膳を諭す言葉だ。

主膳は返り討ちにすることだけを考えて聞いていない。

直元の傍で主膳を見ている直光は師範代にしたことを後悔していた。主膳に師範代を命じたのは直光だった。見損じたと思ったがもう遅い。

道場主として直光も人を闇討ちにした主膳を弁護する気は全くない。ましてや、将軍家の師範なのだ。

若い時とはいえ闇討ちで人の命を奪ったのだから仇討されて当然である。それを見抜けなかった自分を直光は恥じた。

翌日、吉岡道場に直元の名で門弟に対する命令が張り出された。

出羽国の浅野某なる武芸者が坂一雲斎に果たし合いを申し込んだ。本来、私闘は許さないがこの決闘は許すこと。

また、この決闘に助太刀することは一切許さないこと。命令に従わない者は斬り捨てるという厳しい内容だった。

混乱を警戒して日にちや場所は書き出されなかった。

道場ではどういう果たし合いなのか憶測が飛んだが、まさか、この決闘が仇討とは誰も考えない。噂が噂を呼んだが主膳はもう道場には出て来なくなった。

直元の高弟たちに見張られている。

門弟たちが主膳に近付くことも禁じられた。数人が代表して直光に説明を求めただけだった。

もちろん、直光は仔細を語らない。吉岡流の不名誉になることなのだ。

そんな吉岡道場の混乱とは逆に、坂上主膳の帰京を聞いた重信は、動揺することなく六道珍皇寺に通い続ける。

座禅を組むと、同族と言った禅僧の言葉が浮かんできた。

「菩提無く、煩悩無く、身も心も無く、本来無一物、一切が空、絶対無……」

禅の極意という。無一物中無尽蔵。

どんな境地なのか分からない。

一剣を以て大悟できるか。重信は自分の心と向き合っていた。

神から授かった神夢想流居合が開花するか、この戦いは神から与えられた試練だと思う。

「父上、その時がまいりました」

若い剣士は次々と煩悩の塊になる。そんな自分に気付いて重信がニッと思い出し笑いをした。

座禅の乱れを警策が見逃さない。

不覚にも重信は何度も肩をピシャリと抑えられ、未熟だと思う。

遂にその朝、重信は丑の刻に目を覚ました。

「静かだ……」

少し寒いと思ったが褥《しとね》に座って耳を澄ました。いつも、隣室から聞こえる又五郎のいびきがない。

「お目覚めでございますか？」

小兵衛の声がして板戸が開いた。

「白湯にございます。昨夜、薄く雪が降りました」

「雪?」

「はい、一寸ほどにございます。支度は全て整っております」

「うむ……」

フーッと白湯を吹いて熱そうにすすった。

「小兵衛、主膳に勝ったらすぐ出羽に戻る。もし負けた時は髪を切り母上に届けてくれ。亡骸は鳥辺野に捨ててよい」

「若殿、勝ってください!」

「うむ、そのつもりだが万に一つということもある」

重信がニッと小さく微笑んだ。

「深雪には幸せになれと伝えてもらいたい。それに、この大太刀を熊野明神に奉納してくれ。それからこれを、氏家左近さまに渡してくれ、因幡守さまへ感謝とお詫びを記した」

「若殿……」

「心配するな。必ず勝つ、スサノオさまが見守って下さるのだ。負けるはずがない」

「はい、ご武運を……」

白湯を飲み干して褥に立ち上がった。

「体が温まった」

重信は寝衣を脱いで下帯だけで庭に出た。

出羽のように一面真っ白でまだ夜明けには遠い。庭の井戸から水を汲んで三度冷水を浴びて身を清めた。

「スサノオさま、時がまいりました」

拳に力が漲る。体から湯気が立ち昇った。

「勝てる」

下帯から全て新しくし、母からの白い小袖を着て、宝蔵院胤栄から贈られた紫の指袴をはいた。囲炉裏の傍に座って小兵衛に髪を結ばせていると、そこに又五郎が大あくびをしながら起きてきた。

豪傑だ。

「おう、支度が整っておられるか、それがしも急ごう」

外の厠にひょいひょいと走って行った。

「小兵衛、そなたはあの木刀を腰に差せ……」

「はい！」

いつも小兵衛は形ばかりの短い脇差を差している。

髪を結い終わると重信は黒い紐で襷をかけ、因幡守から贈られた陣羽織を着た。白地に金の五三の桐《きり》紋が縫われ、縁が青い若々しく美しい陣羽織だ。

五三の桐紋は由緒のある家紋だ。

桐の木に鳳凰がとまって「聖天子誕生！」と鳴いたという。

以来、桐の木は鳳凰のとまる木として神聖視され、桐紋は菊の紋と同じで皇室の紋とされた。

その桐紋が臣下に下賜されたのである。桐紋は人々に好まれて広まることになった。縁起の良い家紋だ。

重信は最後に白い鉢巻を締めた。

腰には二字国俊の大脇差一尺八寸五分を差し、大太刀初代信国三尺二寸三分を握った。

「寺山殿、支度はよろしいか？」

「おう、いいぞ！」

又五郎が緊張した厳しい顔に変わって奥の部屋から出てきた。重信が勧修寺家に届け出た立会人二人は寺山又五郎と小兵衛だ。

坂上主膳の立会人は吉岡道場から高弟一人、勧修寺家から家人一人だった。

「さて、まいろうか……」

重信は足袋《たび》を履き炉端から立って、上がり框《がまち》に腰を下ろし草鞋の鼻緒が切れないか入念に確かめてから履いた。

「小兵衛、荒縄はあるか？」

「はい！」

重信は小兵衛から荒縄を受け取ると切れないのを確かめて、草鞋が雪で滑らないように草鞋の上から足の甲まで、荒縄でグルグル三回巻いて厳重に縛った。

滑り止めだ。

戦いで足が滑っては勝負にならない。

三人が笠をかぶって百姓家を出た。もう、ここに戻ることはない。

「寺山殿、それがしが勝ったら、小兵衛と急いで京を出てもらいたい。それがしは勧修寺家に走って挨拶をしたら後を追います。瀬田の唐橋でお待ち下され……」

「承知！」

万一、誰かに追われた時の用心だ。

「もし、武運なく負けた時のことは小兵衛に話してあります。決して、主膳に太刀を抜かないように願います」

「分かった！」

重信は自分が負けるようなら又五郎も負けると考えたのだ。もう、雪は降っていない。三人が八坂の塔まで来ると白く夜が明け始めた。

間もなく明け六つだ。

清水寺に向かう参道の産寧坂に足を踏み入れた。

緩やかな坂を登って行くと、腕を組んだ主膳が立っている。その後ろに立会人がいた。

「ここで、待っていてください」

又五郎と小兵衛を制して笠を取り、小兵衛に二字国俊と一緒に渡した。重信は足場を確かめるようにゆっくりと一段一段坂を上った。

主膳は先に来て有利な坂の途中を抑えていた。

重信は不利な坂の下である。

それは気にならない。神夢想流居合は先の先、後の先、いずれも自在だ。

間合いが三間ほどに近付いた。

「坂上主膳だな？」

「そうだ。今は一雲斎だ！」

主膳は美剣士を見てまだ子どもではないかと思った。

「出羽楯岡城下、林崎明神の境内で闇討ちにされた浅野数馬が一子甚助だ。優曇華の花、父の仇討にまいった！」

「ふん、小童《こわっぱ》ッ、尋常に勝負とは笑止ッ、うぬを返り討ちにしてくれるわ！」

冥界の鬼が薄ら笑いを浮かべて太刀を抜いた。

こんな小僧に負けるはずがないという坂上主膳の絶対的な自信だ。だが、重信はそれを大いなる傲慢《ごうまん》と見た。

その時、坂の上に白髪の老人と、もう一人の武士が現れたのを見たが、一雲斎の助太刀ではないと見切った。

「小童ッ、叩き斬ってくれるッ！」

主膳が抜き身を下げて一段、二段と下りてきた。一瞬の勝負だ。重信は少し腰を下ろしてゆっくり鞘口を切った。

「洒落臭いッ、やる気だなッ！」

主膳が中段に構える。重信は抜かない。

「抜けッ！」

主膳が叫ぶ。重信は静かに主膳の動きを見ている。子どもだと侮り思い上がっている主膳は隙だらけだ。

「抜けッ、怖気づいたか小童ッ！」

重信が柄に手を置いたが抜かない。もう、神夢想流居合の充分な構えだ。

「抜けッ！」

主膳は初陣のような派手な衣装の重信ににらまれている。気に入らない。見たことのない構えに主膳がいらついた。

誘いの気合声だけで主膳は踏み込んでこない。

重信は足が滑らないように膝を緩めている。主膳が一段下りた。間合いが二間ほどに詰まった。

踏み込めば重信の太刀が届く間合いに主膳が入った。

それでも重信は動かない。

不用意に主膳がもう一段下りた。瞬間、踏み込んできた。主膳の太刀が上段に上がって重信の頭上に落ちてきた。

一瞬、初代信国がスルスルと鞘走った。

後の先を取った。

チーンッと主膳の太刀を弾くと刃を返し、主膳の右胴から左胴にグサリッと貫き斬った。

神伝居合抜刀表一本燕返《つばめがえし》、主膳の胴が真っ二つに斬り裂かれた。

前のめりになった主膳の眉間を重信の大太刀が斬り下げた。

神伝居合抜刀表一本天車《てんしゃ》、眉間を割られた主膳が、悲鳴を上げることなく朽木のようにドサリと倒れる。致命傷の一撃だ。

流れ出した血が雪に滲んで行く。重信の眼から涙がこぼれた。

「父上……」

　主膳の呼吸を確かめた。もう息絶えている。断魔の剣だ。重信は坂の上を見上げると深々と老人に頭を下げた。

　その老人が誰であるか重信には分かっていた。二度と会うことのない大恩の人物だ。二人の立会人が主膳の死を確かめようと坂を下りてきた。

「父上、何んと美しい剣なのでしょう」

「うむ、大納言さまは確か神夢想流居合と言われたな？」

「新夢想流居合、良い若者です」

「うむ、そうだな……」

　憲法直元がうなずいた。産寧坂の上で見ていたのは直元と直光の親子だった。

　重信は血振りをして懐から出した布で大太刀を拭き鞘に納めた。

「若殿！」

「浅野殿！」

　緊張した顔の又五郎が嬉しそうだ。

「はい、行きましょう」

　三人は坂の上の老人に深々と頭を下げて産寧坂を急いで下りた。

　約束通り又五郎と小兵衛は瀬田の唐橋に走り、重信は宜秋門前の勧修寺家に走った。

夜が明けたばかりの雪の五条大橋にまだ人影は少ない。

五条大路を西に走り、東洞院《ひがしのとういん》大路の辻を北に走って勧修寺家に着いた。既に門は開かれている。重信を待っていたようだ。

飛び込んで大玄関に行くとすぐ尹豊が現れた。

「終わったか？」

「はい、終わりましてございます。大納言さまに深く感謝申し上げまする」

重信が深々と頭を下げた。

「怪我はないか？」

「はい、ございません」

そこに大納言の嫡男晴秀が顔を出した。

「父上……」

「うむ、全て終わった。染物屋からも知らせて来るだろう」

「大納言さま、このまま出羽に戻りたいと存じまする」

吉岡道場から不埒な者が追ってこないとも限らない。争いを避けるため一刻も早く京を離れることが大切だと思う。

「それがよい、もう一年が過ぎた。因幡守とそなたの母が待っているだろうからな？」

「恐れ入りまする」

「甚助、こういう時は気をつけるのだぞ」

大納言が気遣った。

「また、上洛してまいれ……」

「はい！」

重信は踵を返して宜秋門前の勧修寺家を後にした。三条大路まで走って二人の待つ瀬田の唐橋に向かう。


〈『剣神　炎を斬る』へ続く〉

本書は書き下ろしです。

中公文庫

剣神《けんしん》　神《かみ》を斬《き》る
——神夢想流《しんむそうりゅう》林崎甚助《はやしざきじんすけ》1

2022年7月25日　初版発行
2023年5月15日　3刷発行

著者　岩《いわ》室《むろ》　忍《しのぶ》

発行者　安部順一

発行所　中央公論新社
〒100-8152　東京都千代田区大手町1-7-1
電話　販売　03-5299-1730　編集　03-5299-1890
URL https://www.chuko.co.jp/

DTP　ハンズ・ミケ
印刷　大日本印刷
製本　大日本印刷

Published by CHUOKORON-SHINSHA, INC.
Printed in Japan　ISBN978-4-12-207226-8 C1193